《广州大典》普及书系
主编　陈建华

晚清社会的『堂吉诃德』

吴趼人作品选读

纪德君◎编著

广州新华出版发行集团
广州出版社

图书在版编目（CIP）数据

晚清社会的"堂吉诃德"：吴趼人作品选读 / 纪德君编著. —广州：广州出版社，2021.12

（《广州大典》普及书系 / 陈建华主编）

ISBN 978-7-5462-3398-7

Ⅰ.①晚… Ⅱ.①纪… Ⅲ.①文学—作品综合集—中国—清代 Ⅳ.①I215.22

中国版本图书馆CIP数据核字（2021）第278570号

书　　名 晚清社会的"堂吉诃德"：吴趼人作品选读
Wanqing Shehui De Tangjihede：Wu Jianren Zuopin Xuandu

出版发行 广州出版社
（地址：广州市天河区天润路87号9、10楼　邮政编码：510635
网址：www.gzcbs.com.cn）

出 品 人 柳宗慧

责任编辑 田宇星

责任校对 王俊婕

装帧设计 肖晓文

印刷单位 佛山市浩文彩色印刷有限公司
（地址：佛山市南海区狮山科技工业园A区　电话：0757-88368558
邮编：528225）

规　　格 787 mm × 1092 mm　1/16

印　　张 17.25

字　　数 255千

版　　次 2021年12月第1版

印　　次 2021年12月第1次

书　　号 ISBN 978-7-5462-3398-7

定　　价 52.00元

《广州大典》普及书系编辑委员会

关于“广府名人读本”系列
编选出版的几点说明

一、本书属于《广州大典》普及书系“广府名人读本”系列。

二、“广府名人读本”系列作为《广州大典》普及书系的开篇，将分为若干辑出版，成熟一辑，出版一辑。

三、因书系以《广州大典》所收文献为编选基础，故个人著述不存世或存世稀少者不纳入“广府名人读本”系列。

四、考虑到《广州大典》（民国篇）正在编纂和不少近代广府名人著述活动时段跨越清末民初的实际情况，“广府名人读本”系列会适当拓宽选录范围。

《广州大典》普及书系编辑出版缘起

广州自古以来就是岭南地区的政治、经济、文化中心，是首批国家历史文化名城。自秦始皇三十三年（前214年）广州建城，至今已有2200余年，大量珍贵的地方文献翔实地反映了广州文化不断发展、不断繁荣的悠久历程。

《广州大典》（一期）是由中共广州市委宣传部、广东省文化厅策划并组织研究编纂，旨在系统搜集整理和抢救保护广州文献典籍、传播广州历史文化的大型地方文献丛书，是千年羊城的“根”和“魂”。《广州大典》（一期）收录文献的时间范围截至1911年（个别门类延至民国），地域范围包括清代中期广州府所辖各县，内容范围包括广州人士（含寓贤）著述、有关广州历史文化的著述及广州版丛书，依经、史、子、集、丛五部分类，共计收录文献4064种，编成520册，于2015年影印出版。

2015年4月，广州大典研究中心成立，继续推进《广州大典》（一期）的推广与研究，并启动《广州大典》（二期）民国篇的编纂出版。2019年11月，《广州大典》（一期）集部曲类文献专辑以《广州大典·曲类》之名单行出版，共计收录文献1589种，编成43册。此外，近年来中心陆续推出《广州大典总目》、《广州大典概要》、《广州大典研究》集刊（1~8辑）、《广州大典·民国广东公报丛编》（初编）100册等。

习近平总书记指出，要讲清楚中华优秀传统文化的历史渊源、发展脉络、基本走向，讲清楚中华文化的独特创造、价值理念、鲜明特色，增强文化自信和价值观自信。要做到这两个“讲清楚”，既要在学术上做到深入，也要在普及上做到浅出。《广州大典》（一期）所收录的文献不仅卷帙浩繁，而且都是繁体字、文言文，没有经过点校整理，这在客观上造成当今读者与之有隔阂，阻碍了广州这一历史文化宝库在更广大的层面上发挥社会影响力。为此，广州大典研究中心、广州出版社决定联合编纂出版《广州大典》普及书系，努力将书系打造成集学术性、知识性和可读性于一体的优秀出版物。

书系以《广州大典》为文献基础（可根据实际情况，适当拓宽选录范围），组织一批专家学者从《广州大典》中精选最具代表性、最具可读性的文献，进行普及性的内容整理、发掘，形成《广州大典》普及书系。书系计划分为广府名人读本系列、地方风物读本系列、地方游记读本系列、西学东渐读本系列、小说读本系列、戏曲曲艺读本系列等。书系每种读本均包括导读、代表性作品选编（含注释、翻译、评析或解题、延伸阅读等）和相关资料附录，作者均为学有专长、研究有素的专家学者。每种读本均将尽量吸收、反映学界最新研究成果，并力求做到图文并茂、雅俗共赏。因此，《广州大典》普及书系可视作《广州大典》的延伸，且与已有的《岭南文库》的延伸《岭南文化知识书系》《广东历史文化名人丛书》等普及性读物既桴鼓相应，又各具匠心，可谓和而不同、美美与共。

知所从来，方明所往。《广州大典》普及书系既是一项重要的文化惠民工程，也是推动城市文化综合实力出新出彩，特别是“读懂广州”的切实举措。

志合者，不以山海为远。我们诚挚邀请更多的相关专家学者积极支持和参与书系各辑相关工作，推动书系各辑逐年面世。

食髓知味，小书不小。我们相信，书系的陆续出版，将充分展示广州历史文化底蕴，擦亮广州历史文化品牌，并有助于中华优秀文化的传承和发展。

《广州大典》普及书系编辑委员会

吴趼人是晚清社会的改良派、小说界的泰斗。他借小说创作来实施其改良社会的梦想。他所谓的社会改良，就是提倡“德育”；他所谓的“德育”，就是主张恢复“固有之道德”。他就像晚清社会的“堂吉诃德”，满怀着爱国情和正义感，在小说中动辄操持传统道德的长矛，去冲刺他看不惯的一切人和事。虽然其改良社会的梦想破灭了，但却留下了一批在晚清小说中堪称一流的作品，为清末民初中国小说艺术的创新与发展开辟了广阔的道路。

——题记

目录

导读

清朝末年，西方列强的坚船利炮无情地打破了清政府“天朝上国”的美梦，内忧外患纷至沓来，社会危机此起彼伏，国势民运岌岌可危。岭南地区因濒临海洋而首当其冲，惨遭殖民者的入侵、践踏。面对灾难深重的民族危机，岭南有识之士皆“翻然思改革，凭敌忾之气，呼维新与爱国”[①]，他们在欧风美雨的冲击下强烈地意识到小说在开启民智、促进社会变革中的重要作用，从而掀起了一场声势浩大的“小说界革命”。以梁启超、吴趼人为代表的维新派小说家，积极地利用小说导愚启蒙、干预时政、为维新变法鸣锣开道，有力地推动了晚清社会的变革，在中国文化史、文学史上产生了深远的影响。

一、吴趼人的生平与创作活动

吴趼人像

吴趼人（1866—1910），名沃尧，字小允，又字茧人，后改趼人，广东南海人。因为自幼生活在佛山镇，所以后来所作小说、诗文等多署名“我佛山人”，以示不忘故土之意。起初不明真相的人，还误以为他信佛。他的笔名尚有趼、偈、佛、茧叟、趼廛、野史氏、岭南将叟、中国老少年等。他出身“簪缨之族，诗礼之家”，深受传统文化熏陶。曾祖父吴荣光是清代后期著名学者，曾任湖南巡抚；祖父吴尚志，官至工部员外郎；父亲吴升福，做过浙江候补巡检。

吴趼人17岁时，父亲去世，所留上万金遗产为叔父侵吞，生活穷困。

① 鲁迅：《中国小说史略》第二十八篇《清末之谴责小说》，上海古籍出版社，1998，第205页。

他18岁离家赴上海谋生，在江南机器制造总局（简称“江南制造局”）翻译馆做抄写工作，潜心于机械之学，曾亲手制造过一艘模型小轮船，由此对西方先进的器物文明有了初步认识，“中学为体，西学为用”的洋务思想对他产生了重要影响。

不久，他离开了江南制造局，开始从事报业活动。1897年至1901年，他先后主编了《消闲报》《采风报》《奇新报》《寓言报》等娱乐性小报，扩宽了眼界，见识了上海十里洋场五花八门的奇闻怪事，这为他后来从事小说创作积累了大量素材。此时，维新改良思想风行，吴趼人受到濡染，思想发生了转变，开始鼓吹维新改良。他在这一时期所著的《趼呓外编》（杂论），就反映了他赞翊维新变革的热忱；而《吴趼人哭》（小品文），则表现了他的“愤世嫉俗之念”“砭愚订顽之心”[①]。李葭荣在《我佛山人传》中说：“君生新旧蜕嬗之世，恫夫国势积弱，民力寖衰，赞翊更革，数见于所为文辞。”[②]

1902年，梁启超创办《新小说》，倡导“小说界革命”，掀起轩然大波。1903年4月，吴趼人的挚友李伯元在报纸上连载《官场现形记》，一时“购阅者踵相接”；1903年9月，刘鹗的《老残游记》也陆续发表，收效甚著。这使吴趼人深受震撼，于是开始借小说创作来寄托他开启民智、改良社会的梦想。

从1903年10月至1906年1月，他先后在《新小说》上发表了《痛史》《二十年目睹之怪现状》《电术奇谈》《九命奇冤》的部分章节或全文，从此声名鹊起。1905年在李伯元主编的《绣像小说》上发表了《瞎骗奇闻》，并在《南方报》上连载其《新石头记》。1906年在上海《世界繁华报》发表了《糊涂世界》，并由上海乐群书局出版了《胡宝玉》，由上

① 吴趼人：《近十年之怪现状·自叙》，载《吴趼人全集》第三卷，北方文艺出版社，1998，第299页。

② 魏绍昌编《吴趼人研究资料》，上海古籍出版社，1980，第11页。

海广智书局出版了《恨海》。同年11月，《月月小说》在上海创刊，吴趼人任总撰述，在创刊号上，他发表了小说理论文章《〈月月小说〉序》《〈历史小说〉总序》，同时开始连载其历史小说《两晋演义》。此时清廷迫于形势，预备立宪，维新派人士也寄予厚望，但吴趼人却创作了短篇小说《庆祝立宪》《预备立宪》《大改革》等抨击清廷的假立宪，嘲讽统治者的“大改革”欺世盗名，可见他对维新改革已不再抱有幻想，甚至产生了“厌世主义”情绪。

1907年冬天，吴趼人与居沪粤人开办了广志小学，肆力于学务，并继续创作小说，在《月月小说》上连载了《两晋演义》《上海游骖录》《劫余灰》《剖心记》《云南野乘》《发财秘诀》等中长篇小说，发表了《黑籍冤魂》《立宪万岁》《平步青云》《快升官》《查功课》《人镜学社鬼哭传》等短篇小说。1908年，在《月月小说》继续连载《云南野乘》《发财秘诀》《劫余灰》，并发表了短篇小说《无理取闹之西游记》《光绪万年》。1909年在上海《中外日报》连载《近十年之怪现状》。1910年在《舆论时事报》连载《我佛山人札记小说》和言情小说《情变》，并在广智书局出版了《趼廛笔记》。这一年10月21日，他因喘疾发作，卒于上海寓所，终年45岁，《情变》也因此只写到第八回。

吴趼人自1903年10月起直至1910年10月去世，先后在各种报刊上发表了中长篇小说17部、短篇小说12篇、文言笔记小说5种。他的小说风靡一时，尤以社会小说《二十年目睹之怪现状》《九命奇冤》，言情小说《恨海》，历史小说《痛史》，科幻小说《新石头记》等最为世人称道，他也因此成为晚清小说界的巨擘、近代文学史上最有影响力的小说家。

二、吴趼人为何要写小说？

吴趼人之所以从事小说创作，明显是受梁启超倡导的“小说界革命”

的感召。他在《〈月月小说〉序》中就说：“吾感夫饮冰子《小说与群治之关系》之说出，提倡改良小说。”①小说何以能改良群治？对此，他也有自己的思考：“年来吾国上下，竞言变法，百度维新”，可新民乏术，他也“每思补救而苦无善法”；一次“隐几假寐，闻窗外喁喁，窃听之，舆夫二人对谈三国史事也，虽附会无稽者十之五六，而正史事略亦十得三四焉。蹶然起，曰：道在是矣，此演义之功也。盖小说家言，兴趣浓厚，易于引人入胜也”。②由于他是在百思不得其解的情况下无意中发现了小说所具有的神奇功效，故而才情不自禁地发出“道在是矣”的惊叹。

在《〈月月小说〉序》中，他又进一步地从小说所具有的“趣味性”入手，探讨了小说具有的两大能力：“一曰：足以补助记忆力也”，因小说能让人感兴趣，故读之容易记得住；“二曰：易输入知识也”，因“读小说者，其专注在寻绎趣味，而新知识实即暗寓于趣味之中，故随趣味而输入之而不自觉也”。

鉴于小说“具此二大能力”，他认为，“凡著小说者、译小说者，当如何其审慎耶？夫使读吾之小说者，记一善事焉，吾使之也，记一恶事焉，亦吾使之也；抑读吾小说者，得一善知识焉，得一恶知识焉，何莫非吾使之也”。③

遗憾的是，当时以“改良群治”为名而新著或新译的小说，虽然汗牛充栋，可真正“能体关系群治之意者，吾不敢谓必无；然而怪诞支离之著作，佶屈聱牙之译本，吾盖数见不鲜矣。凡如是者，他人读之，不知谓之何，以吾观之，殊未足以动吾之感情也。于所谓群治之关系，杳乎其不相

① 吴趼人：《〈月月小说〉序》，载《吴趼人全集》第八卷，北方文艺出版社，1998，第198页。

② 吴趼人：《〈历史小说〉总序》，载《吴趼人全集》第八卷，北方文艺出版社，1998，第201页。

③ 吴趼人：《〈月月小说〉序》，载《吴趼人全集》第八卷，北方文艺出版社，1998，第201页。

涉也”[①]。

既然如此，那么怎样才能更好地发挥小说改良群治的功能呢？他指出：“吾人丁此道德沦亡之时会，亦思所以挽此浇风耶？则当自小说始。”[②]在他看来，当时社会之所以黑暗、窳败，乱象丛生，实在是因为“世风浇漓”“道德沦丧”，因此改良群治，必须“挽此浇风”，“借小说之趣味之感情，为德育之一助”[③]。

那么，吴趼人所说的“德育”，其主要内涵是什么呢？他在《〈上海游骖录〉跋》中说：“以仆之眼，观今日之社会，诚岌岌可危，固非急图恢复我固有之道德，不足以维持之，非徒言输入文明，即可以改良革新者也。”[④]在该小说第八回中，他又借人物之口说：“我所说的改良社会，是要首先提倡道德，务要使德育普及，人人有了个道德心，则社会不改自良。”[⑤]而在小说《情变》的“楔子”中，他还对崇洋媚外者冷嘲热讽：“样样都要说外国好，外国人放的屁都是香的，中国的孔圣人倒是迂腐；外国人的狗都是好的，中国的英雄倒是鄙夫。”[⑥]由此可见，他所谓的社会改良，就是“德育”；他所谓的“德育”，就是主张恢复旧道德，而不是输入西方精神文明。因此，同样提倡以小说来改良群治，他与梁启超所论实则貌合而神离。因为看不到社会腐坏的根源，他以小说来实施“德育”以改良社会的主张，也就不过是一种迂腐的幻想，他也因此产生了浓厚的悲观厌世思想，不时地悲叹：“世道人心如此，那得不厌世！”“世

---

① 吴趼人：《〈月月小说〉序》，载《吴趼人全集》第八卷，北方文艺出版社，1998，第199页。

② 同上。

③ 同上书，第200页。

④ 魏绍昌编《吴趼人研究资料》，上海古籍出版社，1980，第149页。

⑤ 吴趼人：《上海游骖录》，载《吴趼人全集》第三卷，北方文艺出版社，1998，第476页。

⑥ 吴趼人：《情变》，载《吴趼人全集》第五卷，北方文艺出版社，1998，第476页。

事如此，那得不厌世！”[①]

总之，吴趼人小说观的核心要义，就是“借小说之趣味之感情，为德育之一助”。秉此要义，他对历史小说创作的要求是，“非徒记其事实之谓也，旌善惩恶之意实寓焉”[②]；至于“社会小说、家庭小说及科学、冒险等，或奇言之，或正言之”，也要“务使导之以入于道德范围之内”[③]；不管写何种小说，都应“寓教育于闲谈，使读者于消闲遣兴之中，仍可获益于消遣之际”[④]。

三、尚实有趣，借古鉴今
——吴趼人的历史小说创作

吴趼人非常重视历史教育。他鉴于“旧史之繁重，读之固不易矣；而新辑教科书，又适嫌其略”[⑤]，旧有的历史演义小说虽然通俗易晓，但又“动以附会为能，转使历史真相隐而不彰；而一般无稽之言，徒乱人耳目”[⑥]，因此他便“发大誓愿，编撰历史小说，使今日读小说者，明日读正史如见故人；昨日读正史而不得入者，今日读小说而如身亲其境”[⑦]，“谓

① 吴趼人：《上海游骖录》第二回、第十回眉批，载《吴趼人全集》第三卷，北方文艺出版社，1998，第444、490页。

② 吴趼人：《〈月月小说〉序》，载《吴趼人全集》第八卷，北方文艺出版社，1998，第200页。

③ 同上。

④ 吴趼人：《〈两晋演义〉序》，载《吴趼人全集》第四卷，北方文艺出版社，1998，第258页。

⑤ 吴趼人：《〈月月小说〉序》，载《吴趼人全集》第八卷，北方文艺出版社，1998，第200页。

⑥ 吴趼人：《〈两晋演义〉序》，载《吴趼人全集》第四卷，北方文艺出版社，1998，第257页。

⑦ 吴趼人：《〈历史小说〉总序》，载《吴趼人全集》第八卷，北方文艺出版社，1998，第201页。

为小学历史教科之臂助焉可，谓为失学者补习历史之南针焉亦无不可”[1]。

那么，历史小说要怎样写，才能较好地实现其普及历史教育的功能呢？此前，梁启超创办的《新小说》曾提出过这样的要求："历史小说者，专以历史上事实为材料，而用演义体叙述之"；其叙事则要"以恢奇俶诡之笔，代庄严典重之文"，也即既要依史以演义，又要有"恢奇俶诡"的审美意趣。[2]吴趼人的第一篇历史小说《痛史》，就发表在《新小说》杂志上。《新小说》杂志对历史小说的写作要求，明显影响了吴趼人。吴趼人就明确地指出："撰历史小说者，当以发明正史事实为宗旨，以借古鉴今为诱导，不可过涉虚诞，与正史相刺谬，尤不可张冠李戴，以别朝之事实牵率羼入，贻误阅者。"与此同时，他也强调历史小说要写得生动有趣："夫蹈虚附会，诚小说所不能免者，然既蹈虚附会矣，而仍不免失于简略无味，人亦何贵有此小说也，人亦何乐读此小说也？"[3]

不过，写历史小说，既要"发明正史事实"，又不能避免"蹈虚附会"，还要写得有"趣味"，这就不是一件容易措手的事了。对此，吴趼人颇有感触，在《两晋演义》第一回的批语中，他就这样说：

> 作小说难，作历史小说尤难，作历史小说而欲不失历史之真相尤难。作历史小说不失其真相，而欲其有趣味，尤难之又难。其叙事处或稍有参差先后者，取顺笔势，不得已也。或略加附会，以为点染，亦不得已也。[4]

---

① 吴趼人：《〈两晋演义〉序》，载《吴趼人全集》第四卷，北方文艺出版社，1998，第258页。

② 梁启超：《中国唯一之文学报〈新小说〉》，载陈平原、夏晓红编《二十世纪中国小说理论资料》第一卷，北京大学出版社，1989，第42页。

③ 吴趼人：《〈两晋演义〉序》，载《吴趼人全集》第四卷，北方文艺出版社，1998，第257—258页。

④ 吴趼人：《两晋演义》第一回总评，载《吴趼人全集》第四卷，北方文艺出版社，1998，第264页。

那么，怎样才能较好地解决这种创作难题呢？吴趼人的想法是："他日当于逐处加以眉批指出之，庶可略借趣味以佐阅者，复指出之，使不为所惑也。"[1]不过，他的这种想法并未能或未及付诸实施。

吴趼人创作的历史小说主要有《痛史》《两晋演义》和《云南野乘》。这三部小说较好地践行了他"以发明正史事实为宗旨，以借古鉴今为诱导"，同时又"借趣味以佐阅者"的创作主张。

（一）"以发明正史事实为宗旨"

《痛史》，二十七回，未完稿。主要写南宋灭亡，元军入主中原，权奸贾似道卖国求荣，文天祥等忠臣义士奋勇抗元的故事。其叙事主要依据《宋史》《宋史纪事本末》等，兼采宋人文集及民间传闻。如书中所叙元军"占领、洗劫临安城"，南宋朝廷"三宫被掳往大都"；文天祥、张世杰、陆秀夫等忠臣在福州"拥立幼主，兴兵拒敌"；文天祥"兵败被俘"，最终"严词拒降，慷慨就义"；张世杰"兵败崖山，自沉殉国"；陆秀夫"背负小皇帝蹈海全节"；等等；皆于史有征。作者有时还在叙事过程中有意点明史料来源，如第五回渲染贾似道葬母场面，作者插话道："这一段话不是我诌出来的，倘或不信，请翻开《宋史》看看，这件事载得明明白白，可见不是我做书人撒谎呀。"第二十回写谢枋得讥讽南宋宰相留梦炎（号忠斋）投降元朝，作者也借评语指出："二语出先生文集《上丞相留忠斋书》。"今查谢枋得文集《叠山集》卷二，的确有《上丞相留忠斋书》，其所述也确为小说所本。《两晋演义》主要写东西晋兴废成败之事，据《月月小说》第十号附告，"全书计在百回以外"，但是仅完成二十三回。小说"以通鉴为线索，以《晋书》《十六国春秋》为材

---

① 吴趼人：《两晋演义》第一回总评，载《吴趼人全集》第四卷，北方文艺出版社，1998，第264页。

料”[1]，其所叙晋武帝荒淫，惠帝昏庸，贾后淫乱，诸王纷争，外敌入侵等，皆据史演绎，“一归于正”。《云南野乘》，主要写战国时楚国将军庄蹻征服西南夷并建立滇国之事，然仅成三回，作者在“附白”中声明：“此书虽演义体裁，要皆取材于正史。除史册外，别取元人董庄愍《威楚日记》，明人杨用修《滇载记》，又程原道《绥辑暇录》《傜倮类考》《古滇风俗考》及国朝冯再来《滇考》等书，以为考证。”[2]可见，吴趼人创作历史小说，的确是“以发明正史事实为宗旨”的。

（二）“以借古鉴今为诱导”

吴趼人创作历史小说，不仅欲“以为教科之助”，同时更是为了“借古鉴今”。他写《痛史》，“其意图在写中华亡于异族的悲剧，用以借古讽今，揭露抨击晚清中国士大夫在几次与列强战争中所表现的昏庸误国，与向敌人屈膝投降的可耻行为，借以唤起人们的爱国思想”[3]。小说一开篇，他即慷慨陈词：

> 我是恼着我们中国人，没有血性的太多，往往把自己祖国的江山，甘心双手去奉与敌人。还要带了敌人去杀戮自己同国的人，非但绝无一点恻隐羞恶之心，而且还自以为荣耀。这种人的心肝，我实在不懂他是用甚么材料造成的。所以我要将这些人的事迹，记些出来，也是借古鉴今的意思。

在正文中，他还不时借人物之口詈骂那些卖国求荣的汉奸。如第四回

① 吴趼人：《〈两晋演义〉序》，载《吴趼人全集》第四卷，北方文艺出版社，1998，第258页。

② 陈平原、夏晓红编《二十世纪中国小说理论资料》（第一卷），北京大学出版社，1989，第262页。

③ 任访秋：《吴沃尧论》，《河南师范大学学报》1981年第6期。

写张贵痛斥劝他投降的张弘范：

……你是个忘根背本的禽兽，只图着眼前的富贵，甘心做异种异族的奴隶！你去做奴隶倒也罢了，如何还要带着他的兵来，侵占中国的土地，杀戮中国的人民！我不懂中国人与你有何仇何怨，鞑子与你有何恩何德，你便丧心病狂，至此地步！……看你这不伦不类的，你祖宗讨给你的肢体，没有一毛不是中国种，你却守戴了一身的胡冠胡服，你死了之后，不讲见别人，你还有面目见你自家的祖宗么！这话不是我骂你，我只代中国的天地神圣祖宗骂你，还代你自家的祖宗骂你。

小说第八回，作者又借谢枋得之口说："你看元兵势力虽大，倘使我中国守土之臣，都有三分气节，大众竭力御敌，我看元兵未必便能到此，都是这一班人忘廉丧耻，所以才肯卖国求荣，元兵乘势而来，才致如此。"诸如此类的议论，都是"对鸦片战争到八国联军几十年事件愤慨的总发泄，总暴露"[①]，用作者本人的话说："余之撰《痛史》，因别有所感，故尔尔。"[②]

《两晋演义》之作，也明显带有针砭晚清政治的意图。如第十七回，作者写到"当夜杀得并州百姓携男带女，号哭之声震天动地，直杀至天明，百姓死亡大半"，不由悲从中来，于眉批中慨叹："乙与丙争雄，甲乃坐受其祸，日俄战争时，东三省之百姓，毋乃类是！古今一辙，可为痛哭。"

《云南野乘》之作，"记云南史事……那时正有割弃云南与帝国主

① 阿英：《晚清小说史》，东方出版社，1996，第176页。

② 吴趼人：《〈两晋演义〉序》，载《吴趼人全集》第四卷，北方文艺出版社，1998，第258页。

义的趋势，他之作此，是要使大家知道‘古人开辟的艰难，就不容今人割弃的容易’”[①]。故作者在第一回开篇即大发感慨：“我国幅员之广，人民之众，若能振起精神来，非但可以雄长亚洲，更何难威慑全球？只因积弱不振，遂致今日赔款，明日割地，被外人指笑我为病夫国。瓜分豆剖之说，非但腾于口说，并且绘为详图，明定界限。幅员虽广，人民虽众，怎禁得日蹙百里，不上几年，只恐就要蹙完了，你说可怕不可怕？”对清政府之丧权卖国，可谓痛心疾首。

总之，吴趼人的历史小说“借古鉴今”的意图是一目了然的。

（三）“借趣味以佐阅者”

吴趼人深知“读小说者，其专注在寻绎趣味”[②]，因此他在作历史小说时，力求“一归于正，而沃以意味”[③]。有时为了使小说饶有意味，他还有意背离正史，蹈虚附会。例如《痛史》第六回，写郑虎臣将贾似道溺毙在茅厕里，说：“好了，这才真个是‘遗臭万年’呢！”后来，又写郑“建了许多事业”。这显然与史实不符，作者自言：“据正史上说起来，是陈宜中到漳州去把他拿住了，在狱中瘐毙了他，算抵贾似道的命的。但照这样说起来，没甚趣味，我这衍义书也用不着做，看官们只去看正史就得了。”其言下之意是，郑虎臣为国除奸，大快人心，可如果按史书所记，写他又被抓住偿命，岂非大扫读者之兴，不利于旌善惩恶了吗？实际上，《痛史》中有不少地方，为了泄民族激愤，快读者心意，作者总是忍不住对所叙之人事嬉笑怒骂。例如，第一回写忽必烈“登殿受贺”：

① 阿英：《晚清小说史》，东方出版社，1996，第178页。

② 吴趼人：《〈月月小说〉序》，载《吴趼人全集》第八卷，北方文艺出版社，1998，第199页。

③ 吴趼人：《〈两晋演义〉序》，载《吴趼人全集》第四卷，北方文艺出版社，1998，第258页。

到了这日，自是另有一番气象。但是庭燎光中，御炉香里，百官济济跄跄，好象是汉官威仪，却还带着好些腥膻骚臭牛奶酪酥的气味；雕梁画栋，螭陛龙坳，好象是唐官汉阙，却还带着许多骑骆驼、支布幔，拔下解手刀割吃熟牛肉的神情。

这不就是讥嘲蒙古人粗野无文、不开化吗？又如第二十一回写仙霞岭上的疯道人胡仇，声称神农皇帝托他携带奇药，疗治汉人各种奇病：

你道是那几种奇病？一忘根本病，二失心疯病，三没记性病，四丧良心病，五厚面皮病，六狐媚子病，七贪生怕死病。你想世人有了这许多奇病，眼见得群医束手，坐视沦亡。所以，神农皇帝对症发药，取轩辕黄帝战蚩尤之矛为君，以虞、舜两阶干羽为臣，佐以班超西征之弓，更取苏武使匈奴之节为使，共研为末；借近日文丞相就义之血，调和为丸；敬请孟夫子以浩然之气一阵呵干，善能治以上各种奇病。服时，以郭汾阳单骑见虏时免下之胄，煎汤为引，百发百中，其验如神。

这自然也是采用嬉笑怒骂的形式，借自古及今中华民族英雄抗御外侮的壮举作为药方，来医治国人面临异族入侵而产生的“忘根本”“失心疯”“没记性”“丧良心”等诸病，以期激发民众的爱国精神。

有时，作者还忍不住以新观念、新语词来戏说历史。如《痛史》第二回，写太监巫忠为巴结贾似道，欲骗出宫女叶氏送与他。巫忠问叶氏如能出宫是否愿意嫁一富人家，叶氏回答说，自己进宫，生就奴才命，这时巫忠说道：

“依姐儿这么说，非但‘女权’二字没有懂得，竟是生就的奴隶性质了。”叶氏道：“甚的‘女权’，甚的‘奴隶性质’，这是甚么话？我都不懂呀。”巫忠呵呵大笑道：“你不懂得么？也难怪你。你可知还有甚么‘男女平等’‘女子世界’呢？你再过七百三十多年就知道了。”

如此搬运“七百三十年”后的观念对古人进行人权启蒙，真让人忍俊不禁。

吴趼人创作《两晋演义》，也是鉴于明代人所作的《东西晋演义》“失于简略，殊乏意味”，“不成片段，不合体裁”，故而有意“改良彼作”，“一归于正，而沃以意味”。[1]作者在小说中曾以眉批的方式指出其对叙事之连贯性与趣味性的重视。如《两晋演义》第一回写杨皇后病危，作者在眉批中指出：“此杨皇后乃元后也，其从妹乃悼后。元后卒于泰始十年，此时所叙乃太康二三年间事。小说家固不妨稍为参差，以顺笔势也。”[2]第二回写册立贾妃，是根据《资治通鉴纲目》所书加以演绎的，但作者又特意“沃以意味”，故而在该回总批中指出：“故演义亦特书之，而点染其辞，以为趣味。”[3]

《云南野乘》也注重以轻快、谐戏的笔调叙述庄蹻征夜郎国、筑苴兰城、建滇国等事件，仅就已有的三回观之，其总体风格是奇正相生，庄谐互济的。如第二回写楚军与猓猓人交战一节：

小卜仍领一队兵士前往探路。走到一处树林之内，忽然一个兵

① 吴趼人：《〈两晋演义〉序》，载《吴趼人全集》第四卷，北方文艺出版社，1998，第258页。

② 吴趼人：《两晋演义》，载《吴趼人全集》第四卷，北方文艺出版社，1998，第262页。

③ 同上书，第269页。

士猝然倒地。小卜大惊，亲来察看，只见此兵面上，着了一枝竹箭，抬头四望，忽然瞥见前面树上有一个人，正在那里又要放箭。小卜大喝："休放冷箭，我来也！"挺枪直前。那人见小卜赶来，并不下树，就在树上跳跃走避，如飞鸟过枝一般，十分灵捷。小卜按下长枪，拈弓搭箭射去，射了三箭，皆不能中。小卜大怒，喝令兵士一齐放箭，那人早在树上如飞的去了。

诸如此类的叙述，颇不乏传奇意味，读之趣味盎然。

总体而言，吴趼人对于历史小说，既有理论探索，又有创作实践，其《〈两晋演义〉序》《〈历史小说〉总序》等，"不仅可以作为吴趼人对于讲史之理解看，在晚清的论讲史的文字里，也是最重要的"①；其代表作《痛史》"在晚清的讲史中，是最好的一部，无论是内容上抑是技术上，都有很好成就"②。

四、魑魅魍魉的世界

——吴趼人的社会小说创作

吴趼人的历史小说固然值得称道，但真正使他名噪一时的，还是以《二十年目睹之怪现状》《九命奇冤》等为代表的社会小说。社会小说以暴露社会丑恶现状、揭批各种社会问题为主要内容，以改良社会为己任，艺术上多用写实、讽刺、夸张乃至漫画式的手法来针砭时弊。

吴趼人最初创作社会小说，应该说，也是受梁启超的启发。梁启超在《新民议》中曾说："今日中国群治之现象，殆无一不当从根柢处摧陷

① 阿英：《晚清小说史》，东方出版社，1996，第173页。

② 同上书，第178页。

廓清，除旧而布新者也。”[①]在《新民丛报》第十九号（1902年10月）发表的《新小说社征文启》中，梁启超又声明：“又如《儒林外史》之例，描写现今社会情状，借以警醒时流，矫正弊俗，亦佳构也。”[②]吴趼人对梁启超的观点无疑是认同的，他的《二十年目睹之怪现状》《九命奇冤》《糊涂世界》《最近社会龌龊史》等就是对“中国群治之现状”的全方位扫描，揭示了一个魑魅魍魉横行的荒唐世界，其目的也在于“警醒时流、矫正弊俗”；并且在《二十年目睹之怪现状》第三十七回的评语中，他还点明该小说“绝类《儒林外史》，而诙谐过之”[③]。

（一）《二十年目睹之怪现状》的创作

《二十年目睹之怪现状》是吴趼人小说的代表作，原载梁启超主办的《新小说》第8—15、17—24号，光绪二十九年（1903）八月至光绪三十一年（1905）十二月印行，仅连载至第45回止。后由上海广智书局陆续出版单行本，分8册，共108回，标“社会小说”。该小说“以新闻之体裁而瞻列近世之事实”，对五花八门的社会怪现状进行了穷形尽相的反映。下面，试从该书的整体构思、素材来源、叙事旨趣、叙事详略、叙事视角、

《二十年目睹之怪现状》封面

① 梁启超：《饮冰室文集》，云南教育出版社，2001，第652页。

② 刘永文编《晚清小说书目》四《报刊所登广告》，上海古籍出版社，2008年，第401页。

③ 吴趼人：《吴趼人全集》第二卷，北方文艺出版社，1998，第297页。

叙事倾向、人物刻画、叙事笔法等方面，对该小说的创作情况略做解析与评价。

1. 整体构思。在《〈最近社会龌龊史〉自叙》中，吴趼人明确将其所著的《九命奇冤》《发财秘诀》《上海游骖录》《胡宝玉》等视为“社会小说”，并特别强调：“唯《二十年目睹之怪现状》一书，部分百回，都凡五十万言，借一人为总机捩，写社会种种怪状，皆二十年前所亲见亲闻者，惨淡经营，历七年而犹未尽杀青。”[1]他所谓的“借一人为总机捩”，是指该小说以“我”为线索，主要写“我”在二十年中“亲见亲闻”的“社会种种怪状”。“我”，又名“九死一生”，为何起这个名字呢？小说第二回这样解释道：

> 只因我出来应世的二十年中，回头想来，所遇见的只有三种东西：第一种是蛇虫鼠蚁；第二种是豺狼虎豹；第三种是魑魅魍魉。二十年之久，在此中过来，未曾被第一种所蚀，未曾被第二种所啖，未曾被第三种所攫，居然被我都避了过去，还不算是九死一生么？

小说所写的种种怪现状，几乎涉及了晚清社会的各个阶层，上自部堂督抚，下至三教九流，举凡贪官污吏、讼棍劣绅、奸商钱虏、洋奴买办、江湖术士、洋场才子、娼妓娈童、流氓骗子等，狼奔豕突，层出不穷，要想将这形形色色的“蛇虫鼠蚁”“豺狼虎豹”与“魑魅魍魉”有机地串联起来，次第曝露其丑行恶迹，诚非易事。作者的灵巧处在于，借“九死一生”为“总机捩”，来建构故事情节，他“把九死一生放在官家的清客、为其出面经商的地位，使他既能了解官方，因至各地开创商业得涉足中国，而各方面的怪现状，便很自然的得到依附”[2]。作者自己也不无得意

① 吴趼人：《吴趼人全集》第三卷，北方文艺出版社，1998，第300页。

② 阿英：《吴趼人》，载《吴趼人全集》第十卷，北方文艺出版社，1998，第139页。

《二十年目睹之怪现状》第二回插图“初闻怪状”

地说：“此书举定一人为主，如千军万马，均归一人操纵，处处有江汉朝宗之妙，遂成一团结之局”[①]。

2. 素材来源。让人匪夷所思的是，作者是从哪里获取如此繁夥的奇闻怪事的呢？曾向吴趼人请教小说作法的包天笑，透露了个中奥秘，他说：

> 当时写社会小说的人，最崇奉《儒林外史》一书，因此人人都模仿《儒林外史》。我就问他：“《二十年目睹之怪现状》中，先生何从得这许多材料？所谓目睹者，难道都是亲眼目睹吗？”吴先生笑着，给我瞧一本手抄册子，很像日记一般，里面抄写的，都是每次听得友人们所谈的怪怪奇奇的故事。也有从笔记上抄下来的，也有从报纸上剪下来的，杂乱无章的成了一巨册。他笑说：“所谓目睹者，都是从这里来的呀。”我说：“这些材料，将如何整理法呢？”吴先生道：“就是在这一点上，要用一个贯穿之法，大概写社会小说的，都是如此的吧。”[②]

---

① 吴趼人：《二十年目睹之怪现状·总评》，载《吴趼人全集》第二卷，北方文艺出版社，1998，第936页。

② 包天笑：《钏影楼笔记》，载魏绍昌编《吴趼人研究资料》，上海古籍出版社，1980，第30页。

据此可知，吴趼人主要靠剪报、笔录朋友所说等来集聚素材。他本身是报人，还主编过《采风报》《奇新报》等，对“奇新”怪事比较敏感，这就为他搜罗“怪现状”提供了极大便利。小说中的“我”喜欢看报，还爱缠着别人讲故事，写日记，做笔记，小说结尾“我”就将日记取名为“九死一生日记”。书中自然也有不少材料源自亲身亲历，如“我”的伯父凉薄无行，鲸吞“我”父亲留下的万金资财，几乎令“我”流落街头，就是作者亲历。作者在第一百〇八回批语中还点明：“上回之觅弟，为著者生平第一快意事……此回之治丧，为著者生平第一懊恼事……为录于此，以见此虽小说，顾不尽空中楼阁也。”蒋瑞藻《小说考证》所引的《缺名笔记》还考索了该小说“影托”的“当代名人”：

书中影托人名，凡著者亲属知友，则非深悉其身世者莫辨。当代名人如张文襄、张彪、盛杏荪及其继室、聂仲芳及其夫人（即曾文正之女）、太夫人、曾惠敏、邵友濂、梁鼎芬、文廷式、铁良、卫汝贵、洪述祖等，苟细绎之，不难按图而索也。[①]

可见，作者很注意多渠道地汲取故事素材，其小说所写有很强的现实依据与客观真实性。作者自称：“吾闻诸人言，是皆实事，非凭空构造者。”（第三回评）“确是当年实事，非虚构者。”（第二十六回评）

3. 叙事旨趣。当然，作者也不可能有材必录，而是以“奇奇怪怪”为标准。在小说“楔子”中，他就说“里面所叙的事，千奇百怪，看得又惊又怕”。其所谓“千奇百怪”的事，就是指“社会种种怪状”。第十一回，“九死一生”还声称：“我只喜欢打听那古怪的事，闲事是不管的。”第六十回，吴继之又说“九死一生”平时“备了一本日记，除记正

① 蒋瑞藻：《小说考证·二十年目睹之怪现状》，古典文学出版社，1957，第222页。

事之外，把那所见所闻的，都记在上面，很有两件希奇古怪的事情”。小说结尾又再次点明：“又念我自从出门应世以来，一切奇奇怪怪的事，都写了笔记，这部笔记足足盘弄了二十年了。”可见，选取“奇奇怪怪”之事进行叙述，乃是本书叙事的主要旨趣。

那么什么样的事情才算是古怪的呢？从小说所写来看，其所谓“古怪”之事，并非指超自然的、荒诞不经之事，而主要是指那些极其反常悖俗乃至伤风败俗的言行。诸如知县做贼，臬台盗银，宦家子弟黎景翼为夺家产逼死胞弟又将弟媳卖入娼门，吏部主事符弥轩高谈性理之学却逼祖父讨饭甚至将其打死，候补道想巴结上司命妻子为制台“按摩”，苟观察为升官跪求寡媳做制台小老婆，以及五花八门的坑蒙拐骗偷，“一切希奇古怪、梦想不到的事”，实际上都是蔑伦悖理、逸出常轨之事。叙述这些新奇、反常之事，既可以令受众感到惊奇、震撼，又可以借此揭批种种社会痼疾，为作者提倡的道德改良张本。

4. 叙事详略。从叙事的轻重详略来看，尽管作者声称要将“上中下三等社会一齐写尽”，但还是以揭批“官场丑态”为主，同时旁及科场、士林、洋行、商界以及其他三教九流。小说第九回评语即指出：“一路写来，多是官场丑态，至此忽插入骚人墨客，怨女痴男，可见无处无怪现状之可记也。”张冥飞在评论《二十年目睹之怪现状》时也指出：“官场为消磨人才之地，亦是造成罪恶之场，故所写怪状，终以官场中人之所作为多数。作者于第四回下‘官场中简直是男盗女娼的了’之断语，骂世伤时至此，我知其深恫于厥心矣。”[①]

5. 叙事视角。小说因为将怪现状大都纳入“我”之耳闻目睹，基本采用第一人称限制叙事，这样就容易让读者产生逼真亲切、如临其境的艺术感受；并且小说中这个“我”明显带有作者本人的影子，在“我”身上

① 魏绍昌编《吴趼人研究资料》，上海古籍出版社，1980，第78页。

可以看到吴趼人有侠气、讲义气、重然诺、慷慨磊落的个性，这就使小说的第一人称叙事带有一定的个性化色彩。对于当时习惯于阅读传统小说的读者大众来说，这部通篇以“我”来讲故事的小说，无疑会产生较强烈的视觉冲击力与新奇独特的艺术效果。因此，该小说采用的第一人称限制叙事，在中国小说史上可谓别开生面，它有效地突破了中国古代小说“说书人”全知叙事的藩篱，对中国小说叙事视角的革新起到了较大的促进作用，此后以第一人称叙事的小说开始大量涌现。当然，作者对第一人称叙事方式的运用，尚未能自觉地贯穿始终，导致某些故事逸出了“我”的视角范围，如第四十四回，苟才妻妾之间的扭打就是由一个全知叙事者用“原来”起头叙述的；第五十一至五十二回、八十七至九十五回的故事也基本上采用的是全知叙述。之所以会出现这种情况，“可能小说作者想要对社会做一个全面的批判，因而不堪忍受第一人称所强加给自己的束缚，于是产生了这些变化”[①]。另外，由于小说所叙，多半是“我”见闻的他人故事，“我”对之缺乏深切的体会，因而其叙事的深刻性、细节的真实性与艺术感染力等也难免会打折扣。

6. 叙事倾向。就叙事流露的倾向性而言，由于作者“愤世嫉俗之念，积而愈深，即砭订愚顽之心，久而弥切”，因而在叙述种种蔑伦悖理的奇闻怪事时，难免会嬉笑怒骂，形之于色，冷嘲热讽，淋漓尽致。如书中就多次这样谴责为官：“官场中竟是男盗女娼的了！”（第四回）“这个官竟然不是人做的。头一件就要学会了卑污苟贱，才可以求得着差使；又要把良心搁过一边，放出那杀人不见血的手段，才能弄得着钱。”（第五十回）“如今做官的，那里还讲甚么能耐，讲甚么才情。会拉拢、会花钱就是能耐，会巴结就是才情。”（第八十九回）“官场的事情，也真是

① ［美］韩南：《吴趼人与叙事者》，载《中国近代小说的兴起》，上海教育出版社，2004，第181页。

有天没日，只要贿赂通了，甚么事都办得到的。”（第九十回）“现在那些中堂大人们，那一个不是棺材里伸出手来——死要的！”（第九十二回）“至于官，是拿钱捐来的，钱多官就大点，钱少官就小点……至于说是做官的规矩，那不过是叩头、请安、站班……至于骨子里头，第一个秘诀是要巴结，只要人家巴结不到的，你巴结得到；人家做不出的，你做得出。……你千万记着‘不怕难为情’五个字的秘诀，做官是一定得法的。”（第九十九回）

7. 人物刻画。至于对“蛇虫鼠蚁”“豺狼虎豹”与“魑魅魍魉”之种种丑态恶行的描画，作者自然也就会多采用写实与漫画式的夸张相结合的笔法，以勾画其特征，毕现其妍媸，达到谴责的目的。如第十二回写苟才初次出场，其夸夸其谈、旁若无人之状，即跃然纸上。作者自评道：“写苟才如画，有颊上添毫之妙，令读者如见其人。”又如第八十八回，写苟才跪求儿媳一节：

> 苟才向婆子丢个眼色，苟太太会意，走近少奶奶身边，猝然把少奶奶捺住，苟才正对了少奶奶，又跪下去。吓得少奶奶要起身时，却早被苟太太捺住了。况且苟太太也顺势跪下，两只手抱住了少奶奶双膝。苟才却摘下帽子，放在地下，然后“鼕的鼕的”碰了三个响头。……苟才道：“我此刻明告诉了媳妇，望媳妇大发慈悲，救我一救！这件事除了媳妇，没有第二个可做的。”……苟才仍是跪着不动道：“这里的大帅，前个月没了个姨太太，心中十分不乐，常对人说，怎生再得一个佳人，方才快活。我想媳妇生就的沈鱼落雁之容，闭月羞花之貌，大帅见了，一定欢喜的，所以我前两天托人对大帅说定，将媳妇送去给他做了姨太太，大帅已经答应下来。务乞媳妇屈节顺从，这便是救我一家性命了。”

《二十年目睹之怪现状》第八十八回插图“劝堕节翁姑齐屈膝”

作者抓住其下跪、磕头的丑行与摇尾乞怜的一段丑语，寥寥数笔，就活画出了苟才“行止龌龊，无耻之尤”的丑恶嘴脸。为了彰显所写人物的道德品性，作者还有意采用了姓名谐音之法，来表达他对所写人物的厌憎之情。如苟才，即谐音“狗才”；郦士图，谐音“利是图”；濮固修，谐音“不顾羞”；等等。作者在第十二回评语中写道：“一席六个人，已有了一个‘狗才’，还有一个‘利是图’，一个‘不顾羞’，写来可笑。”[1]

当然，小说也写了几个正人君子，如九死一生、吴继之、文述农、蔡伯坚等，他们或豁达、慷慨、精明，或颖悟、执着，或侠义、耿直、清廉等，或多或少地寄托了作者以道德救世的良苦用心。不过，考虑到这几个人物是书中所叙“怪现状”的耳闻目睹者，是叙事信息的主要来源，因此为了加强叙事的真实性与可靠性，作者也必须将他们写成耿直清正与愤世嫉俗的人。

8. 叙事笔法。作者为了更好地突出所写现状之“怪”，以收到耸动读者听闻的效果，还刻意追求叙事的曲折多变、情节的跌宕起伏。例如：第四回写苟才礼贤下士，令“我”惊叹，不料吴继之却嘲笑“我”大惊小

① 吴趼人：《吴趼人全集》第一卷，北方文艺出版社，1998，第95页。

怪，使“我”好生纳闷，至此收尾，作者评点道：“阅者且休阅下回，试掩卷思之，毕竟是何缘故？任是百思，当亦不得其解，此现状之所以为怪也！”[①]翻阅第五回，欲探究竟，作者却又故意岔开笔墨，还评点道：“此回偏不便表明，令读者捉摸不定。”[②]而在写完骗子设套骗了珠宝店后，作者又评道：“读者以为此一回文字，已叙完矣，不料下文余波，写来更觉骇人耳目。现状怪，笔墨也不得谓之非怪。”[③]如此叙事，自然会令读者欲罢不能。因此，作者多次借评点自鸣得意：“令人急欲追求，却又霎时勒住，诡秘如是，不怕阅者纳闷耶？”（第十一回评）“此书迂回曲折，不肯骤以真相示人，读者其宁心以俟之。”（第十六回评）“此一回全是机诈文章，无一笔无一处不是形容鬼蜮伎俩，写来闪烁不定。”（第十九回评）“笙歌竞奏之时，忽然杂以叫骂之声，正不知为着何事，令人急欲看下文。”（第四十三回评）“下半回突如其来，出人意料，阅至篇终，始知为此谣言所致。”（第五十八回评）“上回写得如火如荼，戛然而止，以为此回必有一番扰乱恐慌现象矣！谁知竟是火灭烟消，冰清水冷，绝无此事，令人回想当时，可发一笑。”（第五十九回评）

可见，作者是有意借“怪笔”来写“怪事”的。“怪笔”与“怪事”相辅相成，既出乎意料，又在情理之中，有效地增添了小说的吸引力与感染力。作者这样做，也与小说是在报刊上连载密切相关的。梁启超曾谈及报刊连载小说创作的难处在于“虽一回不能苟简，稍有弱点，即全书皆为减色”[④]。因此，为了适应报刊连载的需要，作者便不得不精心结撰每期所载故事，力求叙事迂回曲折、悬念迭起，以期吸引读者持续不断地看下去。

---

① 吴趼人：《吴趼人全集》第一卷，北方文艺出版社，1998年，第40页。

② 同上书，第47页。

③ 同上。

④ 梁启超：《〈新小说〉第1号》，《新民丛报》第一号，1902。

总而言之，《二十年目睹之怪现状》全面地暴露并谴责了当时社会与儒家的政治理想和传统道德相悖离的种种怪现状。这种暴露自然能“使人读之而知所警戒，于趣味之中，兼具教训之目的”①，客观上有助于社会的改良。不过，由于作者愤世嫉俗之情过于强烈，虽其命意在于匡时济世，但其“描写失之张皇，时或伤于溢恶，言违真实，则感人之力顿微”②，再加上该小说是在报刊上连载的，为了投俗众之所好，自不免有猎奇凑趣之嫌，这也使得一部以改良社会为己任的小说，在一定程度上变成了“连篇‘话柄’，仅足供闲散者谈笑之资而已”③，这不能不令人为之惋惜。当然，该小说的艺术水平还是相当高的，张冥飞就说它：“近世所处之社会小说，未有能驾而上之者。”④胡适曾将它与当时的《官场现形记》等同类小说做过比较，说它在“同类之书中，独为最上物。所以者何？此书以‘我’为主人。全书种种不相关属之材料，得此一个‘我’，乃有所附着，有所统系。此其特长之处，非李伯元所及”⑤。

（二）《九命奇冤》的创作

《九命奇冤》也是吴趼人小说的代表作之一。最早连载于梁启超主办的《新小说》杂志第12—24号，光绪三十年（1904）至三十一年（1905）出刊。光绪三十二年（1906）由上海广智书局出版单行本。

该小说是吴趼人根据嘉庆十四年（1809）安和先生所著的《警富新

① 成之：《小说丛话》，载陈平原、夏晓红编《二十世纪中国小说理论资料》（第一卷），北京大学出版社，1989，第429页。

② 鲁迅：《中国小说史略》第二十八篇《清末之谴责小说》，上海古籍出版社，1998，第209页。

③ 同上。

④ 张冥飞：《古今小说评林》，载魏绍昌编《吴趼人研究资料》，上海古籍出版社，1980，第78页。

⑤ 胡适：《再寄陈独秀答钱玄同》，载《胡适古典文学研究论集》，上海古籍出版社，1988，第719页。

书》改编的。《警富新书》四十回，叙述雍正年间广东番禺县梁天来、凌贵兴两家因“风水”问题发生纠葛，积怨成仇。凌家倚借财势，对梁家百般欺凌，最终发展到纠结强盗、武装打劫，纵火焚熏梁家石室，导致梁氏一家七口当场毙命，其中一名妇女还怀有身孕，遂酿成轰动一时的“七尸八命”惨案。事后被害人梁天来衔冤上告，历经县、府、按察使、巡抚等审讯，都因凌氏以重金行贿，不但大冤难伸，反将证人拷打致死。总督孔大鹏查明案情，捕获凌贵兴一伙，后竟又被肇庆知府受贿开释。最终梁天来冲破重重阻截，赴京告御状，终使沉冤得雪。小说旨在警示富人不可因追名逐利，骄横不法，害人害己，劝喻世人安分守己，多行善举。

《九命奇冤》封面

吴趼人对《警富新书》进行了改编、重写，将原书中的“八命”增为“九命”（这是将作证而死的乞丐张凤也计入被害人之列），改名《九命奇冤》。全书三十六回，连载于《新小说》，梁启超以及吴趼人本人都将《九命奇冤》视为“社会小说”，阿英则将其归入公案小说。实际上，该小说不同于一般的公案小说，“它所强调的并不是明断的官吏。像其他晚清小说一样，它的主导主题是抨击道德的败坏、迷信以及贪婪造成的极大罪恶”[①]，因此它表面上虽带有公案小说的某些特征，但骨子里却是揭批社会黑暗、政治腐败的社会小说。

① 吉尔伯特：《〈九命奇冤〉中的时间：西方影响与本国传统》，载米列娜编、伍晓明译《从传统到现代》，北京大学出版社，1991，第131页。

《九命奇冤》基本保留了《警富新书》的情节内容。主要人物梁天来、凌贵兴，以及梁、凌两家的冤恨情仇，皆与原著大体一致。既然如此，吴趼人又何必重起炉灶，将同样的故事再写一遍呢？这除了吴氏对《警富新书》叙事芜杂、描写粗糙感到不满外，还与他想借这个震撼人心的典型案件，揭批社会的丑恶现象，寄托其改良社会政治的愿望有更为直接的关系。在吴趼人笔下，《九命奇冤》不仅是为了警示富人，“旌善惩恶”，还有更为显豁的现实批判意义，它穷形尽相地刻画了乡豪富户、帮闲无赖、贪官污吏、地痞土匪等人物，入木三分地揭示了乡里恶俗之顽劣、乡豪富户之跋扈、清朝吏治之腐败，无论在题材内容还是在思想意义方面皆对原著有所拓展和深化。值得一提的是，作者还有意对原书中写到的风水、算命、鬼魂显灵等迷信风气进行揭批，并增写了鸦片的危害。如小说第六回写到凌贵兴迷信风水、受人误导之事时，作者忍不住补充、议论道：“看官！须知这算命、风水、白虎、貔貅等事，都是荒诞无稽的，何必要叙上来？只因当时的民智不过如此，都以为这个是神乎其神的，他们要这样做出来，我也只可照样叙过去。不是我自命改良小说的，也跟着古人去迷信这无稽之言，不要误会了我的意思呀！”第三十二回说到迷信活动时，他又议论道：“看官，这几行事业是中国人最迷信的。中国人之中，又要算广东人迷信得最厉害！”小说第十回还写何氏劝夫改邪归正，不料却被其夫打骂一顿，于是便吞食鸦片，含恨而死。这些描写都赋予小说以进步意义，表达了作者改良社会的愿望。

当然，吴趼人对《九命奇冤》的改编、创新，更多地表现在艺术方面。

1. 原书故事情节的改造与重构。《警富新书》在情节的安排与叙述方面有时显得过于粗糙，其中一些与主干情节无关紧要的内容，也大肆铺叙。如凌贵兴之妹桂仙中秋之夜做客梁家，吟诗作赋，作者便将姊妹之诗一一记录下来，这与环境氛围、人物心情皆不相谐。吴趼人对此做了删改，改成桂仙中秋之夜前往梁家通风报信，删除赏月吟诗之乐。桂仙归家后与其兄凌贵兴发生口角，上吊自杀，遗书被其兄撕毁……这些叙述不仅衔接紧凑，并且合乎情理，对表现凌贵兴六亲不认、冷酷无情的性格也起到一定作用。《警富新书》不厌其烦地全文重现凌、梁的状词，从梁天来上告知县到殿前御状，多达六次，吴趼人对此也做了删除，避免了行文的重复与冗赘。另外，吴趼人还删除了与梁天来告御状无关的黄经冤案。这些删改使小说叙事简洁、明快，情节更为紧凑。至于梁天来上京告状，吴趼人也做了很大改动。《警富新书》对梁天来上京告状叙述极详，用了整整十二回的篇幅，其间插写苏沛之微行访察之事，余者尽叙天来赴京途中的艰难险阻。而《九命奇冤》自二十九回才涉笔天来上京之事，并且调整了叙事的角度与重心，改从凌贵兴这一面写起，写凌得知天来上京之事后，千方百计围堵截杀，致使天来遭遇重重危机，故事情节环环相扣，跌宕起伏，充分地揭露了凌贵兴及其爪牙穷凶极恶的罪行与相关官吏贪鄙无耻的嘴脸。

2. 叙述方式的变革。这是《九命奇冤》中最引人注目之处。例如小说一开头就采用了对话、场景式的描写与倒叙手法：

“唫！伙计！到了地头了！你看大门紧闭，用甚么法子攻打？”

“呸！蠢材！这区区两扇木门，还攻打不开么？来，来，来！拿我的铁锤来！”

砰訇！砰訇！

“好响呀！”

“好了，好了！头门开了！呀！这二门是个铁门，怎么处呢？”

轰！

“好了，好了！……”

这一连串的对话与拟声，有意略去了传统小说中常见的“××道”或“××曰”，以戏剧化的手法逼真地展现了一群匪盗攻打梁家石室的情景。这原本是小说情节的高潮所在，要写到第十六回时才出现，然而吴趼人却拿来放在卷首，以倒叙之法制造了先声夺人的艺术效果。这种写法在传统小说中极为罕见，传统小说大多采用简略快速的追本溯源之法，也即从主人公祖籍家世和过去经历写起，逐渐引出所叙的故事，《警富新书》就是如此。吴趼人却采用“一起之突兀”的方式开头，这明显是受到了西方小说的影响。胡适就指出：“这种倒装的叙述，一定是西洋小说的影响。”[①]有学者则更明确地指出，吴趼人借鉴了法国侦探小说《毒蛇圈》的写法。[②]《毒蛇圈》一开头就采用了对话、倒叙之法，吴趼人评点过这部小说，故而借鉴其开头方法也可谓顺理成章。

倒叙之法并非只出现在开头，在此后的叙事中也多次使用。例如：第十七回叙述关在石室的梁母起死回生后讲述烟熏石室时的情况及幸免于死的原因；第十八回凌贵兴一伙作恶后汇报各人作恶情况；第三十一回补叙区爵兴寻梁天来踪迹不得的缘由；第三十五回写凌贵兴与众盗匪正在庆贺打官司获胜，不料竟被一伙官兵冲进来全部缉拿归案，感觉就好像是在做梦。这时叙述者出面解释道：“看官！这等遭逢，犹如当头打了个闷棍一般，怎怪得他们疑是做梦呢！就是看官们看到这里，也是莫名其妙，也要疑惑闷气。待我先把这件事补了出来，破了这个闷罢。原来……”这几处都有意采用了倒叙、补叙的方法，时空交错而又头绪分明，有效地制造了悬念，增加了叙事的审美张力。

3. 人物塑造方法的丰富与创新。传统小说习惯于通过人物的言行来展示人物的性格，较少描写人物的内心活动，《警富新书》也不例外，该

① 胡适：《五十年来中国之文学》，载《胡适古典文学研究论集》，上海古籍出版社，1988，第146页。

② 苗怀明：《中国公案小说史论》，南京大学出版社，2005，第141页。

小说基本上由人物对话与粗略的动作叙述构成，极少涉笔人物的心理活动，故而人物性格缺乏深度与感染力。吴趼人在重写该小说时有意增加了大量的心理描写，使之成为刻画人物性格的主要手段之一。例如，《九命奇冤》第四回写凌贵兴参加科考后等待放榜的焦急心情：

> 正说话间，忽听得门外面一声锣响，人声嘈杂，贵兴大喜，以为是报到了……贵兴不觉一阵心乱如麻，又想道："我才头一次场，就中了，只怕没有这等容易……"忽然又转念道："不管马半仙算命灵不灵，一万三千银子的关节，早就买定了，那有不中之理！"想到这里，心里又是一乐，忽然又想道："……"忽又想道："……"想到这里，不由的汗流浃背起来，坐不住，走到床上躺一下，一会又起来走走，又自己安慰自己道："……"忽又回想道："……"侧耳听听，外面已经打过三更了。"……虽然，盼了一夜，明日穿了衣帽去拜老师，簪花赴鹿鸣宴，也是开心的！"想到这里不禁噗嗤一声，自己笑起来。……贵兴大悟，暗想道："……"贵兴只是无心理会，定了神侧着耳去听，……见天已发白，贵兴已是急得搓手顿足……
>
> 贵兴气恼一番，思量莫非那姓陈的是个骗子……又想到："除非他再也不到广东，倘是再来时，我一定不放过他！"心中胡思乱想，又复睡去。……

由"大喜"，继而"心乱如麻"，转念又想，接着安慰自己，大悟，笑起来，然后又无心理会，急得搓手顿足，气恼一番，"心中胡思乱想"。这一系列的心理描绘与情绪化的动作、语言水乳交融，对凌贵兴梦想中举又疑心受骗、满怀期待又忐忑难安的精神状态做了勾魂摄魄的描绘。

值得注意的是，吴趼人对心理描写的使用，并不局限于一些主要人物，有时也用在对一些小角色的刻画上。例如，第三十二回中，小仆人喜来在携款贿官途中，遇到微服出访的苏沛之，被苏沛之相面之后的内心挣扎：

> 踌躇了一夜，想道：那人的话，一点也不错。他说我发财就在眼前，此刻三万银子，却现成的在我手里。他说我有晦气，不是疾病，便是官刑，向来大爷连年打官司，干下那种大事，不定一朝碰上了个清官，要闹到不得了……左右盘算，总想不出一个主意来。想到了五更头上，忽然打了一个决绝，想道：不如应了那先生发财的话，起了那三万银子，走到别处去罢……

这一段文字将喜来权衡利害，思前想后，决定携款私逃的心理变化过程写得相当惟妙惟肖，合情合理。

除了上述对原著的这些艺术革新外，吴趼人还删削了原著中的诗词韵语等非叙事文体，过滤了原著的文言词句与方言俚语，一律改用浅白易懂的白话，表现了纯洁小说文体的自觉意识与审美追求。

总之，吴趼人无论从思想上，还是从艺术上都对《警富新书》做了脱胎换骨的改造与提升，因而《九命奇冤》一经问世，便产生了良好的社会反响，成为吴趼人的代表作之一。胡适曾夸赞“《九命奇冤》可算是中国近代的一部全德的小说”，“在技术一方面要算最完备的一部小说了”。[①]

① 胡适：《五十年来中国之文学》，载《胡适古典文学研究论集》，上海古籍出版社，1988，第147页。

五、“发乎情，止乎礼义”

——吴趼人的言情小说创作

言情小说，是以描叙男女爱情、婚姻以及与之相关的家庭、社会生活为主要内容的小说。吴趼人的言情小说主要有《恨海》《劫余灰》和《情变》等。

《恨海·劫余灰·情变》封面

《恨海》是吴趼人创作的第一部言情小说，全书十回，由上海广智书局1906年10月出版。书叙广东京官陈戟临有二子，长子伯和聘商人张鹤亭之女棣华为妻，次子仲蔼与京官王乐天之女娟娟订婚。两对小儿女自幼同窗，两小无猜，本可三生石上、永结同心，不料庚子乱起，伯和护送张氏母女南下上海寻找张鹤亭，途中失散，却得意外横财，到上海后吃喝嫖赌。棣华四处打听伯和下落，找到他时，他已沦落为乞丐，不久贫病而死，棣华万念俱灰，斩断青丝，遁入空门。陈戟临夫妇则在祸乱中被杀，仲蔼只身避乱，幸遇父亲好友，推荐他到陕西某观察幕中做事，得蓄资产，并被保举功名，于是南下寻访娟娟，谁知娟娟已不幸堕入风尘，仲蔼愤恨之极，斩断情缘，披发入山，不知所终。

《劫余灰》最初发表于《月月小说》第11、13、15至20、21、23、24号，全书十六回，以反美华工禁约运动为背景，叙述一对青年情侣的悲惨际遇。小说写朱婉贞与陈耕伯由父母订下亲事，耕伯考中秀才，却被婉贞叔父朱仲晦骗到香港卖了“猪仔”（即卖到美国做华工），婉贞本人也被仲晦骗到广西，卖入妓院，历经磨难，回家后听说耕伯已死，于是去陈家奔丧守节，长达十几年。最终，耕伯携妻从海外归来，双方团聚，而两女也以姊妹相称。

《情变》是一部未完成的作品，原载于《舆论时事报》，1910年6月22日开始刊登，连载至同年10月，因作者猝然去世而中断。该书包括“楔子”与正文十回，但仅完成前七回，第八回没有叙完。小说写扬州少女寇阿男与同村少年秦白凤同窗共读，青梅竹马，两小无猜。后来阿男随父母到外地卖艺，临行前两人私订终身。几年后，阿男回乡，见秦家要与何家联姻，心中不甘，便大胆与白凤私合。私情败露后，白凤被迫去了镇江，阿男痴心不改，赶到镇江与白凤私奔至杭州，不久又被父亲抓回嫁给表兄，白凤也由叔父做主，娶了何家女儿彩鸾。第八回至此中断。从作者拟定的回目来看，故事结局应该是阿男伙同白凤，杀死其丈夫，结果命丧刑场，而白凤也在刑场殉情。

吴趼人创作的言情小说虽然为数不多，但却较有特色，对清末言情小说及后来的鸳鸯蝴蝶派小说创作皆有重要影响。

（一）吴趼人对“情”的独特理解

吴趼人创作言情小说，与他对“情”的独特的理解和认识是分不开的，在《恨海》第一回中，他就对“情”做了开宗明义的解说：

> 我素常立过一个议论，说人之有情，系与生俱生，未解人事以前，便有了情。大抵婴儿一啼一笑都是情，并不是那俗人说的“情窦初开”那个“情”字。要知俗人说的情，单知道儿女私情是情；我说那与生俱来的情，是说先天种在心里，将来长大没有一处用不着这个“情”字，但看他如何施展罢了。对于君国施展起来便是忠，对于父母施展起来便是孝，对于子女施展起来便是慈，对于朋友施展起来便是义。可见忠孝大节，无不是从“情”字生出来的。至于这儿女之情只可叫做“痴”。更有那不必用情、不应用情，他却滥用其情的，那

个只可叫做“魔”。……俗人但知儿女之情是情，未免把这个情字看的太轻了。并且有许多写情小说，竟然不是写情，是在那里写魔，写了魔还要说是写情，真是笔端罪过。

可见他所说的“情”并不只是“儿女私情”，而是人类与生俱来的各类情感之和，其中尤以忠、孝、慈、义等伦理情感为主要内涵。换言之，小说即使写男女爱情，也应当“发乎情，止乎礼义”，否则就不是“写情”而是“写魔”。这种“情礼合一”观自然是比较传统的，体现了作者欲借儿女之情，弘扬传统道德的创作旨趣。在《劫余灰》里，吴趼人又对“情”的外延做了进一步的扩展：

情，情，写情，这一个情字岂是容易写得出，写得完的吗？……大约这个情字，是没有一处可少的，也没有一时可离的。上自碧落之下，下自黄泉之上，无非一个大傀儡场。这牵动傀儡的总线索，便是一个情字。大而至于古圣人、民胞物与、己饥己溺之心，小至于一事一物之嗜好，无非在一个情字范围之内。非独人有情，物亦有情。如犬马报主之类，自不能不说是情。甚至鸟鸣春，虫鸣秋，亦莫不是情感而然。非独动物有情，就是植物也有情。但看当春时候，草木发生，欣欣向荣，自有一种欢忻之色；到了深秋，草木黄落，也自显出一种可怜之色。如此说来，是有生机之物，莫不有情。

可见他已将“情”扩展到天地间一切有生机的事物，认为“情”是牵动人类一切活动的总线索，不仅人类，就连自然界的飞禽走兽、花草树木也都是有“情”的。“情”虽然无处不在，须臾不离，但其精神内核却是有关风化的伦理之情。因此，他指出：“近来小说家所言艳情、爱情、哀情、侠情之类，也不一而足，据我看去，却是痴情最多。……自从世风不古以来，一般佻挞少年，只知道男女相悦独谓之情，非把‘情’字弄得狭隘了，并且把‘情’字也污蔑了，也算得是‘情’字的劫运。到了此时，那‘情’字也变成了劫余灰了。”（《劫余灰》第一回）由此可知，他之所以创作言情小说，也是因为对“近来小说家所言艳情、爱情、哀情、侠情”感到不满，觉得他们“非把‘情’字弄得狭隘了，并且把‘情’字也污蔑了”，所以才觉得有必要亲自写几部言情小说，通过援情入礼，情礼互喻，来重新演绎、诠释“情”的丰富内涵。

不过，一个作家的理论、意图在其实际的创作中往往并不能得到充分的贯彻与落实，有时甚至还会出现创作实践与理论、意图的脱节或背离。因为优秀的作家一旦进入小说创作中，就会不由自主地根据特定情境中人物的生活感受、个性情感与性格逻辑去生发故事，构建情节，描写人物的离合悲欢，而不会简单地从预定的理论、意图出发，去操纵人物，编造故事，使人物、故事成为观念的图解。就吴趼人创作的几部言情小说来看，情况正是如此。虽然作者开宗明义地声称“情”的描写要合乎传统的伦理规范，但在实际的创作中，他仍是以儿女之情作为艺术描写的中心，并没有刻意去肯定人物的忠孝节义之举，有时甚至还在有意无意中真实地反映了传统礼教对人情人性的扭曲与戕害。如《恨海》中张棣华因守礼避嫌，不敢与陈伯和同居一室，同乘一车，才被流民冲散，导致伯和交友不慎堕落为浪子，自己则为伯和守节而削发为尼；仲蔼也因无法接受不幸失足的娟娟而遁入空门。可见，正是由于当事人在动乱的时局中拘泥礼教，或受贞节观念的左右，才导致爱情悲剧的产生，造成了人物的不幸命运。而《情变》中的寇阿男与秦白凤，则是为了爱情，不顾父母之命，违背婚姻礼教，结果屡受家长的粗暴干涉，最后双双为爱殒命。这个令人痛心的爱情悲剧，恰恰在客观上暴露了封建传统礼教吃人的一面。因此，吴趼人虽然本意是想借儿女之情的描写弘扬传统的伦理道德，但实际效果却适得其反，这也许是作者始料不及的。

吴趼人后来在谈到《恨海》的创作以及自己的阅读感受时曾这样说：

> 作小说令人喜易，令人悲难，令人笑易，令人哭难。吾前著《恨海》，仅十日而脱稿，未尝自审一过，即持以付广智书局。出版后偶取阅之，至悲惨处，辄自堕泪，亦不解当时何以下笔也。能为其难，窃用自喜。然其中之言论理想，大都皆陈腐常谈，殊无新趣，良用自歉。所幸全书虽是写情，犹未脱道德范围，或不致为大雅君子所唾弃耳。①

这段自白说明他在实际创作中并未怎样受到其写“情”理论的束缚与影响，而是沉浸在对人物的性格行为、情感心理与悲剧命运的深入体察、悲悯之中，振笔直书，一气呵成，因而才会产生令人悲哭的艺术力量。虽然他仍说“全书虽是写情，犹未脱道德范围”，但这恐怕也是以此应对有可能来自“大雅君子”的指责，实则他认为“其中之言论理想，大都皆陈腐常谈，殊无新趣”。可见以恢复、弘扬传统道德为己任的吴趼人，一旦深入到对人物的爱情悲剧的具体观照与描写中，也会不自觉地认识到封建礼教的陈腐与戕害人性的一面。而这，也正是其言情小说在思想内涵方面值得关注、玩味与肯定的地方。

（二）“以男衬女”的人物配置

吴趼人的言情小说在对人物形象的塑造方面也有与众不同之处，即他喜欢以女性为主要表现对象，并有意弱化男性人物，使其成为女性形象的陪衬，因此形成了一种“以男衬女”的人物配置模式。

《恨海》中的张棣华、《劫余灰》中的朱婉贞、《情变》中的寇阿男，都是作者浓墨重彩地加以描绘的对象。棣华、婉贞是守贞持节的奇女

① 吴趼人：《说小说·杂说》，载《吴趼人全集》第八卷，北方文艺出版社，1998，第220页。

子，她们孝顺父母、尊敬长辈、忠于爱情，有牢不可破的、从一而终的节操观念。在逃难途中，棣华因为守礼避嫌，在客房不足、有母亲陪伴的情况下，因不愿与伯和同榻，致使伯和受冻染病。她想照顾伯和，又碍于礼数，书中写道：

> 他这个病，是为回避我在外面打盹熬出来的，今夜岂可再去累他？欲待叫时，又羞于出口；欲待不叫，于心又不忍。……只是这嫌疑之际，令人十分难过。倘是先成了亲，再同走倒也罢了。此刻被礼法所限，连他的病体如何，也不能亲口问一声……只见他侧着身子睡了，把一床夹被窝翻在半边。暗想此刻天将黎明的时候，晓风最易侵入的，况且正对了那破纸窗，万一再病起来，这身子怎生禁得？要待代他盖好了，又不好意思。待要叫醒母亲，又恐怕老人家醒了不能再睡；今日谅情要动身的了，不多睡一会，怎禁得在车上劳顿？待要叫醒伯和时，又出口不得。

对礼法的顾忌、对情郎的怜爱与对母亲的体贴，纠结于一心，真切地表现了一个女子既孝义又重情的性格心理。后来，棣华被乱民冲散，千辛万苦回到上海，谁料伯和已因嫖妓吸毒，沦为乞丐，贫病缠身。棣华没有心生嫌怨，甚至认为这都是自己处处避嫌惹的祸。她怀着深深的自责将伯和接到家中治病，苦心劝说浪子回头，并在他病重时放下男女嫌忌，以未婚妻身份服侍伯和，甚至以口哺药，但最终于事无补。棣华本想殉情而死，“因恐死了父亲更是伤心”，所以只好断发出家，为伯和守节。用现代人的观点看，棣华本来可以开始新的生活，但是这对一个以孝义为重、甘心守节的女子来说又是不可能的选择。

同样的情况发生在《劫余灰》的朱婉贞身上。婉贞也是由父母包办，与陈耕伯订婚的。不料耕伯被“卖猪仔”，婉贞也被叔父拐卖到妓院。为保全节操，婉贞"三番就死"，被世人称为"奇节"女子；后来历经磨难回到家中，又听信谎言，以为耕伯已死，果断地去陈家奔丧守节。如果说张棣华与陈伯和从小一起长大还有一点感情基础的话，那么朱婉贞和陈耕伯的关系则完全由婚姻礼教维系，耕伯甚至不知父母为自己订亲。张棣华和朱婉贞都是作者着重描绘的女性，她们不仅表现出高尚的道德品质，而且在才能、胆识、心理承受力，特别是在对待爱情的忠贞程度上都超过男性人物。作者也多次在作品中赞赏她们的保"节"行为和从一而终的思想观念，并通过陈仲蔼之口批评《红楼梦》为"诲淫、导淫"之书。相反，对《恨海》中因战乱而不幸失足烟花柳巷的王娟娟，对《情变》中勇敢追求爱情自由、蔑视封建礼教的寇阿男，作者则没有给予应有的怜悯，而是给她们安排了遭人唾弃的悲剧结局。这也说明作者弘扬传统道德的意图的确是很强烈的。尽管如此，他并没有将张棣华等写成概念化的人物，而是在不同程度上写出了她们内心深处"情"与"礼"的矛盾与为坚守"礼"而自我牺牲的性格，这就使人物性格有了一定的深度和较高的审美价值。

相形之下，小说中的几个男主角几乎乏善可陈。实际上，作者描写他们，多半是为了从正面或反面衬托女主角的形象。在众多男性人物中，只有陈伯和的性格写得较为复杂、饱满，有所变化。他本来是个孝顺长辈、体贴女性的忠厚之人。只因意外地得到一笔横财，少年心性，把持不住，先因嫖娼而被妓女卷走全部财物，后又因吸毒成瘾而流落街头。等到张鹤亭招访他时，他已积习难改，终因贫病交迫、中毒过深而死。作为一个负面人物，他的存在主要是为了反衬棣华孝义重情、坚守节操的精神品格。至于其他男性人物如陈仲蔼、陈耕伯、秦白凤等，或自私无情，或胆小怕事，或软弱无能，都是无足轻重的陪衬人物。

从创作的角度来说，这种"以男衬女"的人物配置模式，颇便于作者集中笔力写好核心人物，而其他人物则依据其与核心人物的关系远近与不同程度的重要性，合理地分配笔墨，使其对核心人物的塑造起到或正衬或反衬的作用，这样一来小说的人物描写才会显得主次分明，才能更好地体现作者的创作旨趣。

（三）“珠花式”的叙事结构

与“以男衬女”的人物模式相适应，《恨海》《劫余灰》与《情变》均采用了一种“珠花式”的叙事结构方式[①]，即它们分别以其核心人物张棣华、朱婉贞和寇阿男为主线贯串故事始终，着重围绕她们的悲欢离合与命运播迁来生发、开展故事情节，这样既可以突出人物之间的关系，使情节的舒卷产生有机的联系，又能够更充分地塑造核心人物，彰显作品的主要思想倾向。

当然，以一人为主线来统贯故事情节，也会使故事情节的开展受到局限，不利于表现广阔的社会现实。为了解决这一矛盾，吴趼人在小说创作中采用了“一正一反，一主一从，一实一虚两条情节线纠结在一起”的结构模式，“借‘正线’‘主线’‘实线’来获得小说的整体感，而借‘反线’‘从线’‘虚线’来拓展小说的表现范围”。[②]如《恨海》，便是以棣华与伯和的爱情故事为主线，同时又在主线故事中穿插了仲蔼与娟娟的爱情悲剧。仲蔼在兄长伯和与棣华南下避难后，陪父母在京，父母不幸被害，他辗转来到陕西，后来命运有了转机，便赶到上海寻访亲人，这才得知哥哥已死，主次两条线在此交汇。故事结局是棣华因伯和之死削发为尼，仲蔼则因娟娟沦落风尘而遁入空门，一是男负女，一是女负男，让人觉得“造物弄人，未免太甚”，诚所谓：“底事无情公子，不逢薄幸婵娟。安排颠倒遇颠连，到此真情乃见。”在《劫余灰》里，作者则创造性地使用了明线与暗线相结合的结构方式。全书用大部分篇幅写朱婉贞被叔父拐卖后遭受的种种磨难和她面对磨难时的聪明才智与节烈性格，而作为

① 陈平原：《陈平原小说史论集》（中册），河北人民出版社，1997，第720页。

② 同上书，第723页。

正面描写的陈耕伯二十年的“猪仔”生活只是在结尾才以倒叙的手法交待出来，这条暗线很好地衬托了明线和中心人物。而饶有意味的是，隐于幕后的陈耕伯时时左右着中心人物的生活和命运：朱婉贞经历种种磨难，保守贞洁，是为他守住一己清白；奔丧守节十八载，是为奉养公婆，尽儿媳之职，全义妇之名。

由此可见，运用“珠花式”的结构方式，辅之以副线、暗线的叙事方法，也可谓别具匠心，体现了较强的艺术表现力。

（四）第三人称限制叙事的有效运用

吴趼人的言情小说基本上采用第三人称全知视角来进行叙事，这自然有助于作者涉笔广阔的社会生活画面，但他又颇善于灵活地转换叙事视角，有意将叙事信息的传递限制在主要人物感知的范围内，这样便有效地增强了叙事的现场感、真实性与感染力，弥补了全知叙事的不足。

例如，《恨海》一开头便采用全知视角介绍陈、张、王三家结亲及庚子事变后逃难的事情，不过随着故事情节的展开，作者又不时地将全知叙事转换成限制叙事，改从几个主要人物特别是张棣华的角度来进行叙述。请看小说第四回是如何描写棣华在逃难途中的见闻感受的：

> 棣华取了一根纸捻儿，点了个火，出到外间。四面一照，只见墙上挂着一盏马口铁洋油灯，便先把他点着了。……灶上安放着一口铁锅，旁边放着一个沙罐。拿过来一看，是空的，却没有盖，又没有水。吹着了纸捻，到院子里一照，并没有甚么，只有两匹牲口拴在那里。回到后院一看，有一口小缸，用一顶戴残的草帽盖住，揭开一看，喜得是半缸水。……棣华此时，一灯相对，又复万念交萦。想起伯和此时，到底不知在那里？身子究竟平安否？恨不能够即刻有个人代他通一个信。又悔恨错出了京，倘使同在京里，到了事急时，还可

以相依，或不至散失。又想起父亲在上海，那里知道我母女困在此处。那一寸芳心，便似辘轳般转。……忽听得窗外一阵狂风过处，洒下雨来，打得纸窗淅沥，愈觉得愁肠百转，度夜如年。

由于叙事是从人物的角度渐次展开的，因此读者便在无形中与人物贴近了，就好像是站在了人物的身边，与人物一起去观察，去感受，去思考，去聆听，于是在一种恍入其境、感同身受的幻觉中，真切地感受到她内心的情绪波动，并深深地为缠绕在她心中的牵念、焦虑、惧怕、希望等多种情绪所感动，产生了对人物性格心理的深切体认和对其命运的强烈关注。美国学者韩南在《〈恨海〉的特定文学语境》一文中指出："描写棣华作者尤其成功，很少有小说能把一个道德完美的人物写得这样富有感染力，而且极尽一切细微之处。"[①]显然，这与作者善于采用人物视角展开叙事是有直接关系的。

后来，棣华与母亲白氏在济宁住下，作者又改用伯和的视角叙述其遭遇。伯和寻白氏母女不得，危难之际扮作拳匪，"回望自己住的车店，已经火起。那拳匪沿路焚杀，竟没有一个官兵出来拦阻。正行走之间，忽听得紫竹林那边连天炮响，伯和怕不是事，便故意转到一条横巷里去。弯弯曲曲走了半里多路，只见一处烧不尽的颓垣败壁；这一片火烧场的尽处，却有一所房子，巍然独存。"（第六回）这一段文字写的都是伯和目睹耳闻的情景。伯和躲避拳匪之乱一个多月后出来，"只见满目荒凉，房屋尽皆烧了，剩了一片瓦砾，路上还有许多死人，血肉模糊，十分狼藉"（第七回）。接下来，作者又调转笔墨，从仲蔼角度叙述其在京城的见闻："是夜，忽然听得远处一片喧嚷之声，火光冲天而起"，"只见街上往来

① [美]韩南：《〈恨海〉的特定文学语境》，载《中国近代小说的兴起》，上海教育出版社，2004，第209页。

的，没有一个不是义和团，拥挤不堪，口中乱嚷：‘烧教堂！烧使馆！杀二毛子！杀二毛子！’……”（第七回）这样，作者便通过几个主要人物的见闻亲历，相当逼真地展现了庚子事变造成的生灵涂炭、疮痍满目的悲惨现实，让读者切身感受到了个人情感与命运在社会大变乱中显得多么渺小与脆弱，从而有效地丰富了作品的现实内涵。在《劫余灰》《情变》中，作者也在很多地方交错使用第三人称限制叙事，以增强叙事效果，这里就不再举例分析了。

需要补充说明的是，由于限制叙事不像全知叙事那样具有无所不知的权威与操控力，因而作者在使用限制叙事时对读者能否理解人物的所作所为，难免会产生一些顾虑，有时便忍不住跳出来对人物的举措进行解析或评说。如《劫余灰》第六回是从朱婉贞的角度进行限制叙事的，当叙述到婉贞遭受鸨母鞭打表示顺从，却又以药膏脏而不愿疗伤时，作者忍不住解释道：“看官，你道婉贞是当真嫌脏，不怕痛，不肯搽么？原来他心中，此时已定了一个主意——姑且假意顺从，暂作缓兵之计，慢慢再作设施，缓得一时是一时。所以，生怕搽了药油，伤痕好得快，等伤痕好了，那鸨妇不免要逼着出去应客，因此，只推说怕脏，不怕痛罢了。”另外，限制叙事的使用，也不便于作者借题发挥，针砭时弊，这对以改良社会为己任的吴趼人来说，自然是不堪拘囿的。如《情变》第三回写到寇四爷一家三口各怀心思、离心离德时，作者顿生感慨，于是便中断叙事，跳出来发一通议论：“这离心离德，是天下第一件不祥之事。在下每每看见世人，今日说团体，明日说机关，至于抉出他的心肝来，那团体两个字，便是他营私自利的面具；那机关的布置，更是他欺人自欺的奸谋。一个团体之中，一部机关之内，个个如此，人人这般，你想，这不是离心离德么？你想，这不是不祥之兆么？……罢！罢！我也不来讨列位的厌了，就言归正传罢。”这样做显然破坏了叙事的节奏、氛围与和谐感，即便见解独到，也严重削弱了小说的艺术性。

总之，吴趼人在转换叙事视角进行限制叙事方面，的确取得了较突出的艺术效果，尽管他对限制视角的运用还存在这样那样的缺陷，但是对推动中国小说叙事视角的转变与小说叙事艺术的发展，仍然是很有价值的。

（五）细腻传神的心理描写

如前所述，吴趼人的言情小说是以张棣华、朱婉贞和寇阿男这几位女性作为贯穿故事情节的主线人物的，为了集中笔力叙写她们的人生际遇，真切地描绘她们的悲欢离合，作者有意地采用了限制叙事，从人物的角度去揣摩、体验她们在不同生活处境、遭际中的情感心理，所谓“欲代此一人立言，先宜代此一人立心”[①]；而这样一来，小说中便频繁地出现了精彩传神的心理描写。如前文所举张棣华逃难途中的心理活动，就颇为真切动人。在一定程度上，也可以说，女主角张棣华的性格刻画主要是借助心理描写完成的。

《劫余灰》中也有大量心理描写，比如第五回写朱婉贞被拐卖妓院，对耕伯的思念，对叔父的埋怨，对父亲和公婆的担忧；第九回落水被救起后，对父亲的思念和对廖春亭和自己未来的担忧等。且看第九回这一段：

> （婉贞）想道：廖春亭与我同时落水，不知可曾遇救？若是经人救起，此时想已回到广州。他受了李知县所托，带我回去。我落水死了，他回去自然总要告诉父亲，我父亲不知我被人救起，又不知如何悲切？做儿女的不能承欢色笑，倒为了自己的事，再三令老人家担忧，真是令人难过。又想到陈耕伯，不知有无信息。我是一个女子，遇了这些磨难，尚且有人援救，他是个男子，想来总应该有法自存。但不知此时回来了不曾。若是回来了，知道我被人拐去，心中又不知怎生难过。

① 李渔：《闲情偶寄·词曲部·宾白第四·语求肖似》，三秦出版社，1998，第299页。

这段描写细腻入微地刻画了女主人公侥幸获救后思乡念亲、慈孝仁义的性格心理。除了直接描写人物心理外，作者还经常借助梦境展现人物心理。如《恨海》第五回，棣华因对伯和思念至极，做了一梦，梦见失散的伯和终于找回来了，但却对棣华心存气恼，先是不理不睬，接着又对她口出怨言，致令棣华柔肠寸断。这便深切地写出人物内心的思念、希望、自责与愁苦。又如《情变》第三回写寇阿男思念秦白凤，想半夜去见他，因雪大未能成行，于是：

关了房门，解下了腰刀，和衣倒在床上，……心想：半夜里是甚么人？便起来推开窗户一看，只见秦白凤站在窗外。阿男见了他，不觉心中一喜一怒，便道：“你进来么？大冷的天气，站在外头不怕冻坏了。”白凤道：“我不惯钻洞。你开了门，我进来。”……阿男怒道：“你把我临行的话都忘了，……才知道我的利害。”白凤道：“利害么！了不得不过杀了我罢了！我现成在此，就请你杀。”阿男低头一看，腰刀还在身上。……白凤接过了刀，忽的变了个红脸虬髯的大汉，眼睛里射出两道火光，挥刀尽力杀来。阿男自觉得头随刀落，肚子向上努了努力，思量要迸出个头来，谁知这一迸并未曾迸出了头颅，却迸出了一腔热血，闹得淋漓满身，血流到处……张开眼睛，四面一望，原来睡在床上，竟是一场噩梦。

这段梦境描写既写出了阿男对白凤爱恨交加的内心感受，又预示了这种执着狂热的爱情将会给女主人公带来身首异处、陈尸法场的悲惨结局。小说第四回写阿男内心的隐秘，也是因睡梦之中错搂母亲的手臂说出“哥哥，爱煞我也”的情话，才被母亲窥破，由此进一步推动了情节的发展。

可见，作者颇善于使用梦幻手法，将现实与梦境相结合，从而将人物的爱情心理写得真切传神，把爱情故事写得真幻相间，别具情韵。

考虑到中国古代小说很少如此频繁地运用心理与梦境描写来刻画人物的性格心理，推动故事情节的开展，营造特定的情境与氛围，因此吴趼人在言情小说中所做的艺术实践，无疑进一步丰富、发展了中国小说的写人叙事艺术。

六、“乌托邦”的建构与畅想
——吴趼人的科幻小说创作

清朝末年，面对欧风美雨的侵袭，一些处于“山河破碎风飘絮”之中的中国知识分子，怀着深重的忧患意识，开始积极探索救亡图存之道，思考中国的未来与命运。他们受西方先进的科技文明的冲击和十九世纪欧洲兴起的科幻小说的影响，自觉地借助异想天开的科幻奇谈，来展现他们心目中的乌托邦，寄托其美好的政治愿景，如梁启超《新中国未来记》、蔡元培《新年梦》、金作砺《新纪元》、荒江钓叟《月球殖民地小说》、海天独啸子《女娲石》、吴趼人《新石头记》、陆士谔《新中国》等。其中，吴趼人创作的《新石头记》，“无论从什么观点来看”，“都称得上是晚清

《新石头记》封面

最引人入胜的乌托邦小说”[①]。

顾名思义，《新石头记》是以曹雪芹《石头记》（即《红楼梦》）的续书名义出现的。在此之前，《红楼梦》已有多种续书，多半是为宝玉、黛玉吐气，使他们终偕良缘、幸福美满而已。吴趼人在《新石头记》第一回中就慨叹道：“自曹雪芹先生撰的《红楼梦》出版以来，后人又撰了多少续《红楼梦》：《红楼后梦》《红楼补梦》《绮楼重梦》……种种荒诞不经之言，不胜枚举。”既然如此，吴趼人为何还要重蹈覆辙呢？他解释说：“一个人提笔作文，总先有了一番意思。下笔的时候，他本来不是一定要人家赞赏的，不过自己随意所如，写写自家的怀抱罢了。”可见，他之所以续写《红楼梦》，乃是为了“写写自家的怀抱”。那么，吴趼人创作《新石头记》，究竟要写什么样的“怀抱”呢？

（一）再返红尘，补天酬愿

本来，《红楼梦》写贾宝玉的前身是女娲补天时弃置不用的一块灵石，因“无材可去补苍天”而自怨自艾，后来被一僧一道作法，幻形为通灵宝玉，携入红尘，历尽了离合悲欢、炎凉世态，然后看破红尘，出家而去。《新石头记》则从贾宝玉为了实现其“补天”之愿，再返红尘写起，说他出家以后，又不知过了几世几劫，一天凡心偶动，想起自己的补天之愿未酬，不觉心血来潮，热念如焚起来。于是养长头发，出了茅庵，又来到了尘世，并邂逅了已在玉霄宫做了仙童的焙茗，两人进了金陵城，向人打听荣国府，本以为“赫赫侯门，一问就知”，谁知连问了五六人，竟无一人知道，以至于惹出了这么一段笑话来：

那人道：“刚才听你们说的，莫不是要问那《红楼梦》上贾宝

① 王德威：《被压抑的现代性——晚清小说新论》，北京大学出版社，2005，第310页。

玉他家么？”宝玉喜欢道：“正是，正是！但是什么《红楼梦》，我可不懂！”那人道：“你可是看小说看呆了？”又笑道：“你要问他家，还是要看贾宝玉呢，还是要看林黛玉呢？”宝玉道：“只我便是贾宝玉！”焙茗在旁插嘴道：“我们二爷，现在当面，你为甚提名叫姓的起来，好没道理！”那人怔了一怔，指着焙茗问宝玉道：“他又是谁？”宝玉道：“他是我身边的小厮焙茗。”那人抬头看了看天，又揉了揉眼睛道：“不好了！我今日不是见了鬼，便是遇了疯子了！”

接下来，宝玉便开启了他在“野蛮世界”（晚清社会）的历险。他走南闯北，一路上见识了五花八门的新旧事物，听到了形形色色的奇谈怪论，尤其是由西方传进中国的火柴、蒸汽船、电灯泡、西餐和报纸等，“都是生平未曾经见的”，这让他深感震撼，并引发了一连串的思考，诸如：“既是中国的船，为什么要用外国人驶？”当听到“中国人不会驶”时，宝玉道：“没有的话！外国人也不多两个眼睛，也不多两条膀子，有什么不会的？”又说：“那里有学不会的学问呢？咱们不赶早学会了，万一他们和咱们不对起来，撒手不干了，那可怎么好呢？这么大的船，不成了废物了么？”（可见吴趼人有很强的文化自信与忧患意识）当宝玉在街上看见十家店铺倒有九家卖洋货时，便道：“通商一层，是以我所有，易我所无，才叫做交易。请问有了这许多洋货铺子，可有什么土货铺子，做外国人的买卖么？”（这又体现了一种互通有无、互惠互利的贸易观）

为了赶上时代潮流，宝玉开始主动看报、读书，了解新生事物，还先后考察了炮弹厂、锅炉厂、水雷厂、机器厂、洋枪厂、铸铁厂、木工厂，充分认识到“以时势而论，这维新也是不可再缓的了”，因而主张向洋人学习，从而完成了由厌恶“禄蠹”到喜谈“经济”的转变，成为得时代风气之先的新潮人物。尤为难得的是，宝玉在提倡学习西方时坚持了民族自尊。当洋行买办柏耀廉（谐音“不要脸”）声称“中国人都靠不住”时，宝玉反驳道：“难道连你自己都骂在里头？”柏耀廉回答：“我虽是中国人，却有点外国脾气。”宝玉大怒道：“外国人的屎也是香的，只可惜我们没有福气，不曾做了外国狗，吃它不着！”并一针见血地指出：“外国人最重的是爱国，只怕那爱国的外国人，还不要这不肖子孙呢。”

在走南闯北的过程中，宝玉发现这个貌似有点“文明”气象的国度，实际上依旧是野蛮当道，邪恶横行。如在上海这地方，发财的往往是西崽、洋奴和混混等，如他遇到的薛蟠之流，虽然粗鄙不堪，但却混得风生水起；官场中人不仅腐败透顶，还痛恨变革维新，他们“最恨的是新党，只要你带点新气，他便要想你的法子”。后来，宝玉来到京里，又遇到了义和团之乱，满怀忧愤地说：“怪不得说是‘野蛮之国’，又怪不得说是‘黑暗世界’！”后来，由于他在汉口发表了一番维新的议论，被诬为拳匪余党，一度被捕，几乎丧命。在历尽磨难、逃出“野蛮之国”后，宝玉不经意间来到了一个神秘的地方——“文明境界”。

（二）文明境界，礼仪之邦

走进“文明境界”，贾宝玉大开眼界，叹为观止。这里物阜民康，政通人和，路不拾遗，夜不闭户。既无作奸犯科之徒，也无娼优乞丐之流。物质技术文明高度发达，境内一年四季由人工调温，四时八节花木常青，居民饮食皆经科学调配，全为流体，营养美容，又便于消化。医疗技术之发达，自然不在话下，更有增强脑“筋”，制造聪明的奇方妙药。日常生活有司时器、千里镜、助听器、机器人以及“地火”等设备；交通运输则上有飞车，下有隧车，水中来去则有水靴，“不烦举步”而又秩序井然。宝玉和“老少年”（是作者本人的化身，《新石头记》即署名“老少年”撰）先是驾驶空中飞车，到中非洲猎获巨型鹏鸟；后来又乘坐潜水艇，带了透水镜、透金镜、助明镜等，到太平洋中猎取海鳅，惊见人鱼；又到南极，猎获海貂，收集珊瑚、寒翠石等奇珍异宝。宝玉想，当初自己一天到晚宅在大观园，何曾想到世界这等奇妙，文明如此之新！

耐人寻味的是，“文明境界”还是儒学底色浓厚的礼仪之邦。其境内设有二百万区，分东西南北中五大部。每区用一个字作符识，中央是“礼、乐、文、章”，东方是“仁、义、礼、智”，南方是“友、慈、恭、信”，西方是“刚、强、勇、毅”，北方是“忠、孝、廉、节”。境中有一个“自由村”，创建者复姓东方，名强，表字文明，所生三子一女，子名东方英、东方德、东方法，女名东方美；招一位女婿，是再造天之后，名叫华自立。

宝玉在遍游“文明境界”之后，因为久仰东方文明的大名，便邀老少年同往东部“仁”字第一区探访。东方文明见到宝玉，称为“故人”。宝玉大惑不解。谈及文明法则，东方文明说他欲救红、黑、棕各种人于水火之中。谈话间，东方文明的子、女、婿归来省亲，一问才知东方文明的子孙后代瓜瓞延绵，昌盛不已。孙子辈有东方文、东方武、东方韬、东方钤及外孙华务本等，都在政府供职；曾孙辈东方新、东方盛、东方振、东方兴、东方锐、东方勇、东方猛、东方威与外曾孙华日进、华日新，都在大学读书。元孙东方大同、东方大治及外元孙华抚夷等，则在幼儿园受教。

另外，境内政体，则采用“文明专制”，认为“共和是最野蛮的办法”，立宪也不可取。境内一位英雄，姓万名虑，表字周详，定了个强迫教育的法令，偏重德育，经营了五十多年，临终说了八个字：“德育普及，宪政可废！”国人开会研究，各议员都把政权纳还皇帝，仍旧复了专制政体。不过，做官的和做皇帝的，都实行《大学》中的两句话：“民之所好，好之；民之所恶，恶之。”百姓有了这个好政府，便都安居乐业，各自去研究自家的专门学问了。

小说最后写宝玉做了一场大梦，梦中见到中国已摆脱帝国主义欺凌，日益富强。北京城内正举行万国和平会，扬子江头则是工厂林立，车水马龙。宝玉也参加了万国和平会，当中国皇帝出场演讲，赫然正是东方文明。宝玉听演讲听得兴起，忽的一脚踏空，跌落深渊，醒来方知是南柯一梦。

明眼人一看就知道，吴趼人所描绘的“文明境界”，实际上就是他憧憬的未来新中国，是他心目中的理想国或乌托邦。他因为痛感于中国的积弱积贫，受够了洋人的欺凌，所以在畅想未来的新中国时，将“东方文明”说得无与伦比，就连英、德、法、美等西方列强都是“东方文明”的子女；他因为痛恨于当时的许多中国人崇洋媚外，吃里扒外，所以在推崇科技创新、富国强兵时，强调要固守东方文明，普及德育，实行文明专制，以仁治天下。不得不说，吴趼人是一个家国情怀极其深厚的人，他怀抱强烈的救国热忱，秉持坚定的文化自信，因此不论他的科学探险和乌托邦狂想有多么神奇，他都始终不忘大力弘扬中华优秀传统文化，极力强调东方文明可以化腐朽为神奇，能够拯时济世，生生不息。尽管这在当时看来，未免不合时宜，甚至难免受保守、迂腐之讥。但是他强烈要求“爱种爱国”“保全国粹”，反对一味崇洋媚外，无论如何都是值得尊敬和肯定的。如果联系吴趼人的畅想，对照一下现在的中国，科技发达、文化自信、物阜民康、民族昌盛，其美好的愿景多半都已实现，不知我们又该作何感想?

（三）穿越时空，想落天外

吴趼人巧妙地“借用”了《红楼梦》里的贾宝玉，让其穿越时空，上天入地，不仅目睹了“野蛮世界”中的种种怪现状，看到了晚清社会落后、腐朽的一面，而且在“文明境界”中面对匪夷所思的高科技眼花缭乱，望洋兴叹。今天，当我们读到《新石头记》中居然充斥着机器人、司时器、制冰机、脏腑镜、验血镜、验骨镜、助听筒、助明镜、千里镜、无线电话，特别是绕地球飞行的飞车、地下通行的隧车，以及水下行驶的猎艇时，我们不能不为吴趼人如此大胆神奇的想象力而惊叹不已。我们会不由自主地联想到吴趼人虚构的空中飞车，不就是飞机或太空飞船吗？隧车不就是地铁吗？猎艇不就是潜水艇吗？还有脏腑镜不就是B超，验血镜不就是显微镜加血液检测仪，验骨镜不就是X光，助听筒不就是助听器，千里镜不就是天文望远镜，无线电话不就是手机吗？而这些高科技产物，在吴趼人那个时代是前所未有、闻所未闻的，听起来绝对是天方夜谭，可现如今他的大部分幻想都变成了现实，这怎不叫人拍案叫绝！

就叙事方法而言，《新石头记》主要借贾宝玉的耳闻目睹来展开叙事，他在“野蛮世界”与“文明境界”的亲历亲闻与穿越历险，充满陌生化、新奇感和趣味性，读起来悬念丛生，引人入胜。这得益于他对谴责小说的“目睹体”“现形记”能够驾轻就熟，又能对西洋科幻冒险小说的“游历体”“历险记”进行灵活化用。实际上，在创作《新石头记》之前，吴趼人与周桂笙等合办的《月月小说》杂志，就已译介了大量的西方科幻作品，其中包括法国著名科幻小说家儒勒·凡尔纳的作品，因此《新石头记》中贾宝玉坐潜艇在海底猎奇历险的故事，明显可见凡尔纳的科幻小说《海底两万里》的影响。

当然，《新石头记》既然借径于《石头记》（《红楼梦》），它在写法上也自然会受到《石头记》的影响，且不说它的首尾都附骥在《石头记》的神话中，以灵石志在补天、重入红尘写起，以“补天乏术”、还原本相作结，即便是一些细枝末节，也能看到《石头记》的遗传因子。如《石头记》善于运用谐音、双关之法来描写人物，隐喻褒贬，像书中的詹光谐音“沾光”，单聘仁谐音“善骗人”，卜固修谐音“不顾羞”等。《新石头记》继承了这种写法，书中人物姓名大都别有寓意。如无伯惠、柏耀廉、柏耀明，分别谐音“吾不悔”“不要脸”“不要命”，刘学笙（茂明），谐音“留学生（冒名）”。“文明境界”内“东方文明”一家老幼的名字，寓意更为明显，隐含了国家繁荣昌盛、东方大放光明的美好寓意。

总之，《新石头记》是晚清最具想象力、创造性和艺术水准的一部科幻小说。诚如当时一位笔名“报癖”的文人所赞叹：“南海吴趼人先生，近世小说界之泰斗也，灵心独具，异想天开，撰成《新石头记》，刊诸沪上《南方报》，其目的之正大，文笔之离奇，眼光之深宏，理想之高尚，殆绝无而仅有……而其所发明之新理，千奇百怪，花样翻新，大都与实际有密切之关系，循天演之公例，愈研愈进，为极文明极进化之二十世纪所未有。”①

七、吴趼人小说的历史贡献

以上，我们对吴趼人的小说观和各类小说创作情况做了较为全面的梳理与阐述，由此可以看出吴趼人是一个满怀救国热忱与改良社会之梦想的作家。他从小饱受儒家传统文化的熏陶，生逢国势日蹙、世风浇漓、乱象丛生的晚清末世，也受到了西方先进文明的浸染与国内维新思潮的激荡，明确主张社会改良。不过，他认为导致清王朝危如累卵的根本原因在于世风日下、道德沦丧，因此他所倡导的改良，“其大要则在‘主张恢复旧道德’”②，而并不相信仅仅从西洋输入文明就能拯救中国。他说：“观今日之社会，诚岌岌可危，固非急图恢复我固有之道德，不足以维持之，非徒言输入文明，即可以改良革新者也。”③

他对梁启超提倡的以小说来改良群治的主张表示认同，之所以从事小说创作，也是希望能用小说来改良社会。他说：“吾人丁此道德沦亡之

① 魏绍昌编《吴趼人研究资料》，上海古籍出版社，1980，第118页。

② 鲁迅：《中国小说史略》第二十八篇《清末之谴责小说》，上海古籍出版社，1998，第211页。

③ 吴趼人：《上海游骖录》文末按语，载《吴趼人全集》第三卷，北方文艺出版社，1998，第491页。

时会，亦思所以挽此浇风耶？则当自小说始。”[①]又说："余向以滑稽自喜，年来更从事小说，盖改良社会之心，无一息敢自已焉。”[②]不过，他借小说改良社会的办法，不是传播新思想，而是“寓教于乐”，也即通过生动有趣的人物故事来吸引读者，使读者在潜移默化中接受传统道德的熏陶，由此达到教育民众、改良社会的目的。因此，不管创作何种小说，他都自觉地追求趣味性和道德性的统一。

他的历史小说创作，都是“以发明正史事实为宗旨，以借古鉴今为诱导”，同时又“借趣味以佐阅者”，[③]以期激发读者大众的民族意识与爱国精神。他的社会小说创作，则以写实的手法、讽刺的笔调，揭批晚清社会各阶层涌现的五花八门的怪现状，鞭笞各种唯利是图、伤风败俗、崇洋媚外、贪赃枉法的丑恶行径，以期“砭愚订顽”，救正风俗，匡补时世。他的言情小说，也是借儿女离合之情反映世风日下、民不聊生的乱世景象，体现他以道德救世的良苦用心。他的科幻小说，则通过乌托邦的奇妙构想，寄托了他的科技强国、文化复兴的梦想。

从他的这些小说所反映的创作旨趣与思想倾向来看，“他对现实政治的黑暗、帝国主义的侵略，以及社会上人心的奸诈、世风的浇漓，是深恶痛绝的。他有强烈的爱国主义思想，他要借他的笔来揭露并抨击现实中种种怪现状，从而希望对之加以改革”[④]。但是，让人遗憾的是，“他虽然以改良主义自命，但他对维新派的一些思想家的论著和译著中所提倡的科学与民主并不真正理解，至于以后革命派的论著，他更是一概反对”[⑤]。

---

① 吴趼人：《〈月月小说〉序》，载《吴趼人全集》第八卷，北方文艺出版社，1998，第199页。

② 吴趼人：《〈两晋演义〉序》，载陈平原、夏晓红编《二十世纪中国小说理论资料》（第一卷），北京大学出版社，1989，第172页。

③ 同上。

④ 任访秋：《吴沃尧论》，《河南师范大学学报》1981年第6期。

⑤ 同上。

他就像晚清社会的“堂吉诃德”一样，满怀着爱国情和正义感，义无反顾地操持传统道德的长矛，对一切伤风败俗的魑魅魍魉、崇洋媚外的汉奸洋奴，发起愤怒的冲击与激烈的挞伐。可结果呢，自然是伤痕累累，于事无补，最后只能徒唤奈何。请听他义愤填膺的悲鸣：

吾怒吾目视之，而眦为之裂；吾切吾齿恨之，而牙为之磨；吾抚吾剑而斫之，而不及其头颅；吾拔吾矢而射之，而不及其嗓咽；吾欲不视此辈，而吾目不肯盲；吾欲不听此辈，而吾耳不肯聋；吾欲不遇此辈，而吾之魂灵不肯死。吾奈之何！吾奈之何！（《中国侦探案·弁言》）

他的悲剧就在于虽然一心想要拯时济世、匡正社会，但却不能洞悉导致那个时代巨变（如官场腐败、崇洋媚外、唯利是图、蔑伦悖理等）的根本原因，因此他操持传统道德的长矛冲杀的“巨人”，却原来是“大风车”！鲁迅先生曾说，堂吉诃德的“立志去打不平，是不能说他错误的……错误是在他的打法。因为胡涂的思想，引出了错误的打法”[①]。如果借用此话来评价吴趼人，也是再贴切不过的。

不过，我们也要看到，吴趼人的“打法”也并非没有积极的意义。他的小说通过揭批各种社会怪现状，客观上也能加深当时民众对于清政府腐败、黑暗之本质的认识、失望与痛恨，从而也能加速专制政府的灭亡。只是从社会发展的潮流来看，其作品对时代变革与社会进步的推动力毕竟是有限的。

而就其小说创作的艺术成就来说，吴趼人不仅创作了《二十年目睹之怪现状》《痛史》《恨海》《九命奇冤》等在晚清小说中堪称一流的作

① 鲁迅：《〈解放了的堂·吉诃德〉后记》，《鲁迅全集》第七卷，人民文学出版社，2005，第419页。

品，充分显示了“小说界革命”时期新小说的创作实绩，而且他还通过小说创作实践，融汇中西，推陈出新，对促进中国小说叙事艺术由传统向近代的转变做出了不可磨灭的贡献。他很善于借鉴西洋小说的叙事技艺，革新中国传统小说固有的叙事模式，如他在第三人称全知叙事之外，还创造性地使用了第一人称限制叙事、第三人称限制叙事，纵使手法还不够纯熟、严谨，但这样的突破还是产生了很大的影响，推动了中国小说叙事视角的转变。又如他汲取了西洋小说处理叙事时间的经验，在自己的小说创作中，大胆地尝试运用倒叙、补叙、插叙等多种技巧，从而有效地打破了中国传统小说以顺叙为主的线性叙事模式，令人耳目一新。而在人物性格塑造方面，他又借鉴了西洋小说善于描写人物心理的艺术经验，注重通过人物的心理活动来揭示人物的性格内涵，表现人物性格的丰富性、复杂性与流动性，拓新了中国小说的人物塑造之法。另外，吴趼人在小说文体方面也对中国传统小说有所变革，诸如取消传统小说中“有诗为证”的程式和大量引录诗词曲赋的惯例、摒弃传统小说在对人物描绘时递相承袭的套语典故与陈词滥调等，从而在一定程度上革新了小说文体。至于他对各种题材类型小说的尝试及其取得的不俗成就，也令人叹为观止。因此，可以说，吴趼人是晚清小说界最有开拓意识与创新精神的小说家，为清末民初中国小说艺术的创新与发展开辟了广阔的道路。

最后，需要说明的是，本书主要以《吴趼人全集》（北方文艺出版社2019年版）以及《广州大典·子部·小说类》等所收吴趼人小说为依据。与现有的一些介绍或研究吴趼人的论著不同的是，本书不仅吸纳了学术界关于吴趼人的最新、最权威的研究成果，对吴趼人其人其作进行了较全面的导读，还精选或节选了其小说代表作的精华，根据内容拟定标题，予以深入浅出的解读与赏析，语言力求生动、流畅，图文并茂，以期充分阐析吴趼人小说的思想内涵与艺术魅力，揭示其著作的文学价值与文化意义。当然，由于笔者水平有限，书中倘有解读失当之处，尚祈读者批评、教正。

小说选读

一、竹汤饼会

——《二十年目睹之怪现状》选段一

我到房里去，只见桌上摆了一部大册子，走近去一看，却是唐玉生的《啸庐吟诗图》。翻开来看，第一张是小照，布景的是书画琴棋之类；以后便是各家的题咏，全是一班上海名士。我无心细看，便放过一边。想起他那以吟诗命图，殊觉可笑。这四个字的字面，本来很雅的，不知怎么叫他搬弄坏了，却一时想不出个所以然来，那里有心去和他题。今日走的路多，有点倦了，便躺在醉翁椅上憩息，不觉天气晚将下来。方才吃过夜饭，玉生早送请客条子来。德泉向来人道："都出去了，不在家，回来就来。"我忙道："这样说累他等，不好，等我回他。"遂取过纸笔，挥了个条子，只说昨天过醉了，今天发了病，不能来。德泉道："也代我写上一笔。"我道："你也不去么？"德泉点头。我道："不能说两个都有病呀，怎么说呢？"想了一想，只写着说德泉忙着收拾行李货物，明日一早往苏州，也不得来。写好了交代来人。过了一会，玉生亲身来了，一定拉着要去。我推说身子不好，不能去。玉生道："我进门就听见你说笑了，身子何尝不好，不过你不赏

《二十年目睹之怪现状》封面

脸罢了。我的脸你可以不赏，今日这个高会，你可不能不到。”我问是甚么高会。玉生道：“今天请的全是诗人，这个会叫做竹汤饼会。”我道：“奇了！甚么叫做竹汤饼会？”玉生道：“五月十三是竹生日，到了六月十三，不是竹满月了么。俗例小孩子满月要请客，叫做汤饼宴；我们商量到了那天，代竹开汤饼宴，嫌那‘宴’字太俗，所以改了个‘会’字，这还不是个高会么！”我听了几乎忍不住笑。被他缠不过，只得跟着他走。

出门坐了车，到四马路，入荟芳里，到得花多福房里时，却已经黑压压的挤满一屋子人。我对玉生道：“今天才初九，汤饼还早呢。”玉生道：“我们五个人都要做，若是并在一天，未免太局促了，所以分开日子做。我轮了第一个，所以在今天。”我请问那些人姓名时，因为人太多，一时混的记不得许多了。却是个个都有别号的，而且不问自报，古离古怪的别号，听了也觉得好笑。一个姓梅的，别号叫做‘几生修得到客’；一个游过南岳的，叫做‘七十二朵青芙蓉最高处游客’；一个姓贾的，起了个楼名，叫做‘前生端合住红楼’，别号就叫了‘前身端合住红楼旧主人’，又叫做‘我也是多情公子’。只这几个最奇怪的，叫我听了一辈子都忘不掉的，其余那些甚么诗人、词客、侍者之类，也不知多少。众人又问我的别号，我回说没有。那姓梅的道：“诗人岂可以没有别号；倘使不弄个别号，那诗名就湮没不彰了。所以古来的诗人，如李白叫青莲居士，杜甫叫玉溪生。”我不禁扑嗤一声笑了出来。忽然一个高声说道：“你记不清楚，不要乱说，被人家笑话。”我忽然想起当面笑人，不是好事，连忙敛容正色。又听那人道：“玉溪生是杜牧的别号，只因他两个都姓杜，你就记错了。”姓梅的道：“那么杜甫的别号呢？”那人道：“樊川居士不是么。”这一问一答，听得我咬着牙，背着脸，在那里忍笑。忽然又一个道：“我今日看见一张颜鲁公的墨迹，那骨董掮客要一千元。字写得真好，看了他，再看那石刻的碑帖，便毫无精神了。”一个道：“只要是真的，就是一千元也不贵，何况他总还要让点呢。但不知写的是甚么？”那一个道："写的是苏东坡《前赤壁赋》。"这一个道："那么明日叫他送给我看。"我方才好容易把笑忍住了，忽然又听了这一问一答，又害得我咬牙忍住；争奈肚子里偏要笑出来，倘再忍住，我的肚肠可要胀裂了。姓贾的便道："你们都不必谈古论今，赶紧分了韵，作竹汤饼会诗罢。"玉生道："先要拟定了诗体才好。"姓梅的道："只要作七绝，那怕作两首都不要紧。千万不要作七律，那个对仗我先怕：对工了，不得切题；切了题，又对不工；真是'吟成七个字，捻断几根髭'呢。"我戏道："怕对仗，何不作古风呢？"姓梅的道："你不知道古风要作得长，这个竹汤饼是个僻典，那里有许多话说呢。"我道："古风不必一定要长，对仗也何必要工呢。"姓梅的道："古风不长，显见得肚子里没有材料；至于对仗，岂可以不工！甚至杜少陵的'香稻啄余鹦鹉粒，碧梧栖老凤凰枝'，我也嫌他那'香'字对不得'碧'字，代他改了个'白'字。海上这一般名士那一个不佩服，还说我是杜少陵的一字师呢。"忽然一个问道："前两个礼拜，我就托你查查杜少陵是甚么人，查着了没有？"姓梅的道："甚么书都查过，却只查不着。我看不必查他，一定是杜甫的老子无疑的了。"那个人道："你查过《幼学句解》没有？"姓梅的扑嗤一声，笑了出来道："亏你只知得一部《幼学句解》！我连《龙文鞭影》都查过了。"我听了这些话，这回的笑，真是忍不住了，任凭咬牙切齿，总是忍不住。

正在没奈何的时候，忽然一个人走过来递了一个茶碗，碗内盛了许多纸阄，道："请拈韵。"我倒一错愕道："拈甚么韵？"那个人道："分韵做诗呢。"我道："我不会做诗，拈甚么韵呢？"那个人道："玉生打听了足下是一位书启老夫子，岂有书启老夫子不会做诗的。我们遇了这等高会，从来不请不做诗的人，玉生岂是乱请的么。"我被他缠的不堪，只得拈了一个阄出来，打开一看，是七阳，又写着"竹汤饼会即席分韵，限三天交卷"。那个人便高声叫道："没有别号的新客，七阳。"那边便有人提笔记帐。那个人又递给姓梅的，他却拈了五微，便悔恨道："偏是我拈了个窄韵。"那个人又高声报道："几生修得到客，五微。"如此一路递去。

我对姓梅的道："照了尊篆的意思，倒可以加一个字，赠给花多福。"姓梅的道："怎么讲？"我道："代他起个别号，叫做几生修得到梅客，不是隐了他的'花'字么。"姓梅的道："妙极，妙极！"忽又顿住口道："要不得。女人没有称客的，应该要改了这个字。"我道："就改了个女史，也可以使得。"姓梅的忽然拍手道："有了。就叫几生修得到梅词史。他们做妓女的本来叫做词史，我们男人又有了词人、词客之称，这不成了对了么。"说罢，一叠连声，要找花多福，却是出局未回。他便对玉生道："啸庐居士，你的贵相好一定可以成个名妓了，我们送他一个别号，有了别号，不就成了名妓了么。"忽又听得妆台旁边有个人大声说道："这个糟蹋得还了得！快叫多福不要用！"原来上海妓女行用名片，同男人的一般起一个单名，平常叫的只算是号；不知那一个客人同多福写了个名片，是"花锡"二字，这明明是把"锡"贴切"福"字的意思。这个人不懂这个意思，一见了便大惊小怪的说道："富贵人家的女子，便叫千金小姐；这上海的妓女也叫小姐，虽比不到千金，也该叫百金，纵使一金都不值，也该叫个银字，怎么比起锡来！"我听了，又是忍笑不住。

忽然号里一个小伙计来道："南京有了电报到来，快请回去。"我听了此信，吃了一大惊，连忙辞了众人，匆匆出去。

品读

本段故事节选自《二十年目睹之怪现状》第三十五回《声罪恶当面绝交　聆怪论笑肠几断》，主要描绘一批上海名士不学无术、笑话百出的丑态。这批上海名士，平时以“诗人”“才子”自诩，个个起一些奇奇怪怪的“别号”哗众取宠，分明胸无点墨，却又故作风雅，卖弄才学，自以为是。他们居然将李商隐的别号“玉溪生”送给杜牧，又把杜牧的别号“樊川”加在杜甫头上。一个自称是杜少陵一字师的“才子”，并不知杜少陵（杜甫的别号）为何人，竟说杜少陵与杜甫是父子关系。还有的人盛赞唐代书法家颜鲁公（颜真卿）的墨迹如何如何好，别人问他墨迹内容时，他回答说写的是《前赤壁赋》（宋代苏轼的作品）。此类笑话，不一而足。作者对这帮名士浅薄无知、沽名钓誉、寡廉鲜耻的可笑行径进行了辛辣的嘲讽，以此反映文人无行、士风堕落。作者还在评语中特意指出：“后半回形容上海名士，阅者必当疑为过于刻薄，不知皆当日实情也。”还说：“此一回绝类《儒林外史》，而诙谐过之。”可见小说所写并非捕风捉影，而是实有其事，因此称得上是晚清上海滩上发生的一段“儒林新史”。

二、科场猎鸽

——《二十年目睹之怪现状》选段二

当时我无意中拿风枪打着了一个鸽子，那鸽子便从墙头上掉了下来，还在那里腾扑。我连忙过去拿住，觉得那鸽子尾巴上有异，仔细一看，果是缚着一张纸。把它解了下来，拆开一看，却是一张刷印出来已经用了印的题目纸。不觉吃了一惊。丢了鸽子，拿了题目纸，走到房里，给继之看。继之大惊道："这是那里来的？"我举起风枪道："打来的。我方才进来拿枪时，大哥还低着头写字呢。"继之道："你说明白点，怎么打得来？"我道："是拴在鸽子尾巴上，我打了鸽子，取下来的。"继之道："鸽子呢？"我道："还在外面墙脚下。"说话间，王富点上蜡烛来。继之对王富道："外面墙脚下的鸽子，想法子把他藏过了。"

王富答应着去了。我道："这不消说是传递了。但是太荒唐些，怎么用这个笨鸽子传递？"继之道："鸽子未必笨，只是放鸽子的人太笨了，到了这个时候才放。大凡鸽子，到了太阳下山时，他的眼睛便看不见，所以才被你打着。"说罢，便把题目纸在蜡烛上烧了。我道："这又何必烧了他呢？"继之道："被人看见了，这岂不是嫌疑所在。你没有从此中过来，怨不得你不知道此中利害。此刻你和我便知道了题目，不足为奇；那外面买传递的不知多少，这一张纸，你有本事拿了出去，包你值得五六百元，所以里面看这东西很重。听说上一科，题目已经印了一万六千零六十张，及至再点数，少了十张，连忙劈了板片，另外再换过题目呢。"我笑道："防这些士子，就如防贼一般。他们来考试，直头是来取辱。前几天家母还叫我回家乡去应小考，我是再也不去讨这个贱的了。"

继之道："科名这东西，局外人看见，似是十分名贵，其实也贱得很。你还不知，到中了进士去殿试，那个矮桌子，也有三条腿的，也有两条腿的，也有破了半个面子的，也有全张松动的。总而言之，是没有一张完全能用的。到了殿试那天，可笑一班新进士，穿了衣冠，各人都背着一张桌子进去。你要看见了，管你肚肠也笑断了，嘴也笑歪了呢。"我笑道："大哥想也背过的了？"继之道："背的又不是我一个。"我道："背了进去，还要背出来呢。"继之道："这是定做的粗东西，考完了就撂下了，谁还要他。"

闲话少提。到了初十以后，就有朱卷送来了。起先不过几十本，我和继之分看，一会就看完了；到后来越弄越多，大有应接不暇之势。只得每卷只看一个起讲：要得的就留着，待再看下文；要不得的，便归在落卷一起。拣了好的，给继之再看；看定了，就拿去荐。头场才了，二场的经卷又来；二场完了，接着又是三场的策问。可笑这第三场的卷子，十本有九本是空策，只因头场的八股荐了，这个就是空策，也只得荐在里面。我有心要拣一本好策，却只没有好的，只要他不空，已经算好了。后来看了一本好的，却是头、二场没有荐过，便在落卷里对了出来；看他那经卷，也还过得去，只是那八股不对。我问继之道："这么一本好策，奈何这个人不会作八股！"继之看了道："他这个不过枝节太多，大约是个古文家，你何妨同他略为改几个字，成全了这个人。"我吐出舌头，提起笔道："这个笔，怎么改得上去？"继之道："我文具箱里带着有银朱锭子。"我道："亏大哥怎么想到，就带了来。可是预备改朱卷的？"继之道："是内帘的，那一个不带着。你去看，有两房还堂而皇之的摆在桌上呢。"我开了文具箱，取了朱锭、朱砚出来，把那本卷子看了两遍，同他改了几个字，收了朱砚，又给继之看。继之看过了，笑道："真是点铁成金，会者不难，只改得二三十个字，便通篇改观了。这一份我另外特荐，等他中了，叫他来拜你的老师。"我道："大哥莫取笑。请你倒是力荐这本策，莫糟蹋了，这个人是有实学的。”继之果然把他三场的卷子，迭做一迭，拿进去荐。回来说道：“你特荐的一本，只怕有望了。两位主考正在那里发烦，说没有好策呢。”

三场卷子都看完了，就没有事，天天只是吃饭睡觉。我道：“此刻没有事，其实应该放我们出去了，还当囚犯一般，关在这里做甚么呢。此刻倒是应试的比我们逍遥了。”继之忽地扑嗤的笑了一声。我道：“这有甚么好笑？”继之道：“我不笑你，我想着一个笑话，不觉笑了。”我道：“甚么笑话？”继之道：“也不知是那一省那一科的事，题目是‘邦君之妻’一章。有一本卷子，那破题是：‘圣人思邦君之妻，愈思而愈有味焉。’”我听了不觉大笑。继之道：“当下这本卷子，到了房里，那位房官看见了，也像你这样一场大笑，拿到隔壁房里去，当笑话说。一时惊动了各房，都来看笑话。笑的太利害了，惊动了主考，吊了这本卷子去看，要看他底下还有甚笑话。谁知通篇都是引用《礼经》，竟是堂皇典丽的一篇好文章。主考忙又交出去，叫把破题改了荐进去，居然中在第一名。”我道：“既是通篇好的，为何又闹这个破题儿？”继之道：“传说是他梦见他已死的老子，教他这两句的，还说不用这两句不会中。”我道：“那里有这么灵的鬼，只怕靠不住。”继之道：“我也这么说。这件事没有便罢，倘若有的，那个人一定是个狂士，恐怕人家看不出他的好处，故意在破题上弄个笑话，自然要彼此传观，看的人多了，自然有看得出的。是这个主意也不定。”

我道：“这个也难说。只是此刻我们不得出去，怎么好呢？”继之道：“你怎么那么野性？”我道：“不是野性。在家里那怕一年不出门，也不要紧。此地关着大门，不由你出去，不觉就要烦躁起来。只要把大门开了，我就住在这里不出去也不要紧。”继之道：“这里左右隔壁，人多得很，找两个人谈天，就不寂寞了。”我道：“这个更不要说。那做房官的，我看见他，都是气象尊严，不苟言笑的，那种官派，我一见先就怕了。那些请来帮阅卷的，又都是些耸肩曲背的，酸的怕人；而且又多半是吃鸦片烟的，那嘴里的恶气味，说起话直喷过来，好不难受！里面第七房一个姓王的，昨天我在外面同他说了几句话，他也说了十来句话，都是满口之乎者也的；十来句话当中，说了三个‘夫然后’。”继之笑道："亏你还同他记着帐！”我道："我昨天拿了风枪出去，挂了装茶叶的那个洋铁罐的盖做靶子，在那里打着顽。他出来一见了，便摇头摆尾的说道：‘此所谓有文事者，必有武备。’他正说这话时，我放了一枪，中了靶子，砉的一声响了。他又说道：‘必以此物为靶始妙，盖可以聆声而知其中也；不然，此弹太小，不及辨其命中与否矣。’说罢，又过来问我要枪看，又问我如何放法。我告诉了他，又放给他看。他拿了枪，自言自语的，一面试演，一面说道：‘必先屈而折之，夫然后纳弹；再伸之以复其原，夫然后拨其机簧；机动而弹发，弹着于靶，夫然后有声。’”继之笑道："不要学了，倒是你去打靶消遣罢。”我便取了洋铁罐盖和枪，到外头去打了一回靶，不觉天色晚了。

自此以后，天天不过打靶消遣。主考还要搜遗，又时时要斟酌改几个朱卷的字，这都是继之自己去办了。直等到九月十二方才写榜，好不热闹！监临、主考之外，还有同考官、内外监试、提调、弥封、收掌、巡绰各官，挤满了一大堂。一面弥封唱名，榜吏一面写，从第六名写起，两旁的人，都点了一把蜡烛来照着，也有点一把香的，只照得一照，便拿去熄了，换点新的上来，这便是甚么“龙门香”“龙门烛”了。写完了正榜，各官歇息了一回，此时已经四更天光景了，众官再出来升座，再写了副榜，然后填写前五名。到了此时，那点香点烛的，更是热闹。直等榜填好了，卷起来，到天色黎明时，开放龙门，张挂全榜。

此时继之还在里面，我不及顾他，犹如临死的人得了性命一般，往外一溜，就回家去了。时候虽早，那看榜的人，却也万头攒动。一路上往来飞跑的，却是报子分投报喜的。我一面走，一面想着："作了几篇臭八股，把姓名写到那上头去，便算是个举人，到底有甚么荣耀？这个举人，又有甚么用处？可笑那班人，便下死劲的去争他，真是好笑！”又想道：“我何妨也去弄他一个。但是我未进学，必要捐了监生，才能下场。化一百多两银子买那张皮纸，却也犯不着。”一路想着，回到家，恰好李升打着轿子出来去接继之。

品读

本段故事节选自《二十年目睹之怪现状》第四十三回《试乡科文闱放榜　上母寿戏彩称觞》。小说写江南贡院举行乡试，吴继之受了闱差，参与举人考试阅卷与推荐工作，于是便请九死一生入场帮忙。九死一生得以闻见科场的种种舞弊行为，包括偷题目出去的，传递文章进号的，换卷的……千奇百怪，层出不穷。他还无意中用气枪打了一只传送考试题目的信鸽，深感“防这些士子，就如防贼一般”。更让他吃惊的是，负责阅卷的“房官”，居然随身携带朱锭、朱砚，还堂而皇之地摆在桌上，以便当场修改他看得上的、或想要照顾的考生试卷。还有个考生深知房官阅卷敷衍了事，于是故意在破题上弄个笑话，引起围观，结果主考发现这“竟是堂皇典丽的一篇好文章”，将它中在了第一名。

由此可见，科举考试是多么荒唐可笑，形同儿戏。作者在写作过程中忍不住增加批注指出：“科场校士，防范之严，令人发笑，正不知严防有何用处也。”“猎获一鸽而大惊，不必问，此中又有怪现状矣。”“关防严密，谨防舞弊，乃有白鸽传题一事，然而犹曰此臧获小人之所为也。乃房客各备朱笔，主考公然饬改，试问此等弊，岂关防严所能免耶！‘什么规矩，我看着直头是捣鬼！’真是一语道煞。”也即科举考试看上去把关很严，实际上没有多大意义，因为不仅考生挖空心思作弊，就连考官也在徇私舞弊。既然如此，这种科考还那有什么严肃性、公正性！即便是侥幸考取科名，又有什么“名贵”或“荣耀”可言！

作者借书中人物之口说道：“科名这东西，局外人看见，似是十分名贵，其实也贱得很！”“作了几篇臭八股，把姓名写到那上头去，便算是个举人，到底有甚么荣耀？这个举人，又有甚么用处？可笑那班人，便下死劲的去争他，真是好笑！”的确，科举考试虽然在历史上曾为国家选拔人才发挥过积极作用，但是到了封建社会后期，特别是晚清时期，其弊端越来越明显，消极性越来越强。当时有不少有识之士就指出“八股取士”戕害人才，使“聪明巧智之士，穷老尽气，消磨于无用之事”（冯桂芬《校邠庐抗议》）。后来，清政府下令改革科举乃至废止科举，也是因为充分意识到了科举的有害无益。

小说中还刻意写了一个参加阅卷的姓王的文人，满口之乎者也，十句话当中说了三个“夫然后”。他跟九死一生学打气枪，一面试演，一面说道：“必先屈而折之，夫然后纳弹；再伸之以复其原，夫然后拨其机簧；机动而弹发，弹着于靶，夫然后有声。”如此酸腐可笑，简直让人笑断肚肠！想必此公也是科举出身，然则科举考试能培养出什么样的人才，由此可见一斑；而由这样的人来参加科场阅卷，能选出什么样的人才，也就可想而知了。

三、卖猪仔

——《二十年目睹之怪现状》（附《劫余灰》）选段三

（一）

第五十九回插图“干儿子贪得被拐出洋”

于是和理之谈谈香港的风气，我谈起那咸水妹嫁乡下人的事。理之道：“这个是喜出意外的。我此次回家，住了一个多月，却看见一件祸出意外的事。”我问：“甚么祸出意外？”理之道：“我家里隔壁一家人家，有两间房子空着，便贴了一张‘余屋召租’的条子。不多几天，来了一个老婆子，租来住了，起居动用，像是很宽裕的。然而只有一个人，用了一个仆妇。住了两个月，便与那女房东相好起来。他自己说是在新加坡开甚么行栈的，丈夫没了，又没有儿子，此刻回来，要在同族中过继一个儿子。谁知回来一查，族中的子侄，竟没有一个成器的，自己身后，正不知倚靠谁人。说着，便不胜凄惶，以后便常常说起。新加坡也常常有信来，有银子汇来。来了信，他便央男房东念给他听。以后更形相熟了。房东本有三个儿子，那第二个已经十七八岁了。那老婆子常常说他好：‘我有了这么个儿子就好了。’那女房东便说：‘你欢喜他，何不收他做个干儿子呢？’那老婆子不胜欢喜，便看了黄道吉日，拜干娘。到了这天，他还慎重其事的，置酒庆贺。干娘干儿子，叫得十分亲热。他又说要替干儿子娶亲了，一切费用，他都一力担任。那房东也乐得依他。于是就张罗起来，便有许多媒人来送庚帖说亲。说定了，便忙着拣日子行聘迎娶，十分热闹。待媳妇也十分和气。又替媳妇用了一个年轻梳头老妈子。房东见他这等相待，便说是亲生儿子，也不过这样了。老婆子道：‘我们没有儿子的人，干儿子就和亲生的一般。我今年五十多岁，没有几年的人了，只要他将来肯当我亲娘一般，送我的终，我的一分家当便传授给他，也不去族中过继甚么儿子了。’女房东一想，他是个开行栈的人，家当至少也有几万，如何不乐从。便叫了儿子来，说知此事，儿子自然也乐得应允。老婆子更是欢喜，就在那里天天望孙了。偏偏这媳妇娶了来差不多一年，还没有喜信。老婆子就天天求神拜佛，请医生调理身子。过了几个月，依然没有信息。老婆子急不能待，便要和干儿子纳妾。叫了媒婆来说知，看了几家丫头和贫家女儿。看对了，便娶了一个过来。一样的和他用一个年轻梳头老妈子。刚娶了没有几天，忽然新加坡来了一封电信，说有一单货到期要出，恰好行里所有存款，都支发了出去。放在外面的，一时又收不回来。银行的一个存折，被女东带了回粤，务祈从速寄来云云。老婆子央房东翻出来，念了一遍，便道：‘你看，我不在那里，便一点主意都没了。自己的款项虽然支发出去，又何妨在别处调动呢。我们几十年的老行号，还怕没人相信么。’说着，闷闷不乐。又道：‘这个存折怎好便轻易寄去，倘或寄失了，那还了得么。’商量了半天道：‘不如我自己回去一趟罢。我还想带了干儿子同去。他此刻是小东家了，叫他去看看，也历练点见识，出来经历过一两年，自己就好当事了。’房东一心以为儿子承受了这分大家当，有甚么不肯之理。他见房东应允了，自是不胜欢喜。于是带了一个干儿子、两房干媳妇、两个梳头老妈子，一同到新加坡去了。这是去年的事。我这回到家里去，那房东接了他儿子来信了。你晓得他在新加坡开的是甚么行号？原来开的是娼寮。那老婆子便是鸨妇。一到了新加坡，他便翻转了面皮，把干儿子关在一间暗室里面。把两房干媳妇和两个梳头老妈子，都改上名字，要他们当娼；倘若不从，他家里有的是皮鞭烙铁，便要请你尝这个滋味。可怜这四个好人家女子，从此便跳落火坑了。那个干儿子呢，被他幽禁了两个月，便把他'卖猪仔（读若崽）'到吉冷去了。卖了猪仔到那边做工。那边管得极为苛虐，一步都不能乱走的。这位先生能够设法寄一封信回来，算是他天大的本领了。"

我道："卖猪仔之说，我也常有得听见，但不知是怎么个情形。说的那么苦，谁还去呢？"理之道："卖猪仔其实并不是卖断了，就是那招工馆代外国人招的工，招去做工，不过订定了几年合同，合同满了，就可以回来。外国人本来招去做工，也未必一定要怎么苛待。后来偶然苛待了一两次，我们中国政府也不过问。那没有中国领事的地方，不要说了；就是设有中国领事的地方，中国人被人苛虐了，那领事就和不见不闻，与他绝不相干的一般。外国人从此知道中国人不护卫自己百姓的，便一天苛似一天起来了。"我道："那苛虐的情形，是怎么样的呢？"理之道："这个我也不仔细，大约各处的办法不同。听说南洋那边有一个软办法：他招工的时候，恐怕人家不去，把工钱定得极优。他却在工场旁边，设了许多妓馆、赌馆、酒馆、烟馆之类，无非是销耗钱财的所在。做工的进了工场，合同未满，本来不能出工场一步的，惟有这个地方，他准你到。若是一无嗜好的，就不必说了；倘使有了一门嗜好，任从你工钱怎么优，也都被他赚了回去，依然两手空空。他又肯借给你，等你十年八年的合同满了，总要亏空他几年工钱，脱身不得，只得又联几年合同下去。你想这个人这一辈子还可以望有回来的一天么，还不和卖了给他一样么。因此广东人起他一个名字，叫他卖猪仔。”说话之间，船上买办打发人来招呼理之去有事，便各自走开。

（二）

公孺执着耕伯的手道：“你是我畴儿，回来了？”耕伯道：“是！不知今日何事，众亲友都在此？”公孺道：“今日是几时，你且想想。”耕伯想了一想：“哦！今天是父亲寿日，孩儿流落多年，一时竟忘了。”六皆道：“你父子叙别，是一两个月也叙不完的了，快把你所经历的说来，大众听听。你不看院子里众人，都是要听新闻来的么。说了，等他们散了去，我们却再细谈。”

耕伯听了，遂站在当中，说道：“那一年院考终覆出场时候，却是仲晦表叔在外接场，一位同学姓游的，也在那里等着。我和一位同学柴也愚，从里面出来，便遇了他两位。因为辛苦了一天，便到就近的一家茶馆里略为歇息。四众聚坐吃茶，仲晦表叔说起，这几天里香港赛会十分热闹，约我们同去看会。我同游于艺两个，本来不肯去，那柴也愚十分高兴，一定要去。我们却他不过，便同坐了夜轮船，到了香港，住在一家客栈里。仲晦表叔说是看会是要领一张照会的，这领照会的地方，就在客栈对门，叫我们三人之中，着一个去。柴也愚、游于艺，两个愿去。仲晦表叔又教了他入门如何说法，如何讨取照会。他二人去了，我们在楼上栏杆边，看着他二人，入了对门房子里去了。却许久不见出来。仲晦表叔叫我去催他们，我依命而去。谁知入得门时，却是一所黑暗房子，里面有个人出来招呼，带了我到后面一间去。见有许多囚首垢面的人，柴游两个，也在那里。我便约他们出去，他两个哭道：‘我们出去不得的了，这里是猪仔馆，进来了，便要贩到外洋去卖的。’我听了，吃了一惊，连忙要出去时，那门早反锁了。在这黑房里，住了两天，吃的都是冷饭，又没有茶水。到第三天，一个人拿了一叠纸来，叫我们签字在上面。说是签了字，就放出去的。大家不知所以，便签了给他。忽然又有人送了一大壶茶进来，大家渴了两天了，便尽情痛饮。谁知喝了那茶之后，舌头都麻了，说不出话来，人也迷惘了。便有两个人来，说是放出去了。我们一众人都跟了他走，不知怎的，却身不由主，跟他走到码头上。便有舢舨来，把我们渡到轮船上，赶到舱里。我们迷迷惘惘，直到半夜时候，方才苏醒。那时舱口也封了，船也走动了。在船上受的苦，比在黑房时还胜十倍，也不必细说了。昏昏沉沉，也不知走了多少天，到了一处，把一众人驱赶上岸。到了一处房屋，把我们一个个用麻布袋装起来，便有人来讲论价钱，逐个磅过，又在袋外用脚乱踢。一会，便又把我放了出来，还有几十个同放的，却不见了柴、游两个，从此之后，我便同他两个分散，直到今天，也还不知他们下落生死，也无从打听。此时，便有两个外国人，把我们当猪羊般驱赶出去，又到了一个轮船上，行驶了三天，才到了一个地方。重复驱赶上岸，到了一所烟园里，叫我们给他种烟。列位，这个便叫做卖猪仔。仲晦表叔他和我，今生无怨，前生无仇，不知为了何故，要把我来这等陷害。据说卖到这烟园里，还是好的，若是卖到别处地方，还要受罪。然而这一个园子里，总共五百人做工，每日受他那拳脚交下，鞭挞横施，捱饥受渴的苦，一个月里面，少说点，也要磨折死二三十个人。因此，他时常要添买猪仔。我起初到时，那园主人看见我身子瘦弱，便埋怨那买手，说他不带眼睛，买了这个饭桶来。后来知道我识字，便叫我做他的文案。我也是在他檐下过，不敢不低头。在那里担惊受怕，柔声下气的，做了他三年奴才，学会了巫东由话，朝夕无非是想脱身之计。这日得了个空，我便将辫子剪了，换了一套外国衣服，又用一种'银粉水'把脸及两手涂黑了，扮做巫东由人，偷了他一张出行照会，偷跑了出来，附趁了轮船，到了大埠。可怜我直到此时，方才知道，那大埠就是新架（加）坡。此时身边钱也没了，所涂的银粉水只有七天的功用，过了七天，面目依然要白的，恐怕被人看穿，真是走投无路。后来投到一家广东铺里去，做打杂。总想积起几个工钱回来，无奈新架（加）坡那边，百物腾贵，莫想积聚得起来。只得写信来家，商量设法。念到乡下地方，外洋书信是递不到的，只得寄到六皆叔父聚珍店里。谁知一连发了二三十封信，都只没有回音。我在那里，换了三个东家，又捱了六七年。后来遇了一位老东姓蔡的，名叫蔡柏臣，知道我是个读书人，便邀了几个读书朋友来考我，谁知反被我考住了他。那蔡伯臣十分欢喜，邀我回家教他两个儿子读书，又在他的朋友地方，推荐附了几个学生进来，于是束脩所入，一年约得千金。教了一年，我便要辞他回家，他又苦苦再留一年。这年里面，他便把他大女儿招了我做女婿。这一来，可是上了当了，被他苦苦软禁着，教他儿子。直到今年，已足二十年了，才肯放我带了妻子回家。此刻，眷属还在船上，我先回来见我父母。这是我在外二十年之大概。至于细情，便是谈一年也谈不完的了。”

品读

这两段文字分别节选自《二十年目睹之怪现状》第五十九回《干儿子贪得被拐出洋　戈什哈神通能撤人任》、《劫余灰》第十六回《苦志廿年旁枝承嗣续　归人万里意外庆团圆》，主要叙述一些广东人被“卖猪仔”的故事。

什么是“卖猪仔”呢？原来，清朝末年，国家积贫积弱，百业凋敝，民不聊生，这就为国外贩奴贸易提供了可乘之机。当时，在广东沿海一带，有不少普通人被拐卖到东南亚、欧美等地做苦工，俗称“卖猪仔”。吴趼人是佛山人，对卖猪仔情况比较熟悉，于是就写下了上面两段令人触目惊心的故事。

通过小说所写，可以了解到当时诱拐广东人当猪仔去卖的，实际上多为广东本地人，有的居然还是亲戚好友。这种残害同胞的行为简直骇人听闻，令人发指！而受骗上当的人，有的是为骗子利诱，如第一则故事所写，骗子伪装成在新加坡开行栈的富婆，通过租赁房子，与房东套近乎，热络感情，认干儿子，娶媳妇，纳小妾，承继家业等，一步步地将受害人诱拐到了新加坡，结果女的被逼沦为妓女，男的则被“卖猪仔”；也有的是被亲戚哄骗上当的，如第二则故事所写的陈耕伯，就被亲表叔朱仲晦诱骗到香港看戏，入了圈套。

后来，陈耕伯劫后余生，痛苦地回忆了他被卖猪仔的整个过程：先是被骗误入“猪仔馆”，签了卖身契，喝了迷魂药，糊里糊涂地被装载入船，“昏昏沉沉，也不知走了多少天，到了一处，把一众人驱赶上岸。到了一处房屋，把我们一个个用麻布袋装起来，便有人来讲论价钱，逐个磅过，又在袋外用脚乱踢。一会，便又把我放了出来……此时，便有两个外国人，把我们当猪羊般驱赶出去，又到了一个轮船上，行驶了三天，才到了一个地方。重复驱赶上岸，到了一所烟园里，叫我们给他种烟……总共五百人做工，每日受他那拳脚交下，鞭挞横施，捱饥受渴的苦，一个月里面，少说点，也要磨折死二三十个人”。

由此可见，“卖猪仔”对于亲历者而言，无疑是人生中的最大噩梦，有相当多的人就在这黑暗的交易中，在长期的苦役中被折磨、压榨致死，能够像陈耕伯这样侥幸死里逃生，回归故土的，可以说寥寥无几。

当然，也有的种植园主采用一种“软办法”来控制这些“猪仔”，就是工钱从优，但没有行动自由，只能在园主开设的妓馆、赌馆、酒馆、烟馆等地方娱乐消费，结果“任从你工钱怎么优，也都被他赚了回去，依然两手空空”，并且还要欠债度日，一辈子为其当牛做马，无法脱身。

华工之所以受到非人的虐待，也与当时中国政府腐败无能，根本保护不了自己的百姓，中国领事对受苛虐的华工不管不顾有很大关系。

“卖猪仔”的故事，真实地记录了晚清国弱民贫的背景下广东人被拐卖出洋做苦工的辛酸血泪史，反映了西方列强依靠贩卖人口、残酷压榨华工的血腥发迹史，它警醒后人只有国家繁荣昌盛了，国民才能避免被外族奴役的悲惨命运，才能活出人的尊严，建立起民族自信。因此，吴趼人小说对“卖猪仔”的描写，不仅有重要的历史认识价值，即使在今天看来，也不乏重要的警示意义。

四、恐洋症

——《二十年目睹之怪现状》选段四

金子安道："这点冤枉算得甚么。我记得有一回，一个乡下人才冤枉呢。静安寺路一带，多是外国人的住宅。有一天，一个乡下人放牛，不知怎样，被那条牛走掉了，走到静安寺路一个外国人家去，把他家草皮地上种的花都践踏了。外国人叫人先把那条牛拴起来。那乡下人不见了牛，一路寻去，寻到了那外国人家。外国人叫了巡捕，连人带牛交给他。巡捕带回捕房，押了一夜，明日早上解送公堂，禀明原由。那原告外国人却并没有到案。那官听见是得罪了外国人，被外国人送来的，便不由分说，给了一面大枷，把乡下人枷上，判在静安寺路一带游行示众；一个月期满，还要重责三百板释放。任凭那乡下人叩响头哭求，只是不理。于是枷起来，由巡捕房派了一个巡捕，押着在静安寺路游行。游了七八天。忽然一天，那巡捕要拍外国人马屁，把他押到那外国人住宅门口站着，意思要等那外国人看见，好喜欢他的意思。站了一天，到下午，那外国人从外面坐了马车回来，下了车看见了，认得那乡下人，也不知他为了甚事，要把这木头东西箍着他的颈脖子。便问那巡捕，巡捕一一告诉了。那外国人吃了一惊，连忙仍跳上马车，赶到新衙门去，拜望那官儿。那官儿听说是一个绝不相识的外国人来拜，吓得魂不附体，手足无措，连忙请到花厅相会。外国人说道：'前个礼拜，有个乡下人的一只牛，跑到我家里——'那官儿恍然大悟道：'是，是，是。这件事，兄弟不敢怠慢，已经判了用五十斤大枷，枷号在尊寓的一条马路上游行示众；等一个月期满后，还要重责三百板，方才释放。如果密司不相信，到了那天，兄弟专人去请密司来监视行刑。’外国人道：‘原来贵国的法律是这般重的？’官儿道：‘敝国法律上并没有这一条专条，兄弟因为他得罪了密司，所以特为重办的。如果密司嫌办得轻，兄弟便再加重点也使得，只请密司吩咐。’外国人道：‘我不是嫌办得轻，倒是嫌太重了。’那官儿听了，以为他是反话，连忙说道：‘是，是。兄弟本来办得太轻了。因为那天密司没有亲到，兄弟暂时判了枷一个月；既是密司说了，兄弟明天改判枷三个月，期满责一千板罢。’那外国人恼了道：‘岂有此理！我因为他不小心，放走那只牛，糟蹋我两棵花，送到你案下，原不过请你申斥他两句，警诫他下次小心点，大不了罚他几角洋钱就了不得了。他总是个耕田安分的人。谁料你为了这点小事，把他这般凌辱起来！所以我来请你赶紧把他放了。’那官儿听了，方才知道这一下马屁拍在马腿上去了。连忙说道：‘是，是，是。既是密司大人大量，兄弟明天便把他放了就是。’外国人道：‘说过放，就把他放了，为甚么还要等到明天，再押他一夜呢？’那官儿又连忙说道：‘是，是，是。兄弟就叫放他。’外国人听说，方才一路干笑而去。那官儿便传话出去，叫把乡下人放了。又恐怕那外国人不知道他马上释放的，于是格外讨好，叫一名差役，押着那乡下人到那外国人家里去叩谢。面子上是这等说，他的意思，是要外国人知道他惟命是听，如奉圣旨一般。谁知那外国人见了乡下人，还把那官儿大骂一顿，说他岂有此理；又叫乡下人去告他。乡下人吓得吐出了舌头道：‘他是个老爷，我们怎么敢告他！’外国人道：‘若照我们西例，他办冤枉了你，可以去上控的；并且你是个清白良民，他把那办地痞流氓的刑法来办你，便是损了你的名誉，还可以叫他赔钱呢。’乡下人道：‘阿弥陀佛！老爷都好告的么！’那外国人见他着实可怜，倒不忍起来，给了他两块洋钱。你说这件事不更冤枉么。”继之道：“冤枉个把乡下人，有甚么要紧！我在上海住了几年，留心看看官场中的举动，大约只要巴结上外国人，就可以升官的。至于民间疾苦，冤枉不冤枉，那个与他有甚么相干！”我道：“此风一开，将来怕还不止这个样子，不难有巴结外国人去求差缺的呢。”述农道：“天下奇奇怪怪的事，想不到的，也有人会做得到。你既然想得到这一层，说不定已经有人做了，也未可知。”继之叹了一口气。大众又谈谈说说，夜色已深，遂各各安歇。

品读

本段文字节选自《二十年目睹之怪现状》第六十七回《论鬼蜮挑灯谈宦海　冒风涛航海走天津》，主要叙述清朝官吏崇洋媚外、欺压百姓的丑恶行径。

鸦片战争以后，清朝政府由于不断遭受西方列强的欺压凌辱，因而自上而下的各级官吏，均在不同程度上患上了“恐洋症”，他们“量中华之物力，结与国之欢心”，对外一味示弱退让，摇尾乞怜，对内则变本加厉，残酷压榨、凌虐平民百姓。本文所讲的故事，就是一个典型的例证。

一个乡下人因无意中走失了一头牛，践踏了洋人的花园，洋人便将这头牛移交巡捕，由巡捕禀报官员，那官员听见得罪了洋人，吓得魂不附体，便不由分说，判令乡民身披重枷，在洋人寓所附近游行示众一个月，然后还要重责三百板，方才释放。这种一味讨好洋人、残民以逞的做法，就连洋人也看不下去了，认为如此小题大做，凌辱乡民，实在是无法无天，不可理喻，于是不仅要当官的开释乡民，还劝乡民去状告当官的侵害人权，索求赔偿。

小说生动地反映了清朝官吏及其爪牙对外奴颜婢膝、对内酷虐无道的丑恶嘴脸，折射出当时普遍流行的一种“恐洋症”。正如小说中的正面人物吴继之所说的：“留心看看官场中的举动，大约只要巴结上外国人，就可以升官的。至于民间疾苦，冤枉不冤枉，那个与他有甚么相干！”

小说采用讽刺、夸张和对比的手法来叙事写人，一方面形象地展现了清朝官吏、巡捕对内对外的“两面人”嘴脸，另一方面又将官吏与洋人进行对比，揭示了清朝官吏不讲法度、不恤民命、虐民媚外的丑恶灵魂。

五、煤里取油

——《二十年目睹之怪现状》选段五

作之道："说起煤价贱，我却想起一个笑话来。有一位某观察，曾经被当道专折保举过的，说他留心时务，学贯中西。他本来是一个通判，因为这一保，就奉旨交部带领引见；引见过后，就奉旨以道员用。他本是四川人，在外头混了几年，便仍旧回到四川去，住在重庆。一天，他忽然打发人到外头煤行里收买煤斤；又在他住宅旁边，租了一片四五十亩大的空地，买了煤来，都堆在那空地上头。不多几天，把重庆的煤价闹贵了，他又专人到各处矿山去买。"

我道："他那里有这许多钱？买那许多煤，又有甚用处呢？"作之道："你不知道，他一面买煤，一面在那里招股呢。"我道："不知他招甚么股？"作之道："你且莫忙，等我说下去，有笑话呢！他打发人到四处矿里收买，一连三四个月，也不知收了多少煤，非但重庆煤贵了，便连四处的煤都贵了。在我们中国人，虽然吃了他的亏，也还不懂得去考问他为甚么收那许多煤，内中却惊动起外国人来了。驻劄重庆的外国领事，看得一天天的煤价贵了，便出来查考，知道有这么一位观察在那里收煤，不觉暗暗纳罕，便去拜会重庆道，问起这件事来。谁知重庆道也不晓得。领事道：'被他一个人收得各处的煤都贵了，在我们虽不大要紧，然而各处的穷人未免受他的累了。还求贵道台去问问那位某观察，他收来有甚用处；可以不收，就劝他不要收了，免得穷民受累。'

"重庆道答应了，等领事去后，便亲自去拜那位某观察，问起这收煤的缘故，并且说起外面煤价昂贵，小民受累的话。某观察却慎重其事的说道：‘这是兄弟始创的一个大公司，将来非但富家，并且可以富国。兄弟此刻，非但在这里收煤，还到各处去找寻煤矿，要自己开采煤斤呢。至于小民吃亏受累，只好暂时难为他们几天，到后来我公司开了之后，还他们莫大的便宜。我劝老公祖不妨附点股分进来，这是我们相好的知己话；若是别人，他想来入股，兄弟还不答应，留着等自己相好来呢。’重庆道道：‘说了半天，到底是甚么公司？甚么事业？’那位观察道：‘这是一个提煤油的公司。大凡人家点洋灯用的煤油，都是外国来的，运到川里来，要卖到七十多文一斤。我到外国去办了机器来，在煤里面提取煤油，每一百斤煤，最少要提到五十斤油。我此刻收煤，最贵的是三百文一担，三百文作二钱五分银子算，可以提出五十斤油；趸卖出去，算他四十文一斤，这四十文算他三分二厘银子。照这样算起来，二钱五分银子的本钱，要卖到一两六钱银子，便是赚了一两三钱五分，每担油要赚到二两七钱。办了上等机器来，每天可以出五千担油，便是每天要赚到一万三千五百两；一年三百六十天，要有到四百八十六万的好处。内中提一百万报效国家，公司里还有三百八十六万。老公祖想想看，这不是富国富家，都在此一举么！所以别人的公司招股分，是各处登告白，散传单，惟恐别人不知；兄弟这个公司，却是惟恐别人知道，以便自己相好的亲戚朋友，多附几股。倘使老公祖不是自己人，兄弟也绝不肯说的。’

“重庆道听了他一番高论，也莫名其妙，又谈了几句别的话，就别去了。回到衙门里，暗想这等本轻利重的生意，怪不得他一向秘而不宣。他今日既然直言相告，不免附他几股，将来和他利益均沾，岂不是好。并且领事那里，也不必和他说穿，因为这等大利所在，外国人每每要来沾手，不如瞒他几时，等公司开了出来，那时候他要沾手也来不及了。定了主意，便先不回领事的信，等那位观察来回拜时，当面订定，附了五千两的股分。某观察收了银子，立刻填给收条，那收条上注明，俟公司开办日，凭条例换股票，每年官息八厘，以收到股银日起息云云。某观察更说了多少天花乱坠的话，说得那重庆道越发入了道儿。那领事来问了几次回信，只推说事忙不曾去问得。

“俄延了一个多月，那煤越发贵了，领事不能再耐，又亲自去拜重庆道。此时重庆道没得好推挡了，只得从实告诉，说：‘是某观察招了股分，集成公司，收买这些煤，是要拿来提取煤油的。’领事愕然道：‘甚么煤油？’重庆道道：‘就是点洋灯的煤油。’领事听了，希奇的了不得，问道：‘不知某观察的这个提油新法，是那一国人、那一个发明的？用的是那一国、那一个厂家的机器？倒要请教请教。’重庆道道：‘这个本道也不甚了了。贵领事既然问到这一层，本道再向某观察问明白，或者他的机器没有买定，本道叫他向贵国厂家购买也使得。’领事摇头道：‘敝国没有这种厂家，也没有这种机器。还是费心贵道台去问问某观察，是从那一国得来的新法子，好叫本领事也长长见识。’重庆道到了此时，才有点惊讶，问道：‘照贵领事那么说，贵国用的煤油，不是在煤里提出来的么？’领事道：‘岂但敝国，就是欧、美各国，都没有提油之说。所有的煤油，都是开矿开出来的，煤里面那里提得出油来！’重庆道大惊道：‘照那么说，他简直在那里胡闹了！’领事冷笑道：‘本领事久闻这位某观察，是曾经某制军保举过他“留心时务，学贯中西”的，只怕是某观察自己研究出来的，也未可知。’说罢，便辞了去。重庆道便忙忙传伺候，出门去拜某观察。偏偏某观察也拜客去了，重庆道只得留下话来，说有要紧事商量，回来时务必请到我衙门里去谈谈。

“直到了第二天，某观察才去拜重庆道。重庆道一见了他，也不暇多叙寒暄，便把领事的一番话述了出来。……某观察听重庆道述了一遍领事的话，不觉目定口呆，做声不得。歇了半晌，才说道：‘那里有这个话！这是我在上海，识了一个宁波朋友，名叫时春甫，他告诉我的。他是个老洋行买办，还答应我合做这个生意。他答应购办机器，叫我担认收买煤斤，此时差不多机器要到上海了。我想起来，这是那领事妒忌我们的好生意，要轻轻拿一句话来吓退我们。天下事谈何容易！我来上你这个当！’重庆道道：‘话虽如此，阁下也何妨打个电报去问问，也不费甚么。’某观察道：‘这个倒使得。’

“于是某观察别过重庆道，回来打了个电报到上海给时春甫，只说煤斤办妥，叫他速运机器来。去了五六天，不见回电。无奈又去一个电报，并且预付了复电费，也没有回电。这位观察大人急了，便亲自跑到上海，找着了时春甫，问他缘故。春甫道：‘这件事，我们当日不过谈天谈起来，彼此并未订立合同，谁叫你冒冒失失就去收起煤斤来呢！’某观察道：‘此刻且不问这些话，只问这提煤油的机器，要向那一国定买？’时春甫道：‘这个要去问起来看，我也不过听得一个广东朋友说得这么一句话罢了。若要知道详细，除非再去找着那个广东人。’某观察便催他去找。找了几天，那广东人早不知到那里去了。后来找着了那广东人的一个朋友，当日也是常在一起的，时春甫向他谈起这件事，细细的考问，方才悟过来。原来当日那广东人正打算在清江开个榨油公司，说的是榨油机器。春甫是宁波人，一边是广东人，彼此言语不通，所以误会了。大凡谈天的人，每每喜欢加些装点，等春甫与某观察谈起这件事时，不免又说得神奇点，以致弄出这一个误会。春甫问得明白，便去回明了某观察。某观察这才后悔不迭，不敢回四川，就在江南地方谋了个差使混起来。好在他是明保过人才的，又是个特旨班道台，督抚没有个看不起的，所以得差使也容易，从此他就在江南一带混住了。”

品读

本段文字节选自《二十年目睹之怪现状》第八十一回《真愚昧惨陷官刑　假聪明贻讥外族》，讲的是一则煤里取油的笑话。

煤油，过去又称“洋油”，最初是从西洋进口的。清代光绪年间，伴随国际贸易的展开，煤油开始涌入中国市场，走进千家万户，逐渐成为国人爱用的照明材料，煤油进口量也一度攀升，商业利润相当可观。于是，国内就有人想通过制取煤油来发财致富，本文所写的某观察就是如此。

该观察听人说煤油是从煤炭中提取的，于是开始大量购买、囤积煤炭，召人入股，要开一个提煤油的公司，结果导致重庆周边煤价飙涨，平民百姓生活受累，惊动了外国领事，去找重庆道台。道台调查事由，该观察就给重庆道台算了一笔经济账，弄得道台也架不住利诱，入了股份。

后来，外国领事听说该观察囤积煤炭是为了炼油，不禁愕然失笑，对道台指出：“所有的煤油，都是开矿开出来的，煤里面那里提得出油来！”的确，当时煤油的炼制，是先通过油矿开采石油，再对石油进行分馏，然后获得的一种碳氢化合物，就是煤油。了解这种情况后，某观察目瞪口呆，原来他是听一位名叫时春甫（大概谐音“实蠢腐”）的宁波朋友说的，而时春甫又是误听错解了一位广东人的话，然后忽悠某观察的。大概他们也是认为，既然名叫“煤油”，顾名思义，那一定是从煤炭中提取的了。结果因为假聪明，真无知，该观察不仅亏了钱，坑了别人，还贻讥外族，闹出了一个天大的笑话。

小说通过讲述煤里取油的笑话，辛辣地嘲讽了当时一些所谓“留心时务，学贯中西”的假洋鬼子，警醒世人不要被其忽悠，上当受骗。

不过，有一点需要补充说明，随着科技的发展，到了20世纪30年代，由于石油紧缺，德国人还真的研发出了煤制油的技术。二战前，德国已建成17个工厂，通过煤制油，生产了420多万吨汽柴油。这样看来，吴趼人在小说中所写的某观察，也可谓生不逢时，只能自叹命薄了。

六、巧计赚郎中

——《二十年目睹之怪现状》选段六

原来苟才煞是作怪，他自到上海以来，所宠幸的就是五姨一个，日夜都在五姨屋里，所以承辉愈加难过。在五姨也是一心只向承辉的，看见苟才的鬑鬑胡子，十分讨厌，所以听得承辉交代，便依计而行，苟才果然又病了。

承辉又打听得有一个医生叫朱博如，他的招牌是“专医男妇老幼大小方脉”，又是专精伤寒、咽喉、痘疹诸科，包医杨梅结毒，兼精辰州神符治病、失物圆光，是江湖上一个人物，在马路上租了一间门面，兼卖点草头药的，便怂恿龙光请朱博如来看。……这一天便约定在四马路青莲阁烟间里，会齐商量办法。……博如先道：“你两位的意思，是要怎样办法？”承辉道：“我们明人不必细说，只要问你先生办得到办不到，要多少酬谢便了。”博如道：“这件事要办，是人人办得到的，不过就是看办得干净不干净罢了。若要办得不干净的，也无须来与我商量，就是潘金莲对付武大郎一般就得了。我所包的就是一个干净，随便他叫神仙来验，也验不出一个痕迹。不过不是一两天的事情，总要个把月才妥当。”龙光道：“你要多少酬谢呢？”博如道：“这件事不小，弄起来是人命关天的，老实说，少了我不干，起码要送二万银子！”龙光不觉把舌头吐了出来。承辉默然无语，忽然站起来，拉龙光到阑杆边上，唧唧哝哝的好一会，又用手指在栏杆上再三画给龙光看。龙光大喜道：“如此，一听尊命便了。”承辉便过来和朱博如再三磋商，说定了一万两银子。承辉道：“这件事，要请你先说出法子来呢，你不信我；要我先付银呢，我不信你。怎生商量一个善法呢？”博如听了，也呆着脸，一筹莫展。承辉道：“这样罢，我们立个笔据罢。不过这个笔据，若是真写出这件事来，我们龙二爷是万万不肯的；若是不明写出来，只有写借据之一法。若是就这么糊里糊涂写了一万银子借据，知道你的法子灵不灵呢。借据落了你手，你就不管灵不灵，也可以拿了这凭据来要钱的。这张票子，倒底应该怎样写法呢？若是想不出个写法来，这个交易只好作为罢休。”

朱博如听得承辉说出来的话，句句在理上，不觉回答不出来。并且已经说妥的一万银子好处，此刻十有九成的时候，忽然被这难题目难住，看着就要撒决了。但是看承辉的神情，又好像胸有成竹一般。回心一想，我几十年的老江湖，难道不及他一个小孩子，这里头一定有个奥妙，不过我一时想不起来罢了。想到这里，拿着烟枪在那里出神。承辉却拉了龙光出去，到茶堂外面，看各野鸡妓女，逗着谈笑。良久，才到烟榻前去，问博如道：“先生可想出个法子来了？”博如道：“想不出来。如果阁下有妙法，请赐教了罢。”承辉道：“法子便有一个，但是我也不肯轻易说出。”博如道：“如果实在有个妙法，其余都好商量。”承辉道：“老实说了罢，你这一万银子肯和我对分了，我便教你这个法子。”博如道：“那里的话！我也担一个极大干系的，你怎么就要分我一半？”承辉道：“也罢，你不肯分，我也不能强你。时候不早了，我们明日会罢。”博如着急道：“好歹商量妥了去，忙甚么呢。”龙光道：“一万两我是答应了，此刻是你两个的事情，你们商量罢，我先走了。”博如道：“索性三面言明了，就好动手办事了。”承辉道：“这是你自己不肯通融，与我们甚么相干？”博如道：“你要分我一半，未免太狠。这样罢，我打八折收数，归你二成罢。”承辉不答应。后来再三磋商，言定了博如七折收数，以三成归承辉，两面都允了。承辉又要先订合同。博如道：“我这里正合同都不曾定，这个忙甚么。”承辉道：“不行！万一我这法子说了出来，你不认帐，我又拿你怎样呢。”博如只得由他。承辉在身边取出纸笔来，一挥而就，写成一式两纸，叫博如签字。博如一看，只见写的是：

> 兹由承某介绍朱某，代龙某办一要事。此事办成之后，无论龙某以若干金酬谢朱某，朱某情愿照七折收数，其余三成，作为承某中费。两面订明，各无异言。立此一式两纸，各执一纸为据。

朱博如看了道："怎么不写上数目？"承辉道："数目是不能写的。我们龙二爷出手阔绰，或者临时他高兴，多拿一千、八百出来，请你吃茶吃酒，那个我也要照分的；如果此时写实了一万，一万之外我可不能分你丝毫了。这个我不干。"博如听了，暗暗欢喜，便签了字，承辉也签了字，各取一纸，放在身边。

博如就催着问："是何妙法？"承辉道："这件事难得很呢！我拿你三成谢金，实在还嫌少。你想罢，若不明写出来，不成个凭据；若明写了，说是某人托某人设法致死其父，事成酬银若干，万一闹穿了，非但出笔据的人要凌迟，只怕代设法的人也不免要杀头呢！这个非但他不敢写，写了，你也不敢要。"博如道："这个我知道。"承辉道："若是不明写，却写些甚么？总不能另外诌一桩事情出来。若说是凭空写个欠据，万一你的法子不灵呢，欠据落在你手里，你随意可以来讨的，叫龙二爷拿甚么法子对付你？数目又不在少处，整万呢！"博如道："这个我都知道，你说你的法子罢。"承辉道："时候不早了，这里人多，不是谈机密地方，你赶紧吃完了烟，另外找个地方去说罢。"博如只得匆匆吸完了烟，叫堂倌来收灯，给过烟钱。博如又走过去，和那几个不三不四的人说了几句话，方才一同走出。

龙光约了到雅叙园，拣一个房间坐下，点了菜。博如又急于请教。承辉坐近一步，先问道："据你看起来，那老头子到底几时才可以死得？"博如道："弄起来看，至迟明年二月里，总可以成功了。"承辉又坐近一步，拿自己的嘴对了博如的耳朵道："此刻叫龙二爷写一张借据给你，日子就写明年二月某日，日子上空着，由得你临时填上。那借据可是写的：立借券某人，今因猝遭父丧大故，汇款未到，暂向某人借到银壹万两。汇款一到，立即清还。蒙念相好，不计利息。棘人某某亲笔。等到明年二月，老头子死了，你就可以拿这个借据向他要钱了。"博如侧着头一想道："万一不死呢？"承辉道："就是为的这个。如果老头子不死，他又何尝有甚父丧大故，向人借钱？又何故好好的自称棘人？这还不是一张废纸么？当真老头子死了，他可是为了父丧大故借用的，又有蒙念相好、不计利息的一层交情在里面，他好欠你分毫吗？"朱博如不觉恍然大悟道："妙计！妙计！真是鬼神不测之机也！"于是就叫龙光照写。龙光拿起笔来，犹如捧了铁棒一般，半天才照写好了，却嫌"萬"字的笔画太多，只写了个方字缺一点的"万"字。朱博如看过了，十分珍重的藏在身边。

恰好跑堂的送上酒菜，龙光让坐，斟过一巡酒，然后承辉请教博如法子。博如道："要办这件事，第一要紧不要叫他见人，恐怕有人见愈调理病愈深，要疑心起来。明日再请我，等我把这个话先说上去，只说第一要安心静养，不可见人，不可劳动，不可多说话费气，包管他相信了。你们自己再做些手脚。我天天开的药方，你们只管撮了来煎，却不可给他吃。"龙光道："这又是何意？"博如道："这不过是掩人耳目，就是别人看了方子，也是药对脉案的；但是服了对案的药，如何得他死，所以掩了人耳目之后，就不要给他吃了。我每天另外给你们两个方子，分两家药店去撮，回来和在一起给他吃。"龙光又道："何必分两家撮呢？"博如道："两个方子是寒热绝不相对的，恐怕药店里疑心。"承辉道："这也是小心点的好。"博如又附耳教了这甚么法子，方才畅饮而散。

从次日起，他们便如法泡制起来，无非是寒热兼施，攻补并进，拿着苟才的脏腑，做他药石的战场。上了年纪的人，如何禁受得起！从年前十二月，捱到新年正月底边，那药石在脏腑里面，一边要坚壁清野，一边要架云梯、施火炮，那战场受不住这等蹂躏，登时城崩池溃，四郊延蔓起来，就此呜呼哀哉了。

三天成殓之后，龙光就自己当家。正是一朝权在手，便把令来行，陆续把些姨娘先打发出去，有给他一百的，有给他八十的，任他自去择人而事。大、二、三、四，四个姨娘，都不等满七，就陆续的打发了。后来这班人无非落在四马路，也不必说他了。只有打发到五姨，却预先叫承辉在外面租定房子，然后打发五姨出去，面子上是和众人一般，暗底子不知给了承辉多少。只有六姨留着。又把家中所用男女仆人等陆续开除了，另换新人；开过吊之后，便连书启、帐房两个都换了。这是他为了六姨，要掩人耳目的意思。

朱博如知道苟才已死，把那借据填了二月初一的日子，初二便去要钱。承辉道："你这个人真是性急！你要钱也要有个时候，等这边开过吊，才像个样子。照你这样做法，难道这里穷在一天，初一急急要和你借，初二就有得还你了？天下那有这种情理！"一席话说得朱博如闭口无言，只得别去。

直捱到开吊那天，他还买了点香烛纱元，亲来吊奠。承辉看见了大喜，把他大书特书记在礼簿上面。又过了三天，认真捱不住了。恰好这天龙光把书启、帐房辞去，承辉做了帐房，一切上下人等，都是自己牙爪，是恣无忌惮的了。承辉见博如来了，笑吟吟的请他坐下，说道："先生今天是来取那笔款子的？"博如道："是。"承辉道："请把笔据取出来。"博如忙在身边取出，双手递与承辉。承辉接过看了一看道："请坐请坐。我拿给先生。"博如此时真是心痒难抓，眼看着立时三刻，就是七千两银子到手了。忙向旁边一张椅子上坐下。

承辉拿了借据，放在帐桌上，提起笔来，点了两点，随手拿了一张七十两银子的庄票，交给博如道："一向费心得很！"博如吃了一惊道："这……这……这是怎么说？"承辉道："那三成归了兄弟，也是早立了字据的。”博如道：“不错，我只收七折；但是何以变做七十两呢？”承辉笑道：“难道先生眼睛不便，连这票据上的字，都没有看出来？”博如连忙到案头一看，原来所写的那一万的“万”字，被他在一撇一钩的当中，加了两点，变成个“百”字了。博如这一怒非同小可，一手便把那借据抢在手里。承辉笑道：“先生恼甚么！既然不肯还我票据，就请仍把庄票留下。”博如气昏了，便把庄票摔在地下要走。承辉含笑拦住道：“先生恼甚么？到那里去？茶还没喝呢。来啊！舀茶来啊！客来了茶都不舀了，你们这班奴才，是干吗的是啊！”一面说，一面重复让坐。又道：“先生还拿了这票子到那里去呢？”博如怒道：“我只拿出去请大众评评这道理，可是‘万’字可以改‘百’字的！”承辉道：“‘萬’字本不能改‘百’字啊，这句话怎讲？”博如道：“我不和你说，你们当初故意写个小写的‘万’字，有意赖我！”承辉笑道：“这句话先生你说错了。数目大事，你再看看，那票子上‘一’字尚且写个‘壹’字，岂有‘万’字倒小写起来之理？只怕说出去，人家也不相信。”博如道：“我不管，我就拿了这票子到上海县去告，告你们涂改数目，明明借我的一万银子，硬改作一百。这个改的样子明明在那里，是瞒不过的。”

说话时家人送上茶来。承辉接过，双手递了一碗茶。说道：“好，好！这个怪不得先生要告，整万银子的数目变了个一百，在我也是要告的。但不知先生凭甚么作证？”博如道：“你就是个证人，见了官，我不怕你再赖！”承辉道：“是，是，我绝不敢赖。但是恐怕上海县问起来，他不问你先生，只问我。问道：苟大人是两省的候补道，当过多少差使，署过首道，署过藩台；上海道台，是苟大人的旧同寅，就是本县，从前也伺候过苟大人来；后来到了安徽，当了多少差使，谁不知道苟大人是有钱的。一旦不幸身故了，何至于就要和人家借钱办丧事？就说是一时汇款没到，凑手不及，本县这里啊，道台那里啊，还有多少阔朋友，那里不挪动一万、八千，却要和这么个卖草头药的江湖医生去借钱？苟大人是署过藩台的，差不多的人，那里够得上和他拉交情，这个甚么朱博如，他够得上和苟大人的少爷说相好、不计利息的话吗？他们究竟有甚么交情？你讲！’这么一篇话问下来，应该怎样回答，还请先生代我打算打算，预先串好了供，免得临时慌张。”朱博如听了，默默无言。

良久，承辉又道：“先生，这官司你是做原告，上海县他也不能不问你话的。譬如他问：‘你不过是个江湖医生，你从那里和苟大人父子拉上的交情，可以整万银子，不计利息的借给他？你这个人，倒很慷慨，本县很敬重你。但不知你借给他的一万银子，是那里来的？在那里赚着的？交给龙光的时候，还是钞票？还是元宝？还是洋钱？还是那家银行的票子？还是那家钱庄的票子？’这么一问，先生你又拿甚么话回答，也得要预先打算打算，免得临时慌张。”朱博如本来是气昂昂、雄赳赳的，到了此时，不觉慢慢的把头低下去，一言不发。

承辉又道：“大凡打到官司，你说得不清楚，官也要和你查清楚的，况且整万银子的出进，岂有不查之理。他先把你宝号的帐簿吊去一查，有付这边一万银子的帐没有；再把这里的帐簿吊去一查，看有收到你一万银子的帐没有。你的帐簿呢，我不敢知道；我们这边帐簿，是的确没有这一笔。没有这笔倒也罢了，反查出了某天请某医生医金若干，某天请某医生医金若干。官又问了，说：‘你们既然属在相好，整万银子都可以不计利息的，何以请你诊病，又要天天出医金呢？相好交情在那里？’并且查到礼簿上，你先生的隆奠是‘素烛一斤，纱元四匣’，与不计利息的交情，差到那里去了！再拿这个一问，先生你又怎么说呢，这个似乎也要预备预备。”说罢，仍旧坐在帐桌上去，取过算盘帐簿，剔剔挞挞算他的帐去了。

一会儿就有许多人来领钱的，来回事的，络绎不绝。一个家人拿了票子来，说是绸庄上来领寿衣价的，共是七十一两五钱六分银子。承辉呆了一呆道：“那里来这琐琐帐，甚么几钱几分的！”想了一会道：“这么罢，这一张七十两的票子，是朱先生退下来不要的，叫他先拿去罢。那个零头并在下回算，总有他们便宜。”那家人拿了去。朱博如坐在那里听着，好不难过，站起来急到帐桌旁边，要和承辉说话。承辉又是笑吟吟的道：“先生请坐。我这会忙，没功夫招呼你，要茶啊、烟啊，只管叫他们，不要客气。来啊！招呼客的茶烟！”说着，又去办他的事了。

一会儿，又跑了一个家人来，对承辉说道：“二爷请。”承辉便把帐簿往帐箱里一放，拍挞一声锁上了，便上去。博如连忙站起来要说话。承辉道：“先生且请坐，我马上就来。”博如再要说话时，承辉已去的远了，无奈只得坐着等。心中暗想，这件事上当上的不小，而且这口气咽不下去。看承辉这厮，今天神情大为两样，面子上虽是笑口吟吟的，那神气当中，却纯乎是挖苦我的样子。我想这件事，一不做，二不休，纵使不能告他欠项，他药死父亲可是真的，我就拿这个去告他。我虽然同谋，自首了总可以减等，我拼了一个“充军”的罪，博他一个“凌迟”，总博得过。心里颠来倒去，只是这么想，那承辉可是一去不来了。

看看等到红日沉西，天色要黑下来了，才听得承辉一路嚷着说：“怎么还不点灯啊？你们都是干吗的？一大伙儿都是木头，拨一拨动一动！”一面嚷着，走到帐房里，见了博如，又道：“嗳呀！你看我忙昏了，怎么把朱先生撂在这里！”连连拱手道：“对不住，对不住！不知先生主意打定了没有？如果先生有甚么意思，我们都好商量。”博如道：“总求阁下想个法儿，替我转个圜，不要叫我太吃亏了。”承辉道：“在先生的意思，怎样办法呢？”博如道：“好好的一万，凭空改了个一百，未免太下不去！”承辉道：“你先生还是那么说，我就没了法子了。”博如道：“这件事，如果一定闹穿了，只怕大家也不大好看。”承辉道：“甚么不好看呢？”博如道：“你们请我做甚么来的呢？”承辉正色道：“下帖子，下片子，请了大夫来，自然为的是治病。”

正说话间，忽然龙光走了进来，一见了博如，便回身向外叫道：“来啊！”外面答应一声，来了个家人。龙光道：“赶紧出去，在马路上叫一个巡捕来，把这忘八蛋先抓到巡捕房里去！”那家人答应去了。博如吃了一大惊道：“二爷，这是那一门？”龙光不理他，又叫：“王二啊！”便有一个人进来。龙光道：“你懂两句外国话不是？”王二道：“是，家人略懂得几句。”龙光又叫：“来啊！”又走了一个人进来。龙光道：“到我屋里去，把那一迭药方子拿来。”那人去了，龙光方才坐下。博如又道：“二爷，你这个到底是那一门？”龙光也不理他。此时承辉已经溜出去了。一会儿，那个人拿了一迭药方来。龙光接在手里，指给王二说道：“这个都是前天上海县官医看过了的。你看，这一张是石膏、羚羊、犀角，这一张是附子、肉桂、炮姜，一张一张都是你不对我，我不对你的。上海县方大老爷前天当面说过，叫把这忘八蛋扭交捕房，解新衙门，送县办他。你可拿好着，这方子上都盖有他的姓名图书，是个真凭实据。回来巡捕来了，你跟着到巡捕房里去，说明这个缘故，请他明天解新衙门。巡捕房要这方子做凭据的，就交给他；若不要的，带回来明日呈堂。”王二一一答应了。龙光又问：“舅爷呢？”家人们便一迭连声请舅爷，承辉便走了进来。龙光道：“那天上海县方大老爷说这个话的时候，新衙门程大老爷也在这里听着的，你随便写个信给他，请他送县。我现在热丧里头，不便出面，信上就用某公馆具名就是了。”承辉一一答应。只见那去叫巡捕的家人来说：“此刻是巡捕交班的时候，街上没有巡捕。”龙光道：“你到门口站着，有了就叫进来，不问是红头白脸的。”那家人答应出去了。龙光又指着博如对王二道：“他就交给你，不要放跑了！”说着徉长而去。

博如此时真是急得手足无措，走又走不了，站着不是，坐着不是，心里头就如腊月里喝了凉水一样，瑟瑟的乱抖。无奈何走近一步，向承辉深深一揖道：“这是那一门的话？求大爷替我转个圜罢！”承辉仰着脸冷笑道：“闹穿了不过大家不好看，有甚要紧！”博如又道：“大爷，我再不敢胡说了！求你行个方便罢！”承辉道：“你就认个‘庸医杀人’，也不过是个‘杖罪’，好像还有‘罚锾赎罪’的例，化几两银子就是了，不要紧的。”说着，站起来要走。吓得博如连忙扯住跪下道：“大爷，你救救我罢！这一到官司啊，这上海我就不能再住了。”一面说，一面取出那借据来，递给承辉道：“这个我也不敢要了。”承辉道：“还有一张甚么七折三成的呢？”博如也一并取了出来，交给承辉。承辉接过道：“你可再胡闹了？”博如道：“再也不敢了！”承辉道：“你可肯写下一张伏辩来，我替你想法子。”博如道：“写，写，写！大爷要怎样写，就怎样写。”

正是：未得羊肉吃，惹得一身臊。

品读

本文节选自《二十年目睹之怪现状》第一百零四回《良夫人毒打亲家母　承舅爷巧赚朱博如》、第一百零五回《巧心计暗地运机谋　真脓包当场写伏辩》，主要叙述苟龙光私通父亲苟才的六姨太，暗中与小舅子承辉设计，串通江湖郎中朱博如，毒死苟才，巧赚朱博如的故事。

说起苟才，这是小说所写的臭名昭著的官场中人。他在小说中曾多次抛头露面，为人极其虚伪，平时好摆架子，假装阔气，在官场中工于钻营，惯会贪污行贿，寡廉鲜耻，无所不为。如他为了谋求升官发财，不惜逼新寡的儿媳给总督去做姨太太；因走通华中堂的门路而得了安徽省银元局总办的肥缺，月收入（贪污）二十万两银子。其“行为龌龊”，堪称“无耻之尤”！

在他的熏陶下，其子苟龙光也是吃喝嫖赌，丧德败行，小小年纪便勾搭了苟才的六姨太；而他的妻舅承辉也是一个不务正业、满肚子坏水的家伙，暗地里私通了苟才的五姨太。这郎舅二人生心设计，与一个江湖郎中朱博如串通一气，打算药死荀才，掌控家产，与两位姨太太天长地久。

于是，双方讨价还价，说定了给郎中酬金一万两银子，并且写了借据，只是借据上写的是“壹万两”，当时郎中也未在意。等荀才被药死之后，郎中持借据取款，不料承辉却在“壹万两”的“万”字中加了两笔，使“万”变成了“百”。郎中怒不可遏，指责其故意将“万”字小写，以便涂改赖账，承辉笑道：“数目大事，你再看看，那票子上‘一’字尚且写个‘壹’字，岂有‘万’字倒小写起来之理？只怕说出去，人家也不相信。”郎中狗急跳墙，叫嚷要去官府告状。承辉指出，荀才极有钱，官场中阔朋友也多，办丧事还不至于向一个江湖郎中借钱，再说一个江湖郎中又从那里来的一万两银子？而借出借入，也是要有账簿登记的……如此这般，说得郎中目瞪口呆。接着，龙光又以郎中所开药方都是彼此相克的作为罪证，要将郎中扭交巡捕，移交新衙门，办他个“庸医杀人”之罪。吓得郎中跪地求饶，当场写下认罪悔过书，表示再也不敢上门生事。

小说通过叙写龙光与承辉狼狈为奸，乱伦弑父，巧赚郎中的故事，穷形尽相地暴露了晚清官僚家庭卑污龌龊、道德沦丧的丑恶内幕，读来令人毛骨悚然，而这也是小说所写的各种怪现状中最不可思议的一桩了。

不过，撇开道德评判，这郎舅二人巧设机关，为鬼为蜮，也着实非同小可。小说主要从江湖郎中的角度着笔，写他如何一步一步地钻入别人的圈套，却浑然不觉，最后不仅鸡飞蛋打，还受尽了羞辱，真是“未得羊肉吃，惹得一身臊”。当然，这也是他泯灭良知，助纣为虐应得的下场。从叙事技巧来看，小说主要采用人物限制视角，借助江湖郎中的亲历亲闻来展开故事，巧布疑阵，娓娓道来，致使叙事充满悬念，制造了引人入胜的阅读效果。

另外，作者在叙事过程中有时还很善于取譬设喻，如文中的这一段：

从次日起，他们便如法泡制起来，无非是寒热兼施，攻补并进，拿着药才的脏腑，做他药石的战场。上了年纪的人，如何禁受得起！从年前十二月，捱到新年正月底边，那药石在脏腑里面，一边要坚壁清野，一边要架云梯、施火炮，那战场受不住这等蹂躏，登时城崩池溃，四郊延蔓起来，就此呜呼哀哉了。

这一段描写生动形象，诙谐逗趣，有效地增添了小说的叙事效果。

七、丹心碧血叱汉奸

——《痛史》选段

且说贾似道看见家人送“京报”进来，猛然想起巫忠昨夜说还有一件喜事，看“京报”便知的话，正不知有何喜事，想来看“京报”可知的喜事无非是升官；然而升官之喜，当是自己先奉旨，何必要看“京报”呢！一面想一面接过那一本“京报”，揭开看时，里面第一页上夹着两张红纸条儿，先看第一张上面是写着：

〇〇奉皇太后懿旨：婉妃张氏，妄造谣言，荧惑圣听，致令皇帝受惊，圣躬不豫，实属罪大恶极。张氏着革去“婉妃”名号，交三法司处斩。钦此。

似道看罢拍掌道：“这才消却我心头之恨也。巫忠说是喜事，大约就是这个；虽然不算喜事，却也可算得一桩快事了！”想罢，再看那第二张，上面是写着：

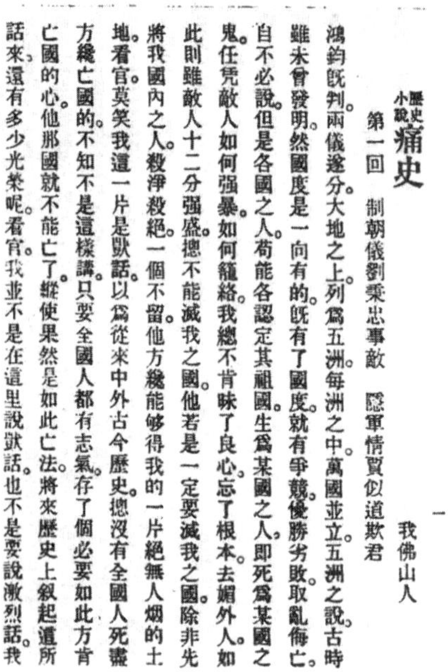
歷史小說 痛史

第一回 制朝儀劉秉忠事敵 隱軍情賈似道欺君

我佛山人

鴻鈞既判。兩儀遂分。大地之上。列爲五洲。每洲之中。萬國並立。五洲之說。古時雖未曾發明。然國度是一向有的。既有了國度。就有爭競。優勝劣敗。取亂侮亡。自不必說。但是各國之人。苟能各認定其祖國。生爲某國之人。即死爲某國之鬼。任凭敵人如何强暴。如何籠絡。我總不肯昧了良心。忘了根本。去媚外人。如此則雖敵人十二分强盛。總不能滅我之國。他若是一定要滅我之國。除非先將我國內之人。殺淨殺絕。一個不留。他方幾能够得我的一片絕無人烟的土地。看官。莫笑我這一片是獃話。以爲從來中外古今歷史。總沒有全國人死盡方纔亡國的。不知不是這樣講。只要全國人都有志氣。存了個必要如此方肯亡國的心。他那國就不能亡了。縱使果然是如此亡法。將來歷史上敘起這所話來。還有多少光榮呢。看官。我並不是在這里說獃話。也不是要說激烈話。我

痛史 一

《痛史》书影（载梁启超主办《新小说》第8号）

〇〇奉旨：权守鄂州张世杰奏报大获胜仗一节，深堪嘉尚。张世杰着授为黄州、武定诸军都统制，仍责令相机进兵。钦此。

似道看罢，心中又是不快。想道樊城、襄阳的事已是隐过，这鄂州胜仗又何必奏闻呢。如今他授了都统制，倘使他得了此职，不去退援江州，岂不是白费了手脚么？闷了半晌，叫人去请梦炎来。同他商量，叫他再专人赍了伪诏旨去催张世杰退援江州。梦炎只得依命而行去了。

看官，你道樊城、襄阳已经失守，鄂州系毗连之地，自当震动，何以反得了胜仗呢？原来樊城的守将是范天顺，手下有两员大将：一名牛富，一名王福，皆有万夫不当之勇。襄阳的守将是吕文焕，手下也有两员上将：一名黄顺，一名金奎，算来也是两条好汉。所以元朝的征南都元帅伯颜，同了副元帅张弘范，带了精兵三十万，围住了樊城、襄阳两处，已经四年，还攻打不下。

内中单表这张弘范，他本是大中华易州定兴人，从小就跟他父亲张柔，从金朝投降了蒙古，慢慢的他就忘记了自家是个中国人，却死心塌地奉承那蒙古的甚么“成吉思”，并且还要仇视自家的中国人，见了中国人，大有灭此朝食之概。这回挂了副元帅的印，跟着伯颜来寇襄阳，围了许久，攻打不下。那时帐下有个行军参谋，叫做董文炳，本是中国真定稾城人。他父亲董俊，曾事金朝，后来也降了蒙古。文炳从小就有许多小智计，此时拜了行军参谋，来寇中国。当下文炳见久围襄阳不下，因上帐献计，请分兵去围樊城，以破其犄角之势；所以张弘范带领一半兵马，去围樊城，却也是日久无功。

一天恼了张弘范，亲自率兵来攻城。城中守将范天顺，也在城楼指挥兵士，竭力守护。弘范督率众兵，叠架云梯火炮，向前攻打。城上擂木矢石打下，无法可以近城。弘范见城上守御有方，乃用马鞭一挥，约退兵士一箭之地，纵辔向前，扬鞭指范天顺道：“将军苦守此城，已近四年。

心力俱竭，徒然劳兵费饷，终久有何用处？而且南朝奸臣当道，宗庙社稷旦夕不保；今我朝分兵南下，倘一旦临安有失，宋室君后，尚当投降，那时将军苦守此城，为的是甚事来呢？莫非那时还替大宋出力么？古语有云：‘识时务者为俊杰。’何不及早投降，当不失封侯之位。我爱将军智勇兼备，所以特来相劝，将军切勿执迷不悟。”范天顺大怒道：“有日援兵一到，我要生擒你这忘宗背祖的东西，剖你心肝出来，看看是个甚么样儿。你也不想想，你出身的易州地方，本是中朝土地，你便是中朝的臣民，不在中朝建功立业，反投到那腥膻骚臭的鞑子地方去，却来此处耀武扬威。”

话犹未了，恼了旁边大将牛富，厉声大叫道：“将军且不必同这忘背根本的奴才说话，待我射死这奴才，再出城去杀鞑子。”说时迟那时快，只听得弓弦响处，一箭正射中弘范左臂，险些儿翻身落马。左右飞速上前，救回本阵。正待退兵，忽然樊城城门大开，牛富率领五百敢死之士，杀将出来。

北兵见主帅受伤，无心恋战。阵脚先乱，被牛富冲入阵中，左冲右突。北兵且战且走，牛富终恐众寡不敌，追杀一阵，也自收兵。

张弘范败退三十里立下寨栅，叫了医官来，拔出箭头，敷上伤药，在营中养伤。一连数日，未曾出战。

忽报元主差官送红袍大将军来，弘范大喜，忙教请人。（看官，你道这红袍大将军是个人么？非也。这是他从西域得来的一尊大炮，这等炮虽比不得近日的“阿姆斯脱郎”“克虏伯”，然而在当日火器未曾十分发明的时代，也要算是数一数二的利器了。所以元主得了它十分欢喜，给它一个封号，叫做红袍大将军；因为不用它的时候，便将一个大红缎的罩子将它罩住，所以有此美名。）当下张弘范得了这件宝货，不胜之喜，即刻传令众兵士，今夜进兵，务要攻下樊城。众兵得令，晚晡时，饱餐一顿，奋勇向前来至城下。

正是二鼓向尽，弘范传令攻城。范天顺仍在城头上往来巡梭，忽听得元军中天崩地塌的轰了一声，只见半空中碗大的一个透红弹子，向城上飞来，恰打在一个城垛上，訇訇一声，城垛已倒。天顺急令兵士搬运砖石，前来修补堵塞。又传令四门多备砖石，以便随时修堵。方才元军中所放的是红衣大炮，须要格外小心。传令未毕，又听得一声震响，这个弹子却从城头上飞过，坠落城内。霎时间城中百姓大乱起来。不到一刻，接二连三的又是四五炮，弹子却都打入城中。弹子落处，登时火起。一时男女老幼，呼号奔走，闹得火光烛天，毒烟迷目，鸡飞狗走，鬼哭神号。天顺此时只顾得守城，也不能理会此事，怎禁得一个个的弹子打来！莫说是砖石等料不能堵塞，眼见得就是铜墙铁壁，只怕也要洞穿的了。

正在往来巡梭时，忽然又是地动天惊的一声，木石横飞，火光四射，东北隅上已崩了四五丈的城墙。天顺急驰马前去察看，只见元兵一拥而入。天顺回顾左右，只有十余个从人。正欲杀将过去，元兵已杀上城来。天顺料敌不过，勒马返奔，奔至城楼前下马入内，见壁上挂着一柄龙泉宝剑，遂拔了下来，握在手上，叹道："我范天顺生为大宋之人，死当为大宋之鬼。我这样一个干净身体，岂可死在那骚鞑子之手？莫若就此了我之事吧。"说毕，举起宝剑，向咽喉上一割，一点忠魂，已上达云霄，与日月争光去了。

却说当夜牛富见敌兵攻城既急，城中又是火起，恼得他暴跳如雷；一时上城御敌，一时又下城救火，闹到四鼓向尽时，真是人困马乏，忽听得东南城垣已破，提枪策马杀奔前来，只见元兵如山崩海倒一般杀入，为首一员大将，正是张弘范。牛富大怒，也不答话，举枪便刺。弘范不及招架，侧身一让，已被他枪尖戳破了肩上衣甲。牛富回手又是一枪，对准弘范面孔搠去。争奈众元兵一拥上前，那马立脚不住，倒退了数步。

牛富无奈，回马而走。匆促间误走入火林之内。抬头看时，前面一派是火；正待拨转马头，忽听得泼剌一声，马后倒下一根火梁，几乎打在马屁股上。恰好王福在外面走过，大叫："牛将军休慌，俺来救你也。"牛富大声答道："城垣已破，万无可为，王将军保重，好替满城百姓报仇。我先完我的事去也。"说罢，跳下马来，奋身向火炽处一跃，可怜一具忠骸，就此化成灰烬。

王福看见大叫道："牛将军既死，俺义不独生。"说罢，便欲自刎。忽又想道："徒死无益，好歹去杀两个鞑子，再死未迟。"想罢，提起一双阔板斧，只向元兵多处杀去。正走之间，恰遇一队元兵。王福不敢停留，挥开双斧，杀上前去，如生龙活虎一般，左冲右突，杀得元兵四散奔逃。正欲杀出去时，元军后面大队已至，如风起水涌一般，将王福压得退后。只得拨马杀向他处，不期马失前蹄，将他掀翻在地。急的王福举起阔板斧自刎而亡。

天色微明，张弘范亲自入城，部将阿术、乌里丹都等均来献功。弘范便问："获住几员宋将？"众将回说："未及生擒。"又问："杀了几员？"回说："守将三员，均已自尽。"弘范大怒，责诸将道："为何不生擒一二员来？待我亲自报一箭之仇。"诸将默默无言。弘范遂下令"屠城"。那些鞑兵本来已是野蛮残忍，奸淫掳掠，无所不为，何况得了屠城之令！可怜樊城城中，只杀得天愁地惨，日月无光，白骨积山，碧血涌浪。那些惨虐情形，也不及细表。看官，只此便是异族战胜本族的惨状了，你道可怕不可怕呢！

且说张弘范屠了樊城，拨了三千兵马，叫部将阿里海涯守樊城。自己率领众兵，前往会齐伯颜，助攻襄阳。伯颜得了樊城消息，便自大喜；一面传檄襄阳城中，谕令早降。至是会了弘范，合力攻打。

却说襄阳守将吕文焕，自闻樊城失守之信，即每日集了众将计议，部将金奎，自愿领五百兵士，杀出重围，到临安求救。文焕恐金奎去了，兵力益加单薄，所以未允。是日又接到伯颜射入城内的檄文，又集了众将计议，诸将或言固守待援，或言决一死战，或言到临安求救。议论纷纷，莫衷一是。只有部将黄顺，默默无言。文焕便问：“将军有何高见？”黄顺道：“从前尚有樊城为掎角之势，如今樊城破了，我之势力既孤，而敌兵又合在一处，兵力益厚。为今之计，到临安求救是远水不救近火，而且贾似道那厮，欺君罔上，恣威弄权，难保其必发兵相救。若说决一死战，则眼见得众寡不敌，强弱攸分，胜败之机，不言可决。若说是抵死固守，则外援既绝，城中储蓄有限，正不知守到何年何月，方始得出重围。”言罢，长叹一声，低头不语。

文焕听罢，也是无言可对。只得遣散众人，退入内室。妻子袁氏及侍妾媚媛，迎着坐下。袁氏道：“相公这两天退回后堂，为甚只是闷闷不乐？”文焕道：“外边战守之事，非你辈女流所知。”袁氏道：“虽非我辈女流所知，但看相公情形，只怕总有些棘手。”文焕道：“正是！从前虽说被围，敌兵却不很来攻打；如今樊城失了，他眼看得我势孤力穷，日夕并力来攻，为之奈何？到了事急之时，我只得叫家将们护送你们回乡。至于我的生死，只好置之度外的了。”袁氏听了，尚未开言。媚媛早已哇的一声，哭将起来，说道：“如此说来，相公是置妾等于不顾的了。妾自得侍相公，满望享几十年富贵，也不枉虚生一场。谁料这等结局！望相公三思，代妾等想个长久之计。”袁氏在旁，也是苦苦啼哭。文焕心中着实难过，看看媚媛好似泪人儿一般，不觉把一片忧愤之心，化为怜爱之念。不免起身去抚慰她一番。媚媛趁势倒在文焕怀里去哭。文焕皱着眉儿，唉声叹气的抚弄着她，却一句话也说不出。

正在难解难分之际，忽报元兵又来攻城。文焕起身便欲出去，媚媛倒在怀里，抵死不放。袁氏也抽咽着说道：“相公出去，好歹再进来与妾等一见，死亦瞑目。”媚媛听了这话，更是放声大哭。文焕无奈，只得重又坐下。半晌又报说元兵攻打益急，文焕正欲起身时，忽又报部将黄顺，偷了权守襄阳的印绶，缒出城去投降元兵了。文焕顿足道：“这便如何是好？”正在急得手足无措之时，那袁氏、媚媛更是哭得杀猪的一般。

忽又报说元兵架起红衣大炮，要开放了。文焕听罢，也顾不得妻妾，急急跑到外堂，还要擂鼓集众商议，讵料更没有一个人来。左右报说：“如今只有金奎将军在北门守御；其余众将官，都不知去向了。”文焕没法，急急上马到北门来，上城观看。只见元军如潮涌一般，都望城上攻打。金奎却转往东门去了。文焕望了一望元军兵势；又想一想妻妾哭泣的情状。沉吟了一会，叫左右将降旗竖起。不多时，只听得元军中几声胡笳响处，那兵士便退了一箭之地。文焕方欲下城，忽见金奎气愤愤的夹着双刀，纵马而至。大叫：“谁竖降旗？”文焕道：“我要救满城百姓，无可如何，望将军见谅。”金奎狠狠的向文焕望了一眼，拨转马头去了。

文焕回归私第，换了角巾素服，带了图籍典册，大开城门，到元军中去见伯颜、张弘范纳降。伯颜给了一张安民告示，命且回城，大军随后便到。文焕领命回城。

伯颜派了部将乌里丹都、葛离格达二人带领三千兵士，先行入城。二人领命而去。不料刚刚入到瓮城时，忽然金奎领了所部五百兵丁，迎面杀来。二人措手不及，被金奎大杀一阵，杀开一条血路，转过南城，落荒而去。二人不敢入城，回见伯颜，告知如此如此。伯颜大怒，又要挥兵攻城。

忽又报吕文焕求见。伯颜怒教召入。文焕再四伏罪，说：“只有金奎一人不愿投降，未曾预先知照，以致如此。”伯颜便仍叫乌里丹都、葛离格达二人带领兵士，押着吕文焕一同进城。二人领命，入得城来。念着方才之恨，纵兵大杀，四面淫掠。文焕禁止不住。杀到后来，连自家的妻妾袁氏、媚媛，也不知掠的那里去了。文焕此时，那里还敢作声，只好吞声忍气的两只手将一顶绿头巾向自家头上套住。看官，这便是卖国偷生的下场了，你道可怕不可怕呢！

却说伯颜得了襄阳，一面差人到元主处报捷。一面留下乌里丹都守襄阳。自己同张弘范、董文炳、吕文焕及一分将官，水陆并下，却取鄂州。

原来鄂州、黄武一带，虽无甚警急，却也常有北兵往来哨探，出没无定。鄂州守将张世杰，时时都作准备，旌旗蔽日，刁斗连宵，无间寒暑，总是如临大敌。这日闻报樊城、襄阳相继沦陷，知道北兵一定水陆兼下，来到鄂州。一面差人去哨探北兵水陆将帅是何等人，一面日日训练士卒，预备迎敌。

一日探子来报说北兵陆路是伯颜自领，水军是张弘范带着众降将杀来。世杰即升坐中军帐，传众将听令。先叫部下水师前锋陈瓒，率领水师三千，乘坐战船，先到上游杨桑湖内埋伏。俟北兵经过湖口后，方杀出来。在他后军杀入，我自有照应。又叫部下陆军先锋李才，率领陆兵五千人，出城五十里下寨，作为四面都救应。又叫张顺、张贵准备水路迎敌。各人领命而去。然后自己带着儿子张国威，部署陆路一切，都是密密布置。

原来伯颜素来知道张世杰十分能军。当日贾似道奉使到蒙古时，他已经贿了似道，叫不要重用此人。近来又暗暗使人通了似道，嘱他将世杰调开。此番进兵，知道世杰仍守鄂州，却也十分把细，叫部下前锋阿术带了雄兵二万，战将十员，为前队先行。再三叮嘱他沿途小心，不可轻进。阿术领命去了，然后自己率领中军，留下辎重作后队。

却说阿术领着人马，浩浩荡荡，向鄂州进发。一路上逢山开路，遇水成桥。在路不止一日，这日黄昏时分，计离鄂州只有百里之遥。阿术传令依山傍树下寨，只因此时尚是夏末秋初，暑气犹盛，是以欲借树林取凉。下寨既定，阿术亲自上马出外哨巡一遍，方才安息。

三鼓时候，阿术在帐外乘凉，忽见半空中飞起一支流星号火。正在疑讶间，只听得四面八方的连珠号炮乱响，正不知何处兵来，连忙提枪上马，出外迎敌。刚刚出到营门，迎面来了一员大将，原来正是张国威，奉了他父亲世杰之命在此埋伏。当夜杀到元营，遇见阿术，更不打话，举起画戟便刺。阿术连忙招架，杀了几个回合，耳边厢只听得喊声大震，正不知宋兵多少。况且平时常听得伯颜说张世杰是一员智勇双全的上将，更不知他今日出的是甚么奇兵；因此无心恋战，舍了张国威，拨转马头，望北而上。国威在后追赶，顺手拈弓搭箭，对准他射去。正中阿术后心，只得带箭而逃。回顾元营，火光四起，愈觉得魂飞胆落。马不停蹄的走至天色大明，看看追兵已远，方始勒住马。招集残兵，来见伯颜。

伯颜正在着恼，忽流星马报到，副元帅率领水帅由蛮河取道汉江，在杨桑湖口遇伏。宋军前后夹攻，被虏去战船五十号。副元帅已退回蛮河，待探过陆兵胜败，再定行止。伯颜大怒，一面催督陆兵前进，一面移檄张弘范，嘱其火速进兵，在鄂州城外会齐。

却说张世杰大获全胜，劳军已毕，便命将虏来众兵，带来问话。凡系中国人，都叫另立一旁。先叫将蒙古人都割一耳纵之使去。可怜虏来一千余众，却没有几个蒙古人，十分之九都是中国产。世杰便对那些中国人开导一番，说道："我们都是中国人民，也就是宋朝臣子。你们的家乡，或者已被元兵所陷，然终久是中国土地，将来总要恢复的。须知蒙古是我们的仇人，何苦甘心事敌！如张弘范、董文炳、吕文焕这班人，虽然是丧尽天良的，然而他还为的是高官厚禄。你们当兵的有甚么大好处！却要替他出死力。须知那蒙古鞑子的阴险心肠，招了你们来当兵，与中国打仗。如果他胜了呢，是驱你们中国人来杀中国人。倘他败了呢，我的兵杀你们可也是中国人杀中国人。他成日间叫我们自相残杀，要我们自家人都互相杀尽了，好叫他那些骚鞑子来占据我们的好土地！如今你们愿当兵的，都留在此地；不愿的，都去归农。我绝不相强！"一席话，说得人人感泣，同声说是愿随将军杀敌，以赎前愆。世杰大喜，一一点过花名，留在帐下不提。

且说伯颜、弘范两路兵，虽说直趋鄂州，却只远远扎住，不敢十分逼近。彼此相持两月之久。偶然见仗，却是互有胜败。伯颜正在闷闷不乐，忽细作报说鄂州城中兵士纷纷出城，不知向何处去，伯颜忙叫再探。不知张世杰的兵果要到何处去，且听下回分解。

原来张世杰叠次奉了诏旨，叫他退援江州。你想他在外领兵，那里知道这诏旨是贾似道、留梦炎做鬼呢！他只知道是江州危急，所以朝廷要他去救援，然而又没有派人来代守鄂州，想来朝廷的意见，是连江、鄂两州的责任，都付在我一人身上的了。当下会集了众文武商量留守鄂州的人。众文武都说朝廷既没派人来代守，这责任仍存将军身上；好在公子随任在此，就该交付与公子代理，别人是断不敢僭越的。世杰恐怕国威年轻，诸事不谙，再三要另举能员代理。争奈众文武一定不从，又说道："虽然公子年轻，我等竭力辅佐是应当的，至于权领这印绶是万万不敢。"世杰无奈，只得将鄂州印绶交与儿子国威，再三叮嘱小心在意。留下张顺、张贵、李才及一班文官佐国威守鄂州。令陈瓒带领一万水师从水路进发，自家领二万陆兵由陆路进发，均向江州而去。

伯颜打听得这个消息，连忙飞檄张弘范，叫他拨一支水军去追陈瓒；自家又令葛离格达率领十员副将，由陆路去追张世杰。料来他赴援心急，一定无心恋战。这番赶去，虽不能一战而定，却也可以掩杀一阵。葛离格达领命而去，却被李才预伏一军在城外抵死挡住。葛离格达不得前进，只得退回报与伯颜。伯颜便教请了张弘范来议事，直议至天晚，尚未决计。

忽报鄂州城中有一名逃卒来投降，口称顺报军情。伯颜教唤进来。那逃卒一步一拐的进来见了伯颜，叩过头，口称被张顺责打，因此气愤逃出，便报军情。伯颜问："有何军情？"逃卒道："张顺料得将军这边一定派水兵去追陈瓒，今日特派流星马由江边赶去，约定陈瓒，倘元兵追来，即当返战。他这边亲率水师赶去，预备前后夹攻。"伯颜听说，便叫将这逃卒留下。与弘范商议此事。弘范道："事不宜迟，我已定下计了。如今急要回去调度，包管这回杀得宋兵片甲不回也。"说罢，匆匆辞去，先差一匹流星马，也沿江边赶去止住水军，叫且莫追赶。又另外授了一个计策，然后自家指拨各水军，只待探得宋兵起碇，这里也随后赶去。

原来张瓒见李才挡住了葛离格达，便到张国威处献计。言元兵既由陆路追赶，则水路一定也是不免的；不如去知照陈瓒，叫他且止住勿行，以待元兵。这边另用水军追去，前后夹攻，可获全胜。国威从之。当下张顺便去分派拨出数十号无用的船，船中满载干柴硝磺引火之物。每十船作一排，用铁绠相连，每排之中，却夹着战船一号。吩咐追近敌兵时，即放起火来，将本船铁埂解开，由众火船顺流而下去烧敌兵。自家同张贵率领百号战船，随后接应。调拨既定，专等是夜天将黎明时，悄悄起碇。张顺仍自出外巡哨，恰见一个兵丁犯着军令。张顺便按军法把他责了数十棍，及是夜来查点军士时，却少了一名，知道一定是被责的逃去无疑了。急来见张贵商量说："倘这兵逃去，将我们之计泄漏与敌人，岂不是误了大事！"张贵道："既如此我们不等黎明动身，就此即刻起碇，料他纵然知道，也调拨不及。"

张顺依言，同去回过了国威，即刻起行。先打发放火船去后，自家方才同张贵督领各战船，浩浩荡荡向下游赶去。赶至次日黄昏时分，望见前面火光大起，烟雾蔽江，知是前船放火，忙叫扬帆鼓桨，迎将过去。走不到十里江面，只见众火船东飘西荡的散满一江，火船那边却是旌旗招展的，不知多少战船，一字儿排着迎上来，这回料是陈瓒回兵，正欲合兵一处，会同追剿，不期两面行近时，忽听得一片胡笳声响，来船却是元兵。张顺大惊，急挥众船上前接战。正在酣战之时，忽报后面元兵赶至。张顺忙教张贵分兵往后迎敌，吩咐道："不幸吾计不成，反中敌计，我二人惟有以身报国的了。不过多杀一个敌兵，总替中国百姓多除一个祸害，大家努力去干吧！"说罢，仍挥兵迎敌。张贵自去挡住后面。

这里张顺明知不能取胜，仍是抵死向前，战至天将黎明，身上中了六箭，着了四枪，支持不住，大叫道："生不能杀敌矣！死当化作厉鬼，去啖尽蒙古人也。"遂投江而死。

兵士飞报与张贵，张贵恼得火星乱迸，恨得肝肠寸断，并力向前，要替张顺报仇，忽然一枝冷箭迎面飞来，张贵急躲时已射中了肩窝，急急拔下箭头，敌船已近。两舷相擦，敌将一枪搠来，被张贵挟住。那将趁势跳过船来，敌兵也纷纷过船，杀散众兵，将张贵缚住，解到中军船上，来见张弘范。看官，须知这番这一支宋朝水军，要算是全军覆没的了。

当下张贵来到中军船上，只见张弘范头戴胡冠，身披胡服，得意扬扬的居中坐着。董文炳、吕文焕分坐左右，还有许多中国人都侍立两旁，不用说，这班都是降将了。弘范见了张贵，便叫他投降。张贵直挺挺的立着，一言不发。弘范以为他有心要降了，便道："久闻将军勇略过人，倘能弃暗投明，取斗大黄金印，犹如反掌。人生图的不过是功名富贵，我劝将军切休执迷不悟，倘能为大元朝做个开国元勋，将来紫光阁上，恐怕少不了将军的图像呢。"

张贵也不言语，两只眼睛只瞪着弘范，半晌发话道："我好不明白！"弘范道："我这是披肝沥胆的好话，你如何不明白？"张贵顿足道："我好恨！"弘范道："你又恨甚么？"张贵道："我不明白中国很干净的土地，种出很干净的米麦，如何养成你们这一班龌龊无耻、全没心肝的小人。我只恨我姓张的人，从来是堂堂正正、忠义相传的，如何忽然生出你这个东西，将来倘使有人要著'姓氏谱''尚友录'等书，把你这东西的姓名也收了进去，岂不辱没了我姓张的么？"弘范大怒，方欲说话，张贵又抢着说道："老实对你说吧，你要叫我投降，须知我张贵自祖宗以来，便是中国人。我自有生以来，食的是中国之米，踏的是中国之土，心中目中何尝有个甚么鞑靼来！不像你是个忘根背本的禽兽，只图着眼前的富贵，甘心做异种异族的奴隶。你去做奴隶倒也罢了，如何还要带着他的兵来，侵占中国的土地，杀戮中国的人民！我不懂中国人与你有何仇何怨，鞑子与你有何恩何德，你便丧心病狂，至此地步！难道你把中国人民杀尽了，把中国土地占完了，将一个堂堂大中国改做了鞑靼国，你张弘范有甚么光荣么？看你这不伦不类的，你祖宗付给你的肢体，没有一毛不是中国种，你却穿戴了一身的胡冠胡服。你死了之后，不讲见别人，你还有面目见你自家的祖宗么！这话不是我骂你，我只代中国的天地神圣祖宗骂你，还代你自家的祖宗骂你。”

一席话，骂得张弘范闭口无言，手脚冰冷，面目改色，几乎气死。两旁立的降将，本来都是中国人，听了这一席话，起先也是汗流浃背的，到了后来，老羞成怒，由不得张弘范做主，也不等号令，一个个拔出腰刀来，把张贵乱刀砍死。他那点忠魂，只怕去会张顺去了。

当下弘范气过一阵，叫抬去张贵尸首，便要追赶陈瓒。董文炳献计道：“如今纵追着前兵，胜了一仗，顶多不过覆没了他一军，莫若回兵，用计去袭了鄂州，方为上着。”弘范依言，一面用轻舟逆流而上，追捉宋朝败兵，不许放一名回鄂州去；一面将夺得宋兵的旗帜衣甲，叫自家兵士扮了宋兵，转过船舵，向鄂州而来。因是逆流，故行了三日方才得到。

这日早晨，离鄂州只有五十里，弘范便叫泊住，等到黄昏时分，方才起碇，赶到鄂州，已是深夜，叫军士打着灯球火把，去叫城门，只说是张顺、张贵两将军得胜而回。城上守兵不知就里，望见是自家兵马，即开了城门。元兵一拥而入。

李才正在各处巡哨，闻警急来迎敌，争奈元兵来的势大，城中虽说戒严，却只在城上安置守具，并未曾准备巷战。李才左冲右突，终归无用，眼见得大势已去，又念着纵然杀得出去，有何面目去见世杰，遂拔剑自刎而亡。

却说张国威在州衙内忽听得外面人声鼎沸，情知有变，急忙披挂，待要上马，忽然来了一队元兵，将州衙围住。一员敌将策马闯入中门，弃枪下马，对国威拱手道：“贤弟，别来无恙？”国威倒觉得愕然，定睛看时，不是别人，正是表兄韩新。原来韩新是世杰的外甥，所以同国威是表兄弟。从小在世杰处学了一身武艺，后来只为干戈扰乱，久不相闻。这韩新存了一点贪生怕死之心，忽然又生了一个图取功名富贵之心，所以投到蒙古军中，派在张弘范帐下差遣，是夜赚开城门，领兵入城，也有他一分的功劳。

当下国威问道：“贤兄不是投了蒙古么？”韩新道：“正是，如今我受了定远大将军之职。”国威道：“然则来此何事？”韩新道：“来保护贤弟。”国威道：“如此说，贤兄是要投诚反正了。果然如此，就烦贤兄助我一臂之力，出去杀敌。”韩新道：“如今满城都是元兵，如何去杀！”国威道：“难道不杀他，在此坐以待毙么？”韩新道：“我正是恐怕贤弟见城池已破，萌了那迂腐的见识，所以特地来劝你。”国威怒道：“如此说，你不是投诚反正，却来劝我降敌了！我念一点亲情不杀你，你快走，不要误我的事。”说着要去取他那方天画戟。韩新一把拉住道：“贤弟何苦如此！岂不闻‘识时务者为俊杰’！如今任你出去，难道你还杀得出城么？俗语说的，蝼蚁尚且贪生呢！”国威大怒，伸手向着韩新面上就是一拳。韩新也大怒道：“我好意相劝，何得无礼！”国威厉声道：“你背了你的祖宗了，负了我的姑母，反颜事敌，这便无礼。”韩新又低首下心的说道：“我念着一点亲情，特来相请，贤弟何苦执迷不悟！”国威大怒啐道：“无耻的囚徒，谁与你有亲情呢？莫说你我是异性的表兄弟，就是我同胞的亲兄弟，你反颜事了敌国也要义断恩绝，以仇敌相待的了。”

韩新只是苦苦拦住，要劝他投降。国威正色道：“你倘要在鞑子跟前立功献媚，我将这颗脑袋送给你去请功，倒可以办得到。他事，你不必向我缠绕，你去吧！”用手指着门外道：“你看你的伙伴又来也。”韩新回头看时，国威顺手拿着权守鄂州的一颗铜印，照头摔去。韩新眼快，连忙躲时，肩上已着了一下，不觉大怒，拔出腰刀杀来，国威也拔宝剑相迎，二人就大堂上战斗起来。外面元兵看见主将动手，也一拥入内，长枪短剑乱下。可怜可敬一个少年英勇的张国威，念了大义，灭了亲情，死于乱兵之下。

却说元兵当夜破了鄂州，足足的杀掠到次日晡时，方才稍定。先后生擒的兵士不下千余人，张弘范便传令叫他们投降，他们却一个都不肯降。弘范正待发落时，忽报伯颜入城劳军。弘范迎入，伯颜先向弘范贺喜，然后向众将士一一抚问。说起生擒众兵没有一个肯降的话，伯颜道："我不信有此事，拣不肯降的杀了几个，其余自然降了。"

说罢，同弘范亲到校场，叫将虏来众兵，先捆在东面，叫一名过来，问他肯降不肯，说不肯，就拉到西面杀了。再叫一个来问，说不降，又拉去杀了。一连杀了数十名，还是没有肯降的。

伯颜也觉得奇异，于是又叫过几个来问道："你们如果降了，兵响比中国加上两倍，你们愿降么？"几个同声说道："就加到十倍廿倍也不降。我们张将军说的，为国捐躯死了尸首是香的，魂灵是有光彩的；投了鞑子，非但惹得一身鞑子骚，祖宗在地下还要哭呢。"伯颜大怒，忙叫杀了，又问那些，却是自始至终，没有一个降的。

伯颜不胜叹息，猛然想起前日那一名投降的逃兵，便叫人去传了来。伯颜道："你看见杀了的那些人么？他们是受了你们张将军的教训，都是至死不肯投降的。单是你这厮受了几下军棍，便逃出来投降，可见就是你一个人不受教训，我这里容你不下。"喝令斩了，拿他当牺牲去祭那一千余众。

阿术此时箭伤已愈，随行在旁，即上前谏道："不可！杀他一人，本不足惜，但以后那些中国人，以为投降了还要被杀，也有害怕的不敢降了，也有激怒的不肯降了。岂不沮了敌人归化之心么？"伯颜笑道："将军知其一，不知其二。事到今日，中国全土已在囊中。他来降固不多，他不降也不少。你说怕激怒他不肯来降，你须知中国人是激他不会怒的，倘使激得怒时，我们今日未必能到此地了！我杀他正是要激励我自己兵士呢！"说罢，仍喝令斩了。又叫张弘范去主祭。弘范不敢有违，只得领命，祭过了方才排宴庆功。

品读

《痛史》是吴趼人历史小说的代表作，光绪二十九年（1903）八月至光绪三十一年（1905）十二月连载于《新小说》第8—13期、第17—18期、第20—24期，共二十七回，未完。宣统三年（1911）上海广智书局出版单行本。

该小说主要叙述南宋亡国前后一段令人痛心的历史。南宋度宗昏庸懦弱，宠信奸相贾似道和太监巫忠等宵小，一天到晚醉生梦死。元军沿江淮南侵，各地告急文书犹如雪片，均被贾似道按下不报。未几，元军进逼临安，度宗惊悸而亡。元军兵不血刃占领临安。文天祥、张世杰、陆秀夫等在福州拥立幼主，兴兵拒敌。不久，文天祥在潮州兵败被俘，严辞拒降，慷慨就义。张世杰兵败崖山，自沉殉国。陆秀夫背负小皇帝，蹈海全节……

作者怀着无比义愤的感情，书写了异族入侵、山河破碎、生灵涂炭、日月无光的悲惨景象，痛斥了那些贪生怕死、卖国求荣、腼颜事敌的汉奸走狗，热情地讴歌了保家卫国、视死如归的忠义之士。作者的主要用意在于借古鉴今，以南宋亡国的“痛史”来警醒国人，激发国人的爱国仇寇之心。

本文节选自《痛史》第三回《守樊城范天顺死节　战水陆张世杰设谋》、第四回《骂贼臣张贵发严辞　送灵柩韩新当说客》，叙述元军攻破樊城，守将范天顺自尽，襄阳守将吕文焕投降，元军统帅伯颜攻打鄂州，被张世杰伏兵击败，于是收买贾似道，假传圣旨，将张世杰调往江州，其子张国威留守鄂州，国威本想从水路夹击元军，不料谋泄，反中元军埋伏，全军覆没，国威不屈被杀。由此不难看出，南宋城池之所以连连失守，官兵节节败退，不仅仅是因为元军过于强大，同时也是由于贾似道之流卖国求荣，吕文焕、黄顺、韩新之流贪生怕死，张弘范之流背祖忘本……这些人甘心做异族奴隶，反过来戕害同胞，是十足的民族败类。作者对此痛心疾首，忍不住多次借忠臣义士之口痛骂这些汉奸卖国贼：

老实对你说吧，你要叫我投降，须知我张贵自祖宗以来，便是中国人。我自有生以来，食的是中国之米，踏的是中国之土，心中目中何尝有个甚么鞑靼来！不像你是个忘根背本的禽兽，只图着眼前的富贵，甘心做异种异族的奴隶。你去做奴隶倒也罢了，如何还要带着他的兵来，侵占中国的土地，杀戮中国的人民！我不懂中国人与你有何仇何怨，鞑子与你有何恩何德，你便丧心病狂，至此地步！难道你把中国人民杀尽了，把中国土地占完了，将一个堂堂大中国改做了鞑靼国，你张弘范有甚么光荣么？看你这不伦不类的，你祖宗付给你的肢体，没有一毛不是中国种，你却穿戴了一身的胡冠胡服。你死了之后，不讲见别人，你还有面目见你自家的祖宗么！这话不是我骂你，我只代中国的天地神圣祖宗骂你，还代你自家的祖宗骂你。

这义正辞严的怒斥，痛快淋漓地宣泄了作者对汉奸卖国贼切齿痛恨的思想感情。不仅如此，作者还借元军统帅伯颜之口，嘲笑中国人没有气性，说什么“中国人是激他不会怒的，倘使激得怒时，我们今日未必能到此地了”。

作者为什么要写此一段“痛史”呢？如前所述，这明显是为了借古讽今，旨在抨击晚清政府丧权辱国，权奸佞臣欺君误国，还有无数贪生怕死之徒求荣卖国。所以，阿英在《晚清小说史》中就一针见血地指出：“这真的是吴沃尧对于宋代当时人物的愤慨么？是在宋代的一些卖国贼以外，兼咒诅那些清朝的汉奸的。是对鸦片战争到八国联军几十年事件愤慨的总发泄，总暴露！”

当然，如果从小说叙事贵在含蓄，思想倾向应当从场面、情节的描写中自然而然地流露这一角度来看，那么吴趼人如此叙事写人，固然酣畅痛快，激荡人心，但是思想感情过于直露，以至于议论风生，让主要人物变成了自己的传声筒，也在一定程度上削弱了人物形象的生动性、丰富性与艺术感染力。

八、钱神用事，干证殒命

——《九命奇冤》选段

《九命奇冤》封面

却说鲍师爷一时回答刘太守不来，因反问道："太尊看来是怎么样呢？"太守道："这可难说，我想梁天来一个平民，如果不是受了奇冤，那里便敢来府上控，并且连黄县令也牵涉在内？我看来这'财神摆布'这句话是不免的。这件事必要彻底根究起来才好，但是我近来病后，身体不曾复元，精神总是恍惚，恐怕误会了意，没有敢批出去。"鲍师爷此时暗想："六千银子，生米已经成了熟饭，若是袖手不理，又无从呕出来还他。我虽然向来不受请托，此次不免从权做一道吧。"因说道："若是梁天来所告的是实情，这凌贵兴自然罪情重大。但看那诉词，为的不过是三千两钱债，无论还与不还，何至结这个大怨毒？当夜幸而梁天来父子兄弟不在家，不然，还有个灭门之惨呢。平心而论，凌贵兴这个人，我虽然不知他的底细，然而究竟是个纳监读书的，同梁天来又是姑表至亲，纵然有甚怨恨，也不至于下这种毒手。而且见证的又是一个叫化子，这里头不无可疑之处，还请太尊三思！"刘太守拍着桌子道："是呀！我却见不到这个，单是弄个流丐来做证人，先就靠不住了，幸得老夫子明见，提醒了我，不然，又要弄出那年武林的故事来了。”

原来这刘太守当初曾做过一任浙江仁和县，为了一个案子，不听鲍师爷的说话，断错了，被人家上控，弄得几乎参官，好容易打点好了，已是费了好几万银子。从此之后，刘太守听从鲍师爷的话，比圣旨还厉害，说一句，从一句，再没有违拗的。鲍师爷也是个正直的人，尽心辅佐，从来不受人家请托，偏是遇了今番这个重案，却是他破戒的第一遭。

所以，到了次日，刘太守升堂，贵兴递了诉词，就同在县里所递的一般，不过当中添了一段，说“张凤是个失业乞儿，曾在他家中行窃，被家人痛打一顿，因此挟嫌诬证”云云。刘太守看罢，便叫天来贵兴都到案前道：“你两个是中表至亲，为何结讼？又且各执一词，一个说他欠宿债三千，一个说被他抱去花盆、桌椅、冈芋、田禾，这些事本府不曾亲见，也不能断说谁虚谁实。此刻只算你们都是实的，彼此也可以相抵，不准只管缠讼了！至于盗动人命，自当另案办理。梁天来只准到县催请缉捕，不得再节外生枝。你们两造都同我具下结来。”贵兴自是得意，天来不敢不从。刘太守喝叫提张凤上来，骂道：“你这流丐，不安本分，既经行窃，还敢挟嫌诬证！”喝令重打一百皮鞭，打得张凤血流满地。刘大守已经转入内堂去了。

天来这一场委屈，更是难堪，只得具了个结，扶着张凤回去。智伯知道今日堂审，早就赶到天和行里听信，看见张凤回来，十分狼狈，不觉大怒道：“这还了得！光天化日之下，怎容得这班贪官污吏这等横行！梁兄，这件事一不做二不休，索性到臬台衙门告去；再告不准时，便到抚台衙门去告。总要伸了冤，方才歇手！仗着我施智伯这枝笔，呈词一节，你只管放心。只等张义士将息好了，就去告！”天来再三作谢。智伯辞了出来，顺便在纸店里买个白禀，带了回去。

也是事有凑巧，恰好被喜来遇见了，回到三德店，就告诉贵兴：“方才在第八甫走过，看见一个人从天和行出来，买了一个白禀。不知天来又要到那里去告了。”爵兴道：“这不必说，一定是要到臬衙上控了，我们倒不可不预备他……”正说话间，恰好林大有来到，大家说起这事。大有道：“叵耐张凤那厮，甘心同他做证，送他银钱、妻子，都不肯要，只好设法弄死了他。天来没了证人，就要软了一半，那就不怕他了。”贵兴道：“但是有甚么善法，能使得他死呢？”大有低头想了一想道：“前头一班伙计当中，有个黎阿二，自从得了大爷谢钱之后，来到省城，输个精光，此刻还住在我烟馆里，没有事情可做。”贵兴道：“这就再出些钱，叫他去刺杀张凤。”大有抢着道：“不好，不好！万一刺他不成，或是刺成了，被官捉住，那时又多生枝节了。我有一个法子，当堂杀死他，不要抵命的。”贵兴道：“这更好了！不知可有甚妙法？”大有道：“只要花几个钱，在臬台衙门差役里打点设法，叫阿二充了差役，最好是当了个夹棍手。天来不去告就罢了，若是去告时，大爷一面打点里面的事，到得提审时，只要上头说一声夹，这里便把他夹死了，岂不干净！”爵兴拍手道：“妙极，妙极！此计正合我意。”贵兴道：“那么就烦林兄去办，要多少使费，只管到这里来支取就是了。”大有领命辞去。

这里贵兴便时刻留心去打听，又要爵兴设法，到里面打点。爵兴道：“此刻天来告不告，还没有知道，何苦先去惊动他！等打听得实在了，我自有法子，里面我虽然没有认得的人，却还有个商量的去处。我的亲家李辉国同里面有往来，尽可以说得活动的，贤侄不必心焦。”贵兴向来佩服爵兴，说他料事如神，听见他这样说，自然依了。

过得两天，黎阿二亲自来说，已经设法投到臬台衙门皂班里去，特来通知。贵兴大喜道：“这好极了！你回去先同我在各伙计处打点，万一天来告到，只要能把张凤夹死，我这里肯出五百银子，听凭你们各伙计去分。”黎阿二答应去了。只看爵兴从外面走来道：“好梁天来，果然告了！”贵兴忙道：“快请表叔去打点！”爵兴道：“且不要性急，你先看了他的呈词，我已设法抄在这里了。”贵兴接来看时，大意还是同府里告的一般，那领起的两句，却换做“告为坑杀七尸八命，台宪受贿沉冤，干证惨受非刑，号天究救事”。末后又牵涉着广州府。贵兴看罢道：“此刻应该怎样打点？请表叔快出主意。”爵兴道：“你快兑二万银子给我，多派几个人，分缠在身上，跟我即刻到佛山去走一遭。”贵兴道：“衙门现在省城，怎么倒要到佛山去？”爵兴道：“我亲家在佛山呢！”贵兴道：“兑银子太重了，还是票子罢。”爵兴道：“也好。只是票子也要散碎的，或一千，或五百，那几十的更要多打几张。这回恐怕上上下下，都要打点到呢。”贵兴依言，便叫三德号的管事去打了来。爵兴不敢停留，即刻动身去了。

这里凌贵兴眼巴巴的望他回来，谁知等到第三天，依然没有影响。贵兴急的如坐针毡一般，心中七上八落，跳个不住。直到第四天，方见爵兴回来，说道：“快点预备到堂，一切都铺排好了。”贵兴道：“表叔怎么直到今天才来？”爵兴道：“那里的话，我前天就来了，不过跟着李舍亲去打点，不曾分身回来。直到昨日，方才妥当……”说犹未了，只见传审的差役已到。贵兴便穿了他监生的衣顶到堂。

按察焦公，提两造到案前细审。两造的口供，仍是同在府、县里一样，问不出个道理来。焦按司教且退下，又提张凤来问。张凤道：“小人同凌贵兴无怨无仇，倘不是亲见亲闻，怎敢便来做证！”焦按司听了，默默无言。且取贵兴的诉词来看，翻来覆去，看了几遍，忽然大怒，拍案道：“张凤！你在府、县里供的是隔窗听得，方才又说是亲见亲闻。本司且问你，亲见些甚么来？讲！”两旁差役，一叠连声喝叫：“讲呀！讲，讲！”

张凤方才“亲见亲闻”这句话，本是顺口说出来，此刻被这一问，不觉怔住了半晌，说不出话来。焦按司大怒道：“本司所到之处，政简刑清，怎容得你这流丐挺身插讼！到底你受了甚么人主使？快讲！”两旁差役又一叠连声喝叫：“讲！”张凤道：“委实没有人主使，是小人亲耳听见的！”焦按司喝道：“看你这鹰头鼠眼，必非善类，不动大刑，你如何肯供！”说罢，又喝一声：“夹起来！”左右差役一齐动手，把张凤牵翻在地，上了夹棍，将麻绳收了一收。张凤大叫道：“冤枉呀！青天大人，冤枉呀！”焦按司喝一声：“收！”左右又收了一收。张凤大哭起来。禁不得这一班如狼似虎的差役，受了贵兴的五百赃银，黎阿二又杂在里面，巴不得马上送了他的性命，好去取银，捉住绳头，狠命的收。只夹得张凤眼中火光迸裂，耳内雷鼓乱鸣，从脚箍拐上，一直痛上心脾。

天来看见，不由的心胆皆裂，对着张凤道：“张大哥！你随便甚么，胡乱招了吧！”张凤摇头道：“夹死我也不……”众差役恐怕他真个胡乱供了，松了夹棍，夹他不死，不好向贵兴要钱，所以听见天来对他说这句话，格外用力的一收。可怜张凤回答的一句话都没有说得完，便大叫一声，大小便一齐迸出，死在夹棍之下。众差役故意低头把他细细的一看，方才禀道：“张凤夹晕了！”焦按司道：“喷醒他再问。”说罢，起身退堂。

众差役恐怕他还活转来，看见本官退堂去了，且不松那夹棍，故意提起来，往地下一掼道：“认真的死了么？”看看不见动静，黎阿二又过来踢了一脚道：“哙！”又低头一看道：“咦！果然晕了！怎么这般柔脆？伙计们快来松了他！”登时七手八脚，把张凤松了。有两个还故意的含着冷水，对着死张凤面上乱喷。天来看着，心里痛的哭不出来，早已呆了。黎阿二过来，推他一把道：“哙！这个人是你带来的，快叫人抬回去！医好了，下堂还要带来听审呢！”众差役一哄的早散了。

不知这死张凤的尸首，放在臬台大堂上如何收拾？且听下回分说。

品读

本文选自《九命奇冤》第二十三回《刘太守误听一席话　焦按察故沉九命冤》。《九命奇冤》叙述雍正年间发生的一件历史大案。广东番禺人梁天来与凌贵兴两家本是亲戚，因风水问题结怨成仇。凌家仗势施虐，并纠结强盗，纵火焚熏梁家石室，酿成了轰动一时的“七尸八命”案。梁天来衔冤上告，历经县、府、按察使、巡抚等审讯，均因凌贵兴以重金行贿而败诉。后来，梁天来冲破重重阻截，赴京告御状，惊动了雍正帝。于是钦命廉明的官员前往查办此案，终于将凌贵兴等人绳之以法，使一帮贪官受到惩处，梁家的沉冤得以昭雪。

节选文写的是梁天来因番禺黄知县受贿，庇护凌贵兴，于是就告到了广州府。凌贵兴、区爵兴等人探知刘太守是糊涂官，一切由鲍师爷做主，而鲍师爷这时正要为爱妾买一副珍珠手钏，还缺六千两银子，于是就立马送银给鲍师爷。鲍师爷昧心设计，让刘太守以调解两家关系为名，糊涂结案。

施智伯知情后，勃然大怒道：“这还了得！光天化日之下，怎容得这班贪官污吏这等横行！梁兄，这件事一不做二不休，索性到臬台衙门告去；再告不准时，便到抚台衙门去告。总要伸了冤，方才歇手！”在智伯的鼎力支持下，梁天来又到臬台衙门去告状。凌贵兴、区爵兴等人又买通了衙门差役，用夹棍把证人张凤当场夹死。这也是这桩冤案中的第九条人命。

小说通过刘太守、焦按察等贪官污吏，滥施刑罚，胡乱断案，草菅人命的描写，充分暴露了当时广东贪官遍布、受贿枉法、颠倒黑白的骇人社会图景。而这也是吴趼人创作这部小说的主要意图。作者在这部小说的开头就这样指出：“大凡做强盗的人，无非是些无赖地痞，亡命少年，从没有坐拥厚资，名列缙绅，也去做强盗的道理。然而这件事，却是一个坐拥厚资的人去做强盗，并且这个人虽然不是甚么阀阅名门的子弟，却也是纳监读书，充做书香人家的人。似他这等人，也做了强盗，岂不是一件奇事？并且这件事出在本朝雍正年间，这位雍正皇帝，据故老相传，是一位英明神武的皇帝，于国计民生上十分用心，惩治那暴官污吏也十分严厉，并且又明见万里，无奸不烛……然而这个故事，后来闹成一个极大案子，却是贪官污吏布满广东，弄到天日无光，无异黑暗地狱；却不迟不早，恰恰出在那雍正六、七年时候，岂不又是一件奇事？”可见，作者的主旨就在于鞭挞像凌贵兴这样为富不仁的衣冠强盗，揭批清朝官场的暗无天日，同时也是想以古讽今，影射清末吏治腐败、道德沦丧的社会现实。

小说叙事技艺高超，胡适先生1923年在《申报》发表的《五十年来中国之文学》中曾给予高度评价：“《九命奇冤》用百余年前广东一件大命案做布局，始终写此一案，很有精采。书中也写迷信，也写官吏贪污，也写人情险诈……他用中国讽刺小说的技术来写家庭与官场，用中国北方强盗小说的技术来写强盗与强盗的军师，但他又用西洋侦探小说的布局来做一个总结构。繁文一概削尽，枝叶一齐扫光，只剩这一个大命案的起落因果做一个中心题目。有了这个统一的结构，又没有勉强的穿插，故看的人的兴趣自然能自始至终不致厌倦。故《九命奇冤》在技术一方面要算最完备的一部小说了。”

九、砸碗游戏

——《瞎骗奇闻》选段

却说赵泽长回到家里，一头睡倒，满嘴里乱喊，奶奶看着急了，忙去烧了水来，灌了两口姜汤，只见赵泽长把眼睛张开，看了看道：“你们不要吵，我是累的慌，没有别的事，不要紧的。”奶奶看着，终究不放心，又打发人去问周先生，看是怎样的事。不多时，去的人回来了，另带了一盘米，一盘面，就是米山面山的顶，说是周先生交代，要供在家堂，或灶君前的，并且交代昨天的两道符，挂在身上，无冬无夏不可解落，一直过了六岁，方可除去，保得四季平安。至于大爷的病，虽然是昨天乏了，亦有点讲究在内。病者主于东南得之，是土地家亲作祟，所以头疼沈重，乍寒乍热，饮食无味。鬼在西南器物上坐着，须用白钱七十张，向东南三十步外送去，一定就好了。奶奶听见，忙着招呼去办。

《瞎骗奇闻》第三回插图

过了一夜，赵泽长本来没病，一夜歇过乏来，仍然是精神如旧，因此赵泽长夫妇，更加格外相信周先生。从此家里上上下下，不论什么人，有了病也不请人服药，都去找周先生开个单子送送祟。说也奇怪，果然也就好了。从此，赵泽长与周先生格外知己的了不得，没事便时常过去坐坐谈谈。

有一日，正在周先生家闲坐，忽然前次会过的洪士仁（谐音“哄死人”）满头大汗闯了进来，大声喊道：“周先生，周先生呢？”周先生道：“什么事？”洪士仁道：“我真气死了！”说着，早一屁股坐下。那时气急败坏的样子，实是不堪入目。赵泽长看他那种神形，也就没有招呼他。又见他穿着一件洋布大衫子，蹬着一双半新不旧的破羽毛鞋，鞋根已踹了一个洞，只听见他嘴里说道：“真他妈的丧气，这般丧良心的东西，将来不知道怎样死呢！”周先生腆着脸道：“你到底什么事，你可闷死我了，你快说罢。”洪士仁道：“我近来因为用度不周，衣食渐缺，急得没法，又没有别的东西可以当卖，才想着我这所房子，还好卖几百两银子，就去找了一个做牙行的人，寻到一个姓朱的，说定了五百吊钱，当时成了纸，先付过四十八吊，其余言明让屋再付清。我先把这钱赎了两三件衣裳，又把东口上那间破房子修理了一下子，昨天搬出去。我向原经手的去讨那应找的钱，谁晓得他们设心不良，说是从前付过的是四百八十吊，只有二十吊的找头了，你说混帐不混帐？我同他们闹了一回，他们是异口同声的证住，再看那张买纸上，早又是换过一张了。我说这是假的，他们老羞变怒，倒翻了腔，说我讹他，反要打我。因此几乎把我气死，我现在是拚出来同他们干罢，我明天到历城县里告他去，你替我掐算吉利不吉利。我现在闹成个钱屋两空，反倒落了个讹人的名目，真正没有两个鼻孔，要把我气死哩。”

赵泽长听了，也觉得不服气，便开口道：“你说的姓朱这个人，可是住在东岳庙前朝东大门那个开杂货铺的朱友安么？”洪士仁道：“是他，是他。你大爷一向好，我是气急了，进来也没瞧见你大爷。”赵泽长道：“好说，好说。朱友安这个人本来不是好惹的。”只听见周先生在那里说道：“老洪，恭喜，恭喜！”当时不但洪士仁听了诧异，就是赵泽长也诧异的很，先还当是周先生和他说玩话呢。只见洪士仁道：“你可是个人？人家遭了事，你还拿我开心哩。你可是个人？”周先生便正容厉色道：“那个与你开心，我说的正经话，并没有同你说玩话，这是你发财的日子近了，真是打着灯笼找不到的好机会，你还要生气，这可是奇不奇呢！”洪士仁听他这说，格外急了，忙说：“你这是什么话？这要算是发财的机会，可是发棺材的机会，照这个样，怕棺材还睡不到呢。你向来说话不是这样，怎么今日尽拿人开心？敢是你喝醉了。”

赵泽长也在一旁看不过去，便道：“周先生，你别呕着他顽，你到是替他掐算掐算罢。”周先生道：“别忙，你们听我说。我不说，又要怪我；我说了，又不相信。你这个八字，本是要败到寸草不留，才能翻身哩。但是你人口又不多，你又没有外务，你又省吃俭用，那里会干净呢？又怎样会弄到寸草不留呢？可就有两句话，一向也不便对你说。常言道的好，‘一场官司一场火，任你好汉没处躲’。不论多大的家私，碰着这两种事，都要尽的。但是碰见到这样事，不但破财，还要受惊吓。所以人家都求天祷神，免了灾星。你八字里干净，这个事是不愁的了。你现在房子也改了姓了，钱也收不到了，也就同那一场官司一场天火一样，真算是一无所有。不过你同他打官司，你可也忖度一下子，你收他的钱，难道就没人看见，是你面对面干的事么？”洪士仁道：“左邻右舍都在那里，那个没有看见？”周先生道：“现在他们说什么？”洪士仁道：“他们淤上水的，现在都闭着嘴，说是不曾留心，委实不晓得。”周先生道：“可是这个理，你现在又没有凭据，去同他打官司，他要把这四百多吊钱化在衙门里，不怕你官司不输。输了官司，还要办你讹诈，或是再挨上一顿打，更无味了，这是一层。就算官司赢了，上上下下的化费，也不在少处，净到你手里，也有限的很。为了这几个钱，反耽误了正经的大事，又何烦着呢？所以我说这是发财的好机会，你用不完，自然有法子捞了去。总而言之，你的家当早完一天，你就早一天发财。况且这样的事，不但人家晓得你冤枉，老天爷岂不晓得？叫你这样安安顿顿的破法，不比一场天火安稳多么？所以我说发财的日子近了，才恭喜你，我为什么要同你说玩话呢？”洪士仁道：“要这么着，不如我自放一把火，倒也干净。”周先生道：“那又不成。这发财的事，是老天注定的，一下地，八字里就带过来，早一天不成，晚一天不许，总要到了不多不少的时候，一碰就成，要未到其时，勉强去做，这就叫做逆天行事，到后头弄得要快反慢，所以总要自然而然的才好。我是一片良言，你自己去想想罢。”洪士仁道：“照你说，我四百吊钱就白扔了么？”周先生道：“明中去，暗中来，将来自然加几倍还你呢，你又何争在三四百吊钱上？”洪士仁道：“要是一定发财，我也并不计较这些，倘若不能确实，岂不是白便宜了老朱，反倒要作成我下街去，那才更冤哩。”周先生听得洪士仁气也消了，又听他说发财怕不准，便怫然道：“这是什么话？真是岂有此理！你看见我替谁算命不灵过的？你发财不发财的事倒有限，你坏我的招牌，咱俩先算不清的帐。”

洪士仁听了，默默无言，呆了一会又道：“我情愿不要发财，不要现在这样窘法。”周先生道：“那更不成。我说个故事你听听。从前有个伍子胥，下了街，在大街上吹箫要饭，后来却做了大官。又有一个韩信，穷的在淮安要饭，没人给他吃，遇着一个洗衣裳的妈子给他吃了，他还感激，后来却也做大官。这两个人，难道不好将后来的富贵荣华移点到前头去，这是个什么缘故？你讲给我听听。这两件事是人人都晓得的，又不是我现编出来的。可见得迟早的里头，人虽不晓得，老天爷早就安排好了，那里由得自己算计呢？”正说的高兴，跟人进来，说是有人来算命，周先生便站了起来说：“我出去一下子，你们坐坐罢。”早就踱出去了。洪士仁便对赵泽长道："不是他算的灵，我可是再不相信，我也决不肯饶那姓朱的小杂种。如今且听这周瞎子的话，饶了这个王巴蛋罢。赵大爷，你还坐坐，我要去了。"赵泽长道："我也要回去，他的事忙，我们不要尽着打搅他，我们悄悄的出去罢，省得他送。"说完，两个人便蹑手蹑足的出来，又朝着周先生跟的人摇摇手，叫他不要说，便走出大门，分路各散。

如今单说这赵泽长回到家里，料理点杂事，空下来，不是上街去走走，或是到周先生处坐坐，就在家里抱着桂森，逗他笑，拍他睡，倒也另有一种乐趣。

有话即长，无话即短，转眼之间，已是四五个年头，桂森已经是会满地跑了。终日里金装玉裹，十分宝贵，果然壮实的很，从来没有什么毛病。从来说的，小孩子的脾气是没有好的，再不可惯他，越惯就越坏，只要给他三分颜色，他就开染坊了。赵泽长打五十一岁上生了这个儿子，就像得了一个宝贵，轻易儿不肯吹他一口大气，奶奶是更不容说了。幸喜一向并无疾病，赵泽长便格外相信周先生的话，又连那做大官、发大财、光宗耀祖的话，句句都印在脑筋里，一刻也不得忘记。无奈桂森更有一个顶坏的脾气，是喜欢摔碗，听他的破碎声音。起先原是吃粥的时候，发了脾气，大哭大闹，后来把碗砸了，桂森哭也止了，到呆呆的看了一回。从今以后，每逢吃东西，吃完了，就把碗丢在地下，听他响声。弄过几回，便时时刻刻要砸碗听响声，才能高兴。要是不给他砸，他便躺在地下哭个不了。这个时候，要是大人舍得管教的，打上一顿，骂上几句，也就没事了。可是赵泽长夫妇过于溺爱，想着打个把碗算什么事，也就听凭他去取乐，不来理他。不到一年，赵家后院里，瓦砾早已堆积如山了。泽长因为家大业大，不必在这碗上打算盘，还当是小孩子没有长性，过几天自然忘了。那知道竟是天天如此，未免心里有点不受用，只是还未出口。

刚刚赵泽长书房有一个霁红的花瓶，是祖上留传的三百年的东西，虽然不大，却也甚可宝贵。桂森嚷着要玩，抱他的人又不敢不给他。那晓得才到手里，早已滑了下来，跌在地下，已经成了十几块了。桂森不觉的哈哈大笑。赵泽长在屋里听见，连忙走出一看，倒抽了一口冷气，骂道：“孽障，这是我家几百年的东西，也就给你轻轻摔了！”

奶奶先前在房里也早听见，晓得他是砸惯了，并不在意。又听见他哈哈大笑，就连忙打屋里出来，帮着他笑。刚才出门，已见赵泽长在那里骂桂森，又数说抱的人不该给他玩，又看见地下十几块碎的，是几子上的红花瓶，又听见赵泽长嘴里说，值几百两银子呢，又见桂森骂得哭了，只气得他浑身瑟瑟的抖，冷笑了一声道：“我当是什么事，原来是这个鸟瓶，这又算什么事呢！”赵泽长道：“你倒说的好！我这个瓶值好几百银子呢，也就这么豁琅一声算了吗？”奶奶道：“你慢来！我问你，我们的家私就没有再比这个瓶贵的么？”赵泽长道：“这是什么话，难道有家私的人家就可以任意糟蹋么？”奶奶不等他说完，早是勃然大怒，厉声道：“你莫要说这不知轻重的话，你想想当年没有儿子的时候，你急的像什么似的，这里烧香，那里许愿，又要讨小老婆，那时候你为什么不把这个瓶当作儿子呢？好容易眼巴巴生了一个儿子，我也是五十几岁的人了，可没得说了。莫说是一个瓶，就是拆掉了几间房子，也只好由他。只要孩子欢喜，快快长成，我们就有了依靠，难道你这一世就靠着这个瓶过日子么？况且就让你说是值几百银子，到底只要几百银子，我这个儿子可是几百银子能换得来的？你动不动就是这副腮脸，把我那孩子委委曲曲的郁出病了，倘或被你威逼死了，你可好了，你也不想我今年已是五十五岁，十月怀胎不是容易的。我也晓得你的意思，不过想逼死他，借着生儿子的名目，好娶小老婆罢了，那可趁早告诉了你，你不要打算，别做梦！”一面说，一面早又把桂森抱在怀里，拍他道：“好孩子，你别哭了，你爹爹存了坏心眼，想治死咱们，他才如心呢，咱们偏健健旺旺的气气他。好孩子，你要什么，我给你，你不要哭坏了呀！”桂森本是不敢开口的了，今见他娘抱着安慰他，越发得意，就借端爽性大哭起来。奶奶再三的安慰，才息了声。

赵泽长看见这样光景，越发生气，又平日最怕奶奶的，也不敢分辩，心里也觉得方才莽撞了，只得勉强道："我又没骂他，我不过说一句东西可惜的话，倒惹了你这一车子的话，唠唠叨叨这半天，这可真是奇极了。"奶奶冷笑道："什么奇不奇？可是周先生说过的，我儿子将来是大富大贵的，也不稀罕你的瓶，将来买个一千八百的还你就是了。总而言之，现在你要为这点子事骂孩子，孩子也骇坏了，瓶也没了，我看你怎么了？"赵泽长也不敢再说，又听见奶奶提出周先生说孩子要大富大贵的话，早又懊悔起来，暗暗的道，果然是我心急气小了。只得忍住了，又敷衍了一两句，走了出去。

奶奶看桂森哭的同个泪人儿一样，还在那里心儿、肉儿叫了一会，桂森才住了哭，板着脸。奶奶要逗他笑，又去取了两个碗，砸给他听。无奈桂森只是不喜，还吵着要砸红的好听些。奶奶真也急了，忽然想起陪嫁的时候，还有一付十个红茶碗，一向不曾用过，赶着叫人取了一个来，先给他看过，砸了，桂森才嘻的一声笑了。奶奶见他喜欢，才念了一句阿弥陀佛，当日的情形，也就一天云散了。要知后事如何，且听下回分解。

品读

本文节选自《瞎骗奇闻》第三回《真横逆偏作好机缘　迷信心养成破坏性》。《瞎骗奇闻》起初连载于光绪三十年（1904）十二月至三十一年（1905）二月出刊的《绣像小说》第41—46号，标"迷信小说"。光绪三十四年（1908），上海商务印书馆出版单行本。

该小说从"穷算命，富烧香"的陋俗写起，揭示了当时中国人普遍存在的迷信心理：富人"终日里养尊处优"，但怕的是美中不足、寿命不永或子嗣空虚等，于是"东庙里烧香，西庙里许愿"；穷人食不果腹，衣不蔽体，然而“否极思泰，穷极思通”，所以也相信瞎子算命，瞎子偶尔说对一两句，就被奉若神明，恭维成“半仙”，结果信命者往往人财两空，“一败如灰”。

小说叙写的就是一个富人和一个穷人遭到算命瞎子愚弄，弄得家破人亡的故事。富人名叫赵泽长，是山东济南府历城县的一个土财主，年过半百，尚无子嗣，请周瞎子算命，瞎子道他命中当有贵子。其妻钱氏怕丈夫娶妾，情急之下串通周瞎子，暗中托人抱来一子，装作怀孕分娩，诞下麟儿，取名桂森。周瞎子又掐算桂森二十岁能中进士，做翰林，以后一派好运，官居极品。桂森自幼娇生惯养，顽劣异常，不学无术，又嗜赌如命，惹下官司，荡尽家产，最后将赵泽长夫妇活活气死。穷人名叫洪士仁，也请周瞎子算命。瞎子推算他“要败到寸草不留，方能发财”。洪士仁从此无心经营，坐吃山空，终于一贫如洗，沦为乞丐。

小说旨在抨击星相占卜之类的传统陋俗，破除迷信，启迪民智，改良社会。为了警醒世人，作者还有意借人物对话来揭露算命瞎子愚弄人的鬼把戏（第七回），并借受害者之口抨击瞎子算命是害死人不偿命。如受算命瞎子毒害最深的钱氏，临死前就悔恨交加地说：“这瞎子的话，是一个字不可相信，人家要相信了瞎子的话，就看我做个榜样，还有一个洪士仁的下场哩。”

除了让受害者现身说法，作者还在小说结尾再次劝诫世人：“这就是相信瞎子话的结果，无奈如今的人，该做的不做，听了瞎子的话，就如奉了牛皮文书一样，弄到临事，却是一场空梦，没有一句靠得住的，徒然自己耽误自己，到头来百事无成；就如洪士仁之下街苦况，满腔饮恨，就如赵奶奶之临死遗言，却也是懊悔嫌迟了。”由此可见作者破除迷信之良苦用心。

上文节选的部分，先是写洪士仁被人讹了家产，请周瞎子推算，瞎子却连声“恭喜”，说“真是打着灯笼找不到的好机会”，“你的家当早完一天，你就早一天发财”，还拉上伍子胥吹箫要饭、韩信漂母乞食为例，蛊惑洪士仁，使其甘心受穷，无所事事，终于败到“寸草不留”，沦为乞丐。接着，小说写赵氏夫妻十分溺爱桂森，桂森动不动发脾气，大哭大闹，总要把碗砸了方才开心。赵泽长书房里一只祖传的霁红花瓶被桂森砸了，他一怒之下，骂了几句，谁知被其妻听见，反与他大闹一场，并取出自己陪嫁的红茶碗让儿子砸碎取乐。

小说写周瞎子给洪士仁算命，巧舌如簧，说得头头是道，令人匪夷所思。他明知洪士仁受骗上当，打官司胜算无几，但为了圆他之前对洪所说的谎言“要败到寸草不留，方能发财”，就发表了一通歪理邪说，还引经据典，让洪相信其“发财的日子近了”，结果洪受其蛊惑，真的将房产拱手送人。可见，这个周瞎子很善于揣摩问命者的心理，他以“否极泰来”带给问命者一种虚幻的精神慰藉，所以即使问命者受骗上当了，也仍然心存侥幸，怀揣希望。

小说对赵氏夫妻过于娇惯孩子、纵容孩子砸碗取乐的描写，也是栩栩如生。当桂森砸了祖传花瓶，受责骂而大哭时，其母钱氏气得瑟瑟发抖，冷笑道：“我当是什么事，原来是这个鸟瓶，这又算什么事呢！”当赵泽长说这个瓶子值好几百两银子呢，她又勃然大怒道：“你莫要说这不知轻重的话，你想想当年没有儿子的时候，你急的像什么似的，这里烧香，那里许愿，又要讨小老婆，那时候你为什么不把这个瓶当作儿子呢？好容易眼巴巴生了一个儿子，我也是五十几岁的人了，可没得说了。莫说是一个瓶，就是拆掉了几间房子，也只好由他。只要孩子欢喜，快快长成，我们就有了依靠，难道你这一世就靠着这个瓶过日子么？……我也晓得你的意思，不过想逼死他，借着生儿子的名目，好娶小老婆罢了，那可趁早告诉了你，你不要打算，别做梦！”接着，又把桂森抱在怀里，拍他道：“好孩子，你别哭了，你爹爹存了坏心眼，想治死咱们，他才如心呢。咱们偏健健旺旺的气气他，好孩子，你要什么，我给你，你不要哭坏了呀。”这些对话就将一个过分溺爱孩子、愚不可及、耍横使泼的村妇人的声情口吻描摹得惟妙惟肖。由此也引出了一个严肃的教育问题，即作为父母究竟应该培养什么样的下一代和如何培养的问题。虽然小说并没有从正面阐明这个问题，但是读者从桂森砸碗取乐到一步步变为败家子的经历，是可以从反面汲取深刻教训的。

十、贾宝玉坐潜艇

——《新石头记》选段

《新石头记》插图

却说四人同坐了飞车，到了海边。叫左右架起透水镜，同看猎艇形式。只见那猎艇做的纯然是一个鲸鱼款式，鬣、翅、鳞、甲俱全，两个眼睛内射出光来，却是两盏电灯。比较那守口战船，何止大了四五倍。绳武道："这船上司机、把舵、水手、杂役人等，一切全备，都是本学堂派下去的。二位到船上去，随意指挥便是了，不必客气。"说罢，在怀中取出无线电话筒，先摇了一摇。听得筒里一阵铃响，便对着筒，叫把船浮起来。不一会，果见那船冉冉的浮在水面，露出鲸鱼半身。四人下了舢舨，驶到猎船旁边。宝玉留心看那舨，并不打桨，一样是用电机行驶的。当下那猎船上人，开了一片鱼鳞，便是一个现成的舱口，四人一同进去，只见船边是一条甬道，四面绕转。当中分设着电机房、司舵房、客堂、膳房、卧室，件件俱全。游了一遍，从楼梯下去，到了下层，却是当中一条甬道，从头至尾，一直贯通。两旁房间编列着字号，分各种猎具，并一切应用家伙。再下去一层，却是空空洞洞的。船头上有一个小门，就部位而论，便开了小门，先到鱼头里，穿了入水衣，再把小门关上，开了鱼口的门，灌水进来，便从鱼口出海。那小门关了，水是不能再到里面的。回来时，进了鱼口，把鱼口门关上，按动电铃，司机人便开了抽水机，把水抽干，再开小门进内。后面一段蓄着海水，预备猎了活鱼，养在里面的。游览了一遍，方才复到上层。述起又请了司机、司舵的人来，介绍相见。司机的是谭瀛、海导、江隐、涉津四人；司舵的是汪作楫、利济、游龙、方指南四人。各相见已毕，述起、绳武二人即别去，仍乘了舢舨回学堂不提。

且说老少年和宝玉送了二人去后，便和司机、司舵的八人，商量到那里去猎。海导道："我们只拣鱼多的地方去就好。"老少年道："近处海里的鱼，都见过的。我们最好走远些，把那未曾经见的鱼，猎几个回去，活的送到活物院里，死的送到博物院里去。"宝玉笑道："你一个奖牌还不够，打算要弄第二个么？"老少年笑了一笑。宝玉问道："不知这船的速率如何？"汪作楫道："开足了电机，一个时辰，可以走一千里有零。一昼夜可以走到一万二千里以外。"宝玉道："既如此，我们何不在海底绕地球一周呢？先从太平洋出去，从大西洋回来，岂不是好！"商量已定，他们便去各司其事。先叫水手把舱门关好，把船沉了下去，向东驶行。

宝玉细察船上，只见四壁都是装的电灯。客堂上，布置得异常雅洁。还有一间书房，庋架了四壁图书，书桌上备就文房四宝。走到甬道外面，原来两旁列着无数玻璃窗，窗外的海景历历在目。宝玉喜道："原来海底也有亮光，然则我们船上，何必要用电灯呢？这窗户里不透亮进来么？"老少年道："这是海底用的透水玻璃，是里面看见外面，外面看不见里面的。若是用平常的玻璃嵌上，漆黑的一点也看不见。"宝玉又走到电房里，去看那行驶机、燃灯机、造氧气机、收炭气机、发亮机，各种都有字錾在上面。宝玉看了道："已经有了燃灯机，何以又用发亮机呢？"谭瀛道："这发亮机是预备夜猎，全船发亮，以便照海的。"宝玉道："发亮自然是电火了。请教全船外面，都发了电火，船内的人不要紧么？"谭瀛道："这船的内层钢板上，都涂了一层软瓷隔电。所以船内的人，绝不相碍的。"宝玉道："瓷就罢了，何以要软的呢？"谭瀛道："恐怕有点碰撞，平常的瓷要震破了，所以用软的。"宝玉道："那么说外面的钢，也是软的么？"老少年在旁笑道："刘越石诗：'何意百炼钢，化作绕指柔。'古人已有的，这个更不足为奇了。"

宝玉又到司舵房里去，只见当中摆着定南针，正是利济在那里值班。宝玉见当面挂着一面大圆玻璃镜，便往镜里一看，只见白茫茫一片汪洋，不觉吃了一惊道："这里又不是船边，怎么也可见外面呢？"利济道："这是一面透金镜，海底行路，全仗着它。不然只管乱碰，还了得么？"

宝玉看了一会，便回到书房里去。在抽屉里得了一本册子，上面载着下层各房，某房储某物及某物的用法，开列得十分清楚。便同老少年两个，逐篇检看了一回。侍者来请吃饭。饭后涉津来问道："这船上没有昼夜，照战船上的规则，是按着司时器做昼夜。到了夜时，便把燃灯关闭了，到该亮时才开放。二位看是怎样？"宝玉看司时器，已是戌初了。老少年道："我们到了亥正熄灯罢。"涉津答应着去了。

二人又把那册子翻阅了一回，把船上一切的布置，及一切连动猎鱼的法子，都看熟了。又到外面窗上望望，已见船身发出电光，把海底照得通明，真是游鱼可数。那藻荇之类，青葱可爱。海底无数小岛。这船或在岛上经过，或在岛边经过，岛上附着好些奇奇怪怪的东西，都是目所未睹的。到了亥正，各回卧房，熄灯安歇。那八位司机、司舵的，自然轮班执事，不必细表。

一宿无话。到了次日，便到了太平洋当中。海导正当着班，把船浮起，请老少年、宝玉二人上了一层楼梯。只见豁然开朗，原来是鱼的正脊，是个顶盖。揭开了，当中一段便同船面一般，四面都有阑干，上面安放着天文镜。海导测望了一会，道：“已经走到东经一百五十八度九分，北纬第五度四分底下，再一会就到西半球去了。”

说话之间，忽然远远的露出一个荒岛，大家带了助明镜观看，只是光光的一个岛，没有甚么东西。岛边蹲着一个野兽，仿佛像是老虎。老少年忙叫拿枪来，又叫侍者下去，请司舵的向海岛驶去。看看至近，老少年笑道：“天下事真是令人想不到。本来打算猎鱼，谁知倒是猎兽。”说罢，对准那兽放了一枪。谁知这枝枪不是无声枪，是有声的。未曾打着它，倒唬了它一大跳，大吼一声，窜到海里去了。老少年猛然省悟道：“这是海马，最为凶恶的，水陆可活。”忙叫关了顶盖，仍旧下去，叫把船沉下，去寻那海马。从那窗外望去，谁知漆黑的一片，犹如陆地上遇了浓烟一般，取出一付小小的透金镜望去，也是如此。忙叫海导开了发亮机，登时海底透亮。只见那海马按着一个极大的乌贼鱼，在那里吃，张开了血盆大口。看见猎艇走近，疑是鲸鱼，也有点惧怕，拖了乌贼鱼，往前乱窜。浓烟似的东西，便是那乌贼鱼吐出来自障的黑水。

此时宝玉也戴了透金镜，同老少年两个按一个电机炮，觑得亲切，双炮并发，都打着了。那海马着了炮弹，舍了乌贼鱼，往上一窜。宝玉只当窜出海面了，正要叫浮起来追赶，忽见飘飘荡荡的又沉下来，四脚朝天的已是死了。那乌贼鱼已经被海马咬死了。此时那乌贼吐的黑水，早已随波逐浪散去。

老少年按着册子上的号数，叫开了中层房门，取出两套入水衣，交代两名水手穿上，去取海马、乌贼。宝玉看时，原来那衣上都装着小机器，连头带脚，一齐蒙住。眼睛上是两片海底透水镜；两肋底下有两扇薄铜做成的翅桨；左乳部上，一付小小电机，是管双桨的；右乳部上也有一付电机，开动了便在内层扇出空气，足供呼吸。全衣是用软皮制成，穿上了只露出双手，袖口紧紧扣住。两名水手装束停当，取了绳索，走到下层，开了当中小门，到了船头里面，自有人关好。两水手便开了鱼口上门出去。

宝玉在舱里，从窗口望去，只见两人在水里鼓动了肋下双桨，行动自如。走到海马身边缚了，又缚了乌贼，便拖了回来，如法进了小门，才把东西放下了。卸去入水的衣。老少年又指挥取过药水来，先把那海马制了，免致腐败。那乌贼已经被海马吃残缺了，宝玉说道："这东西就有二丈多长，虽然可以不要它的肉，那一片骨头不可不要，带回去有一个妙用。"老少年问："甚妙用？"宝玉道："好好把它剖开了，把当中挖空了，岂不是两个舢舨。"

正说话间，忽然一个侍者匆匆走来道："舵房汪先生请二位有要紧事。"二人听说，连忙上去。只是海导、江隐、涉津及司舵的四人，都在舵房里，只有谭瀛正在值班，未曾来。众人都在透金镜上观看，二人也随着众人看去，只见一条东西夭夭矫矫的迎面而来，也不知有多长多大。众人也有说是蛟的，也有说是龙的。老少年戴上了助明镜一看，道："只怕也不是蛟，也不是龙，是个海鳅鱼。《水经》说的：'海鳅鱼长数千里，穴居海底，入穴则海水为潮，出穴则潮退。'大约《水经》说的未尝不厉害些，然这个东西也不小了，虽没有数千里长，看去也有五六十丈，比我们的船大了一倍有多，倒要好好的预防呢。"宝玉细细看时，只见这海鳅犹如鳝鱼一般，身带黄黑色，好像没有鳞甲的。巴斗大的两个眼睛，看着本船蜒蜿而来。于是各人都带了透金镜，各踞一门电机炮，预备迎敌，不使令它近前。看它走到炮弹能及的地方，便众炮齐发。谁知它的身体是圆的，弹子打到身上，都斜滑了去。它着了几个弹子，越发大怒，翻波挟浪的扑将过来，任你众炮齐发，只当不知。走到切近，忽的把身子一翻，便把猎艇拦腰缠住，撼的全船震动，众水手都面无人色。宝玉踞的炮位，那炮口恰好被缠住。宝玉便摇动电机，一连放了四五炮，须知离远打去，它的圆身子，可把弹子滑了；此时贴着炮口，无地可滑，可是弹弹着肉，并且透皮透骨的了。海鳅负痛，才一翻腾，把猎艇放了。这里便向前逃走，海鳅不舍，在后紧紧追来。众人戴了透金镜看去，只见海水里面带有血色，知道已受伤，可奈愈是追的厉害。

宝玉到司机房，同谭瀛商量道：“我们何不把船外的电火放起，把电火烧死了它呢。”谭瀛道：“船外有一层软玻璃护着的，不然着了空气，怎能发亮呢？”宝玉呆了一呆道：“这便怎处？”谭瀛道：“此时船已浮在水面，别的不打紧，恐怕被弄坏了车叶，就费事了。”宝玉道：“没奈何，且把那软玻璃打破了，权救目前再说罢！”谭瀛道：“不知可有揭去的法子？等我查一查。”说罢取出一本册子，检阅了一遍，喜道：“我初掌这个船，竟有许多法子不曾知道。这玻璃是揭得去的。”说罢，便叫海导来代管了机器，又把册子交给他道：“你且看了，听见铃响，便照册上载明的法子开机。”说罢，带了水手，同到最上层去。宝玉向窗外一望，见那海鳅相离还有二三里路，便也到最上层去，看见当中的顶盖已经揭开了，众水手七手八脚在舱口边上去解玻璃的钮扣。一时解完了，谭瀛按了电铃，海导如法开了电，果然见那玻璃慢慢的都卷到船底去了。宝玉道：“到了船底不都丢了么？”谭瀛道：“到了底下，自然有个机关，把它扣住。”说罢，忙忙下来，关了顶盖。

只听得舵房里汪作楫道：“这个比那个还大，这便怎处？”原来顶盖关了，船又沉下，汪作楫在透金镜里看见南面又来了一个海鳅，看看至近，不觉失声一叫。不知到底能战胜海鳅否？且听下回分解。

且说当下众人见又有一条海鳅到来，看看至近，那个受伤的又紧紧追来。宝玉道：“此时没法，只得回头先打了这受伤的再说了。并且回转头来，把头向着它，纵使缠过来，也可望伤不着车叶。尽在后面追来，一碰便是车叶了。”汪作楫听说得有理，便转过舵来。才转了身，那受伤海鳅，已经相离不过一里多路。猎艇对它驶去，它对猎艇扑来，一转瞬间，便两下相撞。海鳅尽力把尾巴翻起，仍旧把船缠住。谭瀛忙把发亮机开了，船外铁壳，电气一时都遍，登时把海鳅震的骨软皮酥。过了一会，把发亮机关住，它方才滑了下来，飘飘荡荡的直沉到底。那从南边赶来的一条，看见这条死了，回头便仍向南窜去，料来是惧怕之意。这里众人便不追赶，停了轮，商量处置这海鳅之法。把船直沉到底，依前叫两名水手，穿了入水衣，缚了来。忽又想起这东西太大，这船内实不能容，而且两个人恐怕缚不过来。老少年便出了主意，派了十名水手，都穿了入水衣，带了刀枪器具，并白金练、白金锁，交代锁住了，便把一头锁在本船鱼尾上。众水手领命而去。走到海鳅身边要锁，谁知浑身滑腻，竟无下手之处。后来一个水手想了法子，拿一根枪，把口撑开了，又把刀撬开鱼鳃，也撑住了，使一个人拿了白金练，从鱼鳃进去，从鱼口出来，方才锁了，共拉到船后锁好，方才回来。

这船又向东驶发。将近黄昏时，谭瀛想起船外软玻璃要蒙起来，晚上方能发亮。便把船浮起，揭开顶盖，如法要蒙起玻璃。谁知再也蒙不上来，怕是机关坏了。细细察看，却又丝毫不坏。用透金镜周围一看，都只蒙上了一半，只有船尾那边，上下都用木板隔了几间水手房，透金镜透不过去，看不见有无阻碍。宝玉忽然想起道："是了，那鳅鱼锁在后头，那根白金练岂无阻碍？"谭瀛猛然省悟，便仍旧关了顶盖，沉下。叫两名水手，穿了入水衣，交代各人拿一枝电机枪自卫。因为解下鳅鱼，船要浮起，蒙上玻璃，船才能沉下，再接二人，所以不能不带了军器以防不测。两名水手领命入水，去把鳅鱼解下，船便浮起来。

此时天色已经昏暗，赶着把玻璃蒙起，盖好顶盖，重复沉下，开了发亮机。这回好生奇怪，那亮光竟发不出来了。谭瀛好不纳闷，只得又查那册子。只见上面载着一条道"软玻璃卸过复蒙之后，内中不免有空气障阻，电火不燃。须按图将抽气机开动，抽尽空气始燃"云云。谭瀛便按图寻出那抽气机的机关，将来开了，一面抽气，一面听着船头叫抽水的电铃，却只不见响。暗想：莫非暗了，看不见回来？然而两旁窗上，也应该透出灯光呀！心中甚是着忙。开足了抽气机，抽了好一会，方才抽尽。再把发亮机开了，果然大放光明。忙用透金镜四面一看，只见那鳅鱼掠在半边，两个水手竟不见了。不觉心中懊恼道："无端的糟蹋了两条人命，岂不失了文明的体面么？"登时传令众水手，四面观看。老少年也十分着急，戴了助明镜，向远处探望。忽看见西北方面有一大群人，在那里厮打。忙到舵房里叫拨转船头，在透金镜里观看，原来是一大群人鱼，在那里按着两个水手吃，不觉大惊失色。

此时方指南值班，便把定了舵，直向人鱼驶去。忽见那人鱼撇下水手，四散逃窜。两个水手，依然站起来，迎着本船而来。看看至近，遂停了车，两个水手却不上船，仍望东去。方指南一时想不起，不知何故，只得又拨转向东，慢慢的跟着水手去。原来二人仍去扯了鳅鱼，锁到船尾之后，方才到船头，如法进舱，卸去入水衣。众人忙问："何故？"水手道："我们奉命下去，解下鳅鱼。本船浮上水面，忽然来了一群人鱼，便要抢我们的海鳅。我们想各位先生冒了大险，费了大事，方才猎了来的。带回去送到博物院里，我们也有体面，如何肯舍？便同它争，幸得带有电机枪，当时打倒了两个，它便逃了。我们守着鳅鱼，它又来了，我们只得放枪迎敌，它又逃窜。我们一路赶去，一面放枪。谁知这两枝枪不知多咱用过了的，不足一百弹子，大约放了三十多枪，就没有枪子了。它看见我们不放枪，又扑过来。我两个便拿着枪和它对敌。到底众寡悬殊，被它按倒。它便开口来咬。幸得入水衣甚是坚牢，当中又满空气，并不着肉，所以任咬不痛，入水衣也并不受伤，只要设法自己护住两手。正在筋疲力尽的时候，幸得本船来了。那一群人鱼见了，方才四散逃窜。"老少年奖慰了几句，叫去安歇。此时已闹到亥正了，大家谈了一会，方才安歇。

次日，便改了方向，向南行驶。沿路观看海底景致，说不尽那许多奇珍异宝，却又都在博物院曾经见过的，所以都不在意。看见过几种奇怪的鱼，宝玉要猎，老少年又说是动物院里都有的，只得罢休。

走了两天，老少年在舵房里，看见远远的一队鱼来，戴起助明镜，仔细一看，不觉大喜道："今番遇了这样东西，万不可错过了。"忙叫船浮高了四五丈，便和宝玉到中层，穿了入水衣。宝玉道："那一群是什么鱼，我还看不清楚。怎么要亲自入水呢？"老少年道："并不下海，我们到外层门上去撒网。"宝玉道:"到底是什么鱼？"老少年道："《山海经》载：'带山彭水，西流至芘湖。其中多儵鱼，其状如鸡，赤尾，三尾、六足、四目，其音如鹊。'我一向也疑《山海经》的说话，恐怕靠不住的，此刻来的一群鱼，正是这个。只没有听见它叫。我们未曾试过下水衣，此刻乐得在船上试一试。歇两天或者遇见海里有什么稀奇东西，自己也好下去动手。"一面说，一面穿好了衣，取了白金丝网，开了小门过去，等里面把门关好了，才开了前面的门。那海水便一泻而入，两人未曾准备，几乎仰面跌个跟斗，幸喜还支持得住。忙忙把网撒开，早见那一群儵鱼来了，直游到本船底下去。不一会觉得网网牵动，两人便合力收起。关了前门，按动电铃，约莫五分钟时，水便干了。里面的人开了小门，二人一齐入内，卸下水衣。只听得一阵叽叽喳喳的乱叫，正是那儵鱼在网里叫唤呢。老少年大喜，便叫放到蓄水舱内养着。又叫人知照厨房，把提过精液的米麦肉食渣滓，送到蓄水舱去喂鱼，便同宝玉仍到上层。

大众知道猎了儵鱼，都下去观看。人人道怪，个个称奇。老少年道："我最恨的一班自命通达时务的人，动不动说什么五洲万国。说的天文地理无所不知，却没有一点是亲身经历的。不过从两部译本书上看了下来，却偏要把自己祖国古籍记载，一概抹煞，只说是荒诞不经之谈。我今日猎得儵鱼，正好和《山海经》伸冤，堵堵那通达时务的嘴。"宝玉道："只是《山海经》说的什么带山、彭水、芘湖，此地是什么地方呢？"方指南道："此刻已到了南太平洋半天了。"老少年道："何必问他是什么地方，难道那鱼不会迁徙的么？而且古今地名不同的也多呢！"……

品读

这一段故事节选自《新石头记》第二十九回《遇荒岛鸣枪击海马　沉水底发电战鳅鱼》、三十回《勇水手入海战人鱼　慧神瑞戴冰获貂鼠》，主要叙述贾宝玉与老少年一起乘坐“猎艇”在海底探险，先后鸣枪击海马、发电战鳅鱼、入海战人鱼的传奇故事。他们乘坐的“猎艇”，看上去像一条海鲸，在海水中可以浮沉自如。“猎艇”内分上下好几层，电机房、司舵房、客堂、膳房、卧室，件件齐备；行驶机、燃灯机、造氧气机、收炭气机、发亮机、抽气机，一应俱全；此外还有入水衣、透水镜、透金镜、助明镜、天文镜、无线电话、软瓷软钢，以及用来狩猎、防卫的电机炮、电机枪，等等。“猎艇”的速度奇快，“开足了电机，一个时辰，可以走一千里有零。一昼夜可以走到一万二千里以外”。

明眼人一看，吴趼人描绘的“猎艇”不就是如今的“潜艇”吗？只不过现在的潜艇还没有吴趼人设想的速度快呢！在从太平洋驶入大西洋、由南极开往北极的旅程中，贾宝玉和同伴们捕捉了各种珍贵奇特的海洋动物，其中就包括上文所写的二丈多长、性情凶恶的“海马”，五六十丈长的“海鳅”，成群结队的“人鱼”，以及“其状如鸡，赤尾，三尾、六足、四目，其音如鹊”的“儵鱼”……

如果看过法国著名科普作家儒勒·凡尔纳的科幻小说《海底两万里》，读者可能会怀疑吴趼人所写受到了《海底两万里》的影响。事实也正是如此。吴趼人与好友周桂笙合办的《月月小说》，就连载过凡尔纳的《海底旅行》（即《海底两万里》）。《海底两万里》叙述阿龙纳斯与同伴乘诺第留斯号，从太平洋出发，穿越大西洋海底，又向南极进发，在海底探险旅行过程中目睹了大量光怪陆离的海洋奇景，并用特制步枪在海底森林里打猎，等等。这些描写无疑给了吴趼人创作灵感，只不过他同时也善于从中国古代典籍记载中汲取科学幻想的资源，如他所写的“海鳅”“鲦鱼”等，就出自《水经注》与《山海经》的记载。

饶有意味的是，吴趼人在将贾宝玉所见的珍稀物种与古代典籍记载挂起钩来时，还对当时那一班自命通达时务、动不动说什么五洲万国的“假洋鬼子”进行了辛辣的嘲讽，认为他们崇洋媚外、数典忘祖，而他自己之所以写“鲦鱼”等，“正好和《山海经》伸冤，堵堵那通达时务的嘴”。可见，吴趼人虽然也借鉴了外来文学作品如《海底两万里》等，却又能坚守本民族的传统文化，决不妄自菲薄，这种文化自信的精神品格无疑是值得称赞的。

十一、扶乩治蝗

——《糊涂世界》选段

虞子厚别过了郭丕基，搭了轮船到上海，由上海搭船到了广西。那时候舒军门那里的文案已是请定了人，便也无从牵扯。子厚等到了咨文，重复折回京城，办到省书，部办亦没得别的说了。引见下来，仍旧按着旧路到汉口，岔往四川去。

这四川省是西省的一个大都会，人烟辐辏，商贾骈集，十分热闹。子厚心里十分欢喜，忙忙找了寓处，安顿好了行李，就去找了长班。第二日一早起来上院禀见，却看见官厅上悄悄地没一个人，子厚一时也不晓得是什么缘故。等了一回，家人早已拿了手本回来说道："履历收下，改日再见。"子厚只得出来，到藩、臬、道、府各衙门去禀到禀安，也有见的，也有改日再见的。接着又是拜客。过了一日，依旧上院，还是不见。子厚初到，不知道这里的规矩，接二连三去了六七次，总不传见，子厚急了。这时候也就有几个认识的同寅，子厚问了仔细，才晓得制台是轻易不肯见人的。有公事及差缺的事，都是制台传了藩台去招呼，藩台也是不耽肩，不论大事小事，都要去请示办理，制台怎么说，他便怎么办。

制台在签押房的里间里，又收拾了一间净室，陈设甚是精雅，当中供一位吕祖的像，又请了一位吕胡子值坛，凡有一应公私事件，以及命盗等情，均请吕胡子扶乩判断。因为乩文上的字不认得，吕胡子是自称几十代的子孙，从幼学会乩文，所以制台慕名去请了他来。譬如外县的断结案子，禀了上来，任你情真罪当，赃证确凿，制台也是不相信，定要去到净室里来扶乩，乩上判了不冤枉，自然是没得说了，倘或乩上说是冤枉，任你怎样结实，都是要翻的。起初外州县也不懂，就连老夫子也是不懂，末后打听出这个讲究来，便有些州县把案子办好，先托人去找了吕胡子，说得妥当，便可如样办理。这吕胡子从此是掌了生杀之权，手头自然是逐渐充裕起来了。

制台又极是好善，刻了许多《阴骘文》《觉世真经》《玉历钞传》等书，发给外州县去散，并不取资。有些老手，便格外的露出殷勤来，又上个禀帖，说是民心向善，续请颁发若干本，制台看了欢喜，自然是如数颁给。后来各县纷纷效尤，工本实在多了，没法子，只可取个半价。随后日子一长，只可照本批发了。其实这些州县领了去，并不曾发，不过是要博制台的欢喜。那字纸炉里堆积了不少，还有人拾了去做鞋底。要照中国的旧话，不敬惜字纸，才是大人的罪过呢！

这四川省一冬无雪，春雨又少，蝗虫已自萌生不少，要是上司严饬地方官赶紧扑灭，雷厉风行，何尝不能防患未然。但是制台终日讲的善事，终日看的善书，又见各州县纷纷请发善书，只说是人心向善，定能感召天和，饥馑的事是断断没有的，就并不把这个放在心上。到了蝗虫大势已经蔓衍开了，各州县上了禀，说是怎样扑杀，怎样烧除，这些办理的情形，制台大人大为不悦道："这是什么话！几千兆生命都被他们弄死！"便连夜发个通饬，饬令各州县去向刘猛将军庙去祈祷、许愿、唱戏、修庙这些事。这蝗是神虫，奉神命而来，自然奉了神命而去，若是一味蛮打，不但害了多少生命，那刘猛将军派出来的神虫被你们打死，他岂不生气？以后若是越派越多，岂是扑打能完的事？因此不许各州县捕蝗。又恐怕各州县奉行不力，却暗地里派了几十个候补州县在外边私访，外州县得了这个信，大家已都是气馁。就有一位巫山县知县，是著名的强项令，上了一个禀帖，痛陈利弊，足有千余言。制台看了，不但不能感悟，反说他忍心害理，招呼藩台换人，把他撤任。

这蝗虫的事是一日生九十九子，而且生长极速，只要几天，便能为害，愈蔓愈多，真正弄得是飞蝗蔽天、赤地千里了。制台心里也有点懊悔，嘴里却不好说。这一天斋戒沐浴了，到净室里去焚香点烛，叫吕胡子挡乩笔，自己伏在下边默祷了一回。吕胡子心里十分疑惑，向来制台请乩都是同自己说明了再请，这会不言不语，不知他问的什么事？要是所问非所答，便不妙了。眼珠转了几转，想了一个主意道：不如给他一个囫囵罢了。当时乩笔就在沙盘里转了几转，划了字出来是“拿定主意，不听人言”八个字。制台起来看了大喜，极口感念道：“真灵、真灵！”就赶紧出来招呼，加上一张告示，凡有蝗虫的地方，都要香花供养，不许开罪。并谓：如有人杀一个蝗虫，照杀人之罪办理。告示出来，大家看了好笑，反正已是弄了野无青草了。

各县纷纷报灾，灾区却是极广，四川省虽是多有义仓，亦是杯水车薪，无补于事。制台急了，只得在大堂上设了香案，每日三次的跪拜祈祷，不求别的，只求蝗虫早早的飞往邻境去罢。

藩台接着上院，斟酌了多时，才定了主意，发款派员到湖南等处去办米。制台自己是打这天起，便是茹素忌荤，焚香叩拜。又许下印送《玉历钞传》一百万本，却是总不见效。制台也就算人事已尽，没有法子了，只得去传了四十九个和尚，在大堂东边拜忏放焰口，又传了四十九个道士，在大堂西边念经上天表。制台自己也是天天去拈香。制台衙门口终日里是金铙法鼓，吵个不了。

藩台又来请示要开仓放赈的话，制台也只得照办。城里城外，派了三四十个委员，设了二十四处赈局，先查户口，给过凭票。户口查完，开了局子，照票支米，大口一升，小口半升。局子虽有二十四处，却是拥挤不开。委员看这情形实在不妙，怕的是湖南办的米接不上气，那边的米要完了，便不好办，只得私下出了一个主意，把升子改小了些，便把这小的发米。不料有几个狡猾的试了出来，便在局子门口臭骂。委员听不过，出来吆喝，只是不服。就这个当儿，一传十，十传百，百传千，千传万，沸反盈天的大闹起来。委员没有法想，又看见势头不好，赶紧翻墙头逃走了。那些人便砖头瓦片如雨点一般打了进来。这些司事人等，也就一哄而散。剩下的米还不少，大家就下手乱抢，也有脱了小褂子装的，也有脱了裤子装的，也有脱了套裤装的，不多一刻，所存的米一齐抢尽，大家也一哄而散。那晓这个风声甚快，这边闹事，这二十三处虽然没有改升子，听得这边闹了，便也不由分说，一齐闹将起来。委员都已跑个干净，都先后的赶到藩台衙门里禀见。偏偏藩台烟瘾不曾过足，不能即刻出来。等到藩台传见的时候，大街上已是风平浪静了。首县、城守营各带了衙役营兵，四下里乱跑，算是弹压的意思。

藩台见过委员，问了详细，这改小升子的委员也晓得升子已是打掉，没有对证，早把这层收起，不过附和着说民之无良而已。藩台很有点气，即刻上院回了制台。制台先前只说必是委员激变，无奈藩台说是无论如何，这样风气断不可长，非得惩办为首的不可。制台尚在沉吟，藩台道：“要就这样了法，将来湖南的米一到，这样一抢，这笔款子司里赔不起，请大人示下。”制台只是坐在那里出神，不办罢，公事上似乎下不去；办罢，又恐怕冤枉了好百姓。正在不得主意，首县也来了，算是弹压已过。藩台又逼着制台，要传谕首县拿人。制台只得转告首县，又叫他三天之内一定要破案，却不许累及无辜。首县答应了下来，便唤了通班衙役，叫他们分头查访缉拿。藩台又求制台派兵按户搜查抢的米，制台一定不肯，说是这样一办，那就民不聊生了。藩台见拗他不过，也就算了。回衙门之后，又传谕首县，务要缉获为首，如若疏脱，定行参处。首县也是这样一个人，并没有三头六臂，不过招呼差役上紧办理。上头限了首县三天限，首县限了差役一天半限。这些差役个个摩拳擦掌，择肥而噬。到得次日一早，果然捉了七个人来。首县过了一堂，七个人是极口呼冤，首县也不管，且上去搪塞一下子，就即刻上院禀知了制台。制台也把七个人捉进去，看了一看，七个人仍旧是极口呼冤。制台心上恻然，连忙折回净室，叫吕胡子赶紧点香扶乩，问道："冤枉不冤枉？"一回批出四个大字来，是"李代桃僵"，制台以手加额道："真正神灵！几乎冤枉了七条人命！"随即命放了，叫首县另外捕拿正凶。首县莫明其故，急急打听，才晓得是吕胡子的缘故。就一面招呼捉人，一面叫人安排吕胡子。到得次日，又捉了六个人来，这些人都是同地保平时不大合式的，地保不过是捉他来顶缸，害他化几个钱的意思，也不曾想送他的命。一经到堂，不由分说的，算是招了。首县又去禀制台，制台又请吕胡子扶乩，便不说冤枉了。制台大喜，立刻出令斩首示众。可怜这六个人，做梦也不曾做到，竟不明不白的身首异处了。

马仰人翻的闹了五六天，才算平静。藩台仍旧要设局放赈，但是想不出好法子来，只得把候补人员一概传见，分了八天，叫他们各上条陈，或递说帖，或面禀。恰好第四天上，是虞子厚在内，当下见过归坐，藩台说起这放赈没有好法子的话，子厚道："放赈不难，难在查户口，户口不清，放赈就难了。"藩台道："诚然，诚然，老哥有何高见？"子厚道："卑职的意思，要分三等，头等是光景中中的，用不着给赈；二等是靠手艺吃饭的，一天也还可以混几个，这班人都可以不给；三等便是这些穷苦无告的了。至于有口饭吃的，他果能不来朦混，原是最好，万一也来朦混，总要查得清楚。"藩台道："怎样查得清楚呢？"子厚道："卑职听见说，有口饭吃的人，他出的粪一定是光黄圆润，无饭吃的，或是吃草根树皮的人，出的粪一定是干燥枯黑。要查得清楚，只要到各人家茅厕去查一查便知道了，那却是毫无隐匿的。"藩台正在那里吸水烟，被他这一说，不由得一笑，被烟呛了嗓子，咳嗽了一大回，方才平定。笑着说道："很好，很好，这是你自己的主意，还是那个对你说的？"子厚道："不瞒大人说，先君在日，是山东的河工上委员。那一年山东决口，筹办工赈，大家没得法子，是先君上的这个条陈，山东抚台极其赏识，后来虽未曾照办，却很佩服先君的才识，还在河工保案里保了一个通判。"藩台道："好，好，人家是世德传家，老哥是屎德传家了。"又问了别人几句话，也有递条陈的，也有说两句不疼痒的话，便一齐送了出来。

不说藩台这边集思广益，且说制台那边终日里焚香叩祷。四十九天的道场将次完竣，忽然一日接到川东的电报，说土匪起事的话，制台大惊失色。连忙派了两个候补道，带了四营人，星夜前往弹压。这两位道台，一位姓乌，名圭，号子白，一位姓王，名霸，号亦旦，都现当着营务处的差事。次日一早上院请示，制台道："这是一帮饥民出来滋事，并不是真正强盗，大兵一到，自然就如汤沃雪了。不过营里的习气我是晓得的，在我们是大事望他小，小事望他无；在他们是无事望他有，有事望他大，一则可以图个保举，二则还可以消纳点银子，所以我是刻刻防他，轻易不派他们出去。不过这回来请兵的电报十分紧急，不得不去做这一做。我已交代过了，去尽管去，可是只许带火药，不准带弹子。到了那里，放上两排空枪，自然他们就能散了。你们回来，我自然照样给好处的。你们只要息事，可千万不要去惹事。"

两道听了这话，心里忐忑不定，只得回道："这些亡命之徒，听说颇有点火器。此次带兵前去，若不带点防备，万一那边当真开了枪，这边便成了徒手抵御了。职道的意思，还是带了去好。只要能够不用，职道断不许他们用。要是一点不带，恐怕不大妥当。请大帅斟酌。"制台道："这是武营里的话。你们是文官出身，应该晓得点事理。只要你们到了，安慰他们几句好话，自然就服服帖帖了。一定要带子药，却是何故？要说是对打，是万没有的事，他们是乌合之众，如何敢同我们对打？要说是示威，放几排枪就可以示威了。我不是舍不得子弹，我是怕他们去兴风作浪罢咧！如何你们二位也是这样说法？总而言之，草菅人命，博自己的升官，兄弟是万万不能答应的。"两道急忙说道："并不是想什么好处，只不过因为土匪势大，万一晓得我们官军没有子弹，一时负固起来，实难措手。到那时候，匪势就益发猖獗，所以能带点过去，是借此镇压镇压的意思。”制台道：“人非禽兽，总有点良心，他晓得官军是仁义待人，就应该格外感激，万万不会再有什么拒捕的事，不等大兵到来，已是解散的了，何必多此一举？若是镇压，有这许多兵去，自然是镇压得住，何必一定要子弹？虽说备而不用，到得那时候，听凭兵丁造一句谣言，开上几排枪，那人可就死了不少。老兄既是胆小，兄弟就派别人去就是了。”

两道看见制台发怒，再也不敢多说，只得答应了下来，连忙去拜藩台，说明就里。藩台皱着眉头道：“不妥当，不妥当。但是你们已经把话都说过了，我说亦是没用，姑且去碰一碰，再给二位回信罢。”午后藩台又上院，先禀了别的事，大远转到本题上来。制台还是余怒未息，说是：“现在做官的只图自己升官，并不顾惜民命。我记得那一年阎敬铭做山东抚台，有一个什么山，避了无数逃难的人在山上。阎敬铭不晓得听了那个的闲话，派兵去查看。当时也不过只说查看，不知怎样就动了手，杀了人可实在不少。那时阎敬铭因为河工的事得了一个革留的处分，这件事奏了上去，处分也消免了，还得了一点格外的好处。有人送他一首五言绝句是：兵迹鏖三载，孤山袭大功。生灵无限血，顶上染成红。你说可惨不可惨呢？这首诗传扬开来，阎敬铭晓得了，自己也于心有愧，才告了病。所以我这次派兵，子弹是万万不能带，任他如何说法，决不能答应；要是真的闹了事，我情愿得处分，于心无愧，不强如阎敬铭有这种疚心之事么？”藩台被他一席话说得不能回答，只得说了两句话，随即退出去，知会了两道，叫他不必再说，说也无益。两道没法，只得会同了营官，择日起身。

营官姓牛，名大武，也是个老营伍出身。当时领了两个月的口粮，七折八扣之后，才按名发给了。这年又是荒年，每日又要走路，一路上人烟零落，无处买东西吃，就有买的，也比平时加了几倍，这些兵倒弄成了个枵腹从公了。离省不过四五天，已散了一营。他带的枪虽是没有子弹，也值几个钱，就起身带着走，还有一件号褂子，一起都不辞而别了。两道听了发急，忙请了营官商议。营官不说他发的饷银一半下腰，只说这一路荒凉，买不到东西吃。两道没法，只得按着驿站去走，到了一县，县里晦气些罢哩。二十里也走一天，三十里也走一天。两道同营官的意思，巴不得土匪自己解散，只要去转一下子，就可以销差，面子又好看，又不吃惊，故所以一路只是延捱。无奈消息略不见好，却又一天紧似一天，没有法子，只有窄着胆子往前走。走了十几天，距闹事的地方不远，只有几十里了。暂且找了一个村镇上住下，先叫各营兵均要严备。

一宿无话，到次日巳牌时分，排着长队，迤逦望前进发。大队在前，两道的两乘绿呢大轿在后，都戴着红顶花翎的帽子，穿着大马褂，眼睛上架着墨晶方眼镜。走过一个大林子，旁边忽然听见响了一枪，两道还当是县里派人来接他的，连忙端正端正了帽子，用眼去瞧。接连又是两枪，忽然听见人声鼎沸起来。先前的队伍已是去得远了，这边打伞的以及亲兵，当是匪来了，也顾不得大人，拔起腿来就跑。轿夫看见头脑不对，也把轿子放下，飞跑去了。两道大惊，连忙把帽子探了下来，丢在轿子里，跨了出来，也往回头的路上跑，却跑不动，走了几步，早已倒了。幸而还有一个戈什没有走，连忙跟了上来，扶着他俩慢慢的走。走了三四里路，也并没有什么动静，这才放了心。看见路旁有几家人家，便去对他说要借住的话。先前不肯，后来说明白了，那些人家也不敢不答应，就斟酌着让了一间出来。两道进去坐下，喘息了一回，才觉得浑身酸痛。乌道台却又烟瘾发作了，不住的呵欠，又是眼泪，又是鼻涕，不一会，直截同死人一样。

戈什把大人安顿停当，重复折回原路去看看，只见轿子还在那里，队伍也回来了，轿夫伞夫一应俱全。戈什赶紧过去问是怎么一回事？原来这林子很深，雉、兔最多，是一班乡下人在那里打野鸡，打兔子。一个大个儿一连三枪打倒三个，所以齐声喝采。那树林空阔，有些回音，又兼是大人的上下都有些心虚，只当是土匪来了，没命的撒腿一跑，跑了一回，不听见怎样，这才又陆续的回来看看。戈什听了好笑得很，连忙也告诉了他二人的去处，便先打轿子里取了烟具，飞奔到大人身边，点上灯，烧了几口烟，替大人当火吸了，大人才慢慢的有点还醒过来。王大人虽是没有烟瘾，自早上吃了一碗燕窝粥，到如今已是下午，还没有饭下肚，肚子很有点饿，就招呼向房主人借米、借柴，去煮点饭，应该几个钱，格外从丰还他。这个小村子里人，已是食不充口，那里去找好米？几家凑了些粗米，烧了饭，却是粗糙得很，不但两位大人没有吃过，并且没有看见过。这种地方那里还有鸡、鱼、肉、鸭？不过几棵水菜，还是虫子吃过的。整治了端上来，两位大人是饿极了，不但不嫌他不好，倒吃得很香。吃了两碗饭，肚子有个七分饱了，收了下去。不多一会，轿夫亲兵都来了，绿呢大轿也抬了来，队伍却仍旧在前面扎住。大人把亲兵轿夫狠狠的骂了一顿，这些人又去找了东西吃过。大人赏了房主人四两银子，房主人是喜欢得很。不过这个时候已是日落西山，离县城还有三十里地，赶是赶不到，又怕遇到土匪，只好在这里住一夜，明天再打主意。

当下没事，点起烟灯，吸个不了。却听见大门外头过去的人声不少，也有笑的，也有哭的，老的、少的、大的、小的都有。大人就叫戈什去问，戈什问过，回来禀称："都是近村的，因为被土匪扰了，所以搬家的。"大人道："你可问他土匪到底怎样？"戈什道："问过好些人，这些人的话也靠不住，大半都是捕风捉影的话。"大人道："到底怎样？"戈什道："据他们说，这土匪因为没得吃，又听见官军要来捉他，所以打算先在这些村庄里掳些粮食，存在巢里，以备抗拒的意思。据他们说，这个地方明天就要到呢！"王大人也就跟了出来，看见这几个人家的门都是开的，不由的走进去一看，却不见一个人，再走一家，也是如此。原来听见谣言，连夜都逃走了。再看村口，绿呢大轿还在那里摆着，还有两匹马也在那里拴着，以外是一个人也不见。乌、王大人不由得连珠的叫苦道："这便如何是好？我们也只可往回头走罢。"王大人道："我记得来的时候，约摸离这里十里路光景，有个大镇市，那里还有汛兵，镇上又有团练，谅来还不致即刻跑光，我们到那里去，可躲就躲一下子，一面叫地保到城里去，招呼地方官来接，你看怎样？”乌大人道：“只好如此。但是十里路，我可是实在走不动。”王大人道：“现放着两匹马，我们骑了去。”乌大人道：“我不会骑马怎好？”王大人道：“你坐着慢慢的挨罢。”到了如此地步，乌大人也没法，坐上了马，却不敢伸直了腰。王大人马走在前头，随手就替他拉着缰绳，慢慢地走。好容易走了多时，居然望见那个大镇市了。

乌大人虽是不会骑马，却也并没跌落下来。看官也要晓得这个缘故，这匹马本来是匹号马，虽然发了草料钱，无如经手的家人要扣下几成，号里的号头也要扣几成，到得马夫手里又去几成，所以交给这马吃的有限得很，不过每天给他点粗草料。那马饿极了，又是一个畜生，说不出的苦，只有一步一步走着挨命，要不打他几鞭子，他也就再不肯走一步。乌大人这次得了这个好处，要是那一种劣马，不要说一个乌大人，就是十个乌大人也跌得鼻青眼肿了。

闲话休提。却说两位大人到了那座大镇市街口，早望见那些乡团都在那里摩拳擦掌，见他两个来了，就有人上来盘诘。两位大人直说了，那些人不甚相信，便去告诉了团长。团长亲自来看了，同那前日过去的，似乎相像，只得指引了到一个店里去住下。两位大人又同团长说，求他派个人到县里去，叫派人来接，团长也答应了。当下就有地保过来打听明白了，便立刻起身到县里去报信。

那个县里正在那里盘查奸细，又因为风声不好，十分耽忧，晓得这事就是平了，自己不是革职，就是永不叙用，虽是面子上还十分撑持，心里却是百分烦恼。又听见说两位道台带了兵，不日可到，心里稍稍宽了一点。这日早起，忽然东乡里地保来报，说有两位道台大人落难在镇上，叫来报信，要这边派人去接。县官听了，老大不高兴，当即唤了地保进来，问了备细，踌躇了一回，便唤了一个能言利齿的家丁，叫他拿了手本，同了地保去禀安，并说是“请问大人来此是什么公事？听见上县的滚单，说是大人带了兵来，现在兵在那里？目下土匪猖狂得很，县里有守土之责，不敢冒昧前来迎接。如果真是省城里派来剿土匪的，总要求大人先把公事赏给看一看。此外他如再有话说，只要随机应变可也。”家人听了明白，便同地保前去，照话说了。乌、王大人没得法想，只得同团长商议，雇了轿子到府里去，因为府里同他有点交情，可以替他想想法子，也可以托他顺便探听这营官的下落。

却说这位营官在前面扎好了营，等到第二日一早，不见两位大人来，就打发了人回去一探，只剩得一乘绿呢大轿，此外连个人影都不见了。营官大惊，就派了几个人四下里找寻，只漏了不曾往回头路上找。他们扎营的地方都是大路，那地保进城以及县里家丁下来，却是走的小路，所以并不曾遇见。各处搜寻了一天，仍是毫无踪影，营官急了起来，暗道不好，不定这两个回去对制台说些什么。又想与其等他们害我，不如我先去埋个根子。便招呼把大队开到县里去。到得县里，已是不早。县里才晓得这两个大人不是假的，连忙派了人打着轿子去接，两位大人已是动身到府里去了。当下问了一个明白，轿夫等便回县复禀了本官。县里同营官商议，营官说：“这件事不好，我们都是有处分的。莫如连夜发上一个电报，就说乌、王两位大人弃军逃走。”县里也想不出别的话，就照他办。等到乌、王大人到了府里，央求府里替他申雪上去，已是晚了。制台当下接了营、县的电报，不由得大怒。一面另行派人去接带，一面就奏参了出去。

却好这个当里下了一天一夜的大雨，民心大定，接着官赈义赈都到，大家有点吃，土匪也就渐渐的解散了。制台听见这个信息，正在高兴，忽然又接一个电报，说是什么“开缺来京，另候简用，遗缺已是放了云南抚过来升补。”制台气了一个发昏，又叹了几口气，急忙找吕胡子，要他再去扶乩，问问到京以后的事，吕胡子是早已不知去向了。原来吕胡子听得制台被参，又听见说牵连了不少的人，还有他在内，说是妖言惑众的话。

吕胡子手里已是颇可过得，先前久已把钱陆续汇了家去，他只是一个人，走也是极容易的了。制台更是生气，也只得搁起不提。连忙把历年的俸银外花通通算了一算，也止剩得一万二千银子，便提出三分之一去印刷善书，一路去散。等到新制台一到，便交卸了动身，进京去另候简用去了。要知后事如何，且听下回分解。

品读

本回故事选自《糊涂世界》第九回《信鸾仙大府护飞蝗　全蚁命进官乘饿马》。

《糊涂世界》最初以连载小说形式刊载于光绪三十二年（1906）上海的《世界繁华报》，当时连载了十九回，作者署名“茧叟”，并于当年中秋，由上海世界繁华报馆出版单行本，题曰“《糊涂世界》上卷”，共十二回，后却不见下卷问世。小说主要暴露晚清官场尔虞我诈、翻云覆雨、钻营倾轧、贿赂公行的丑恶现象，诸如湖南抚台红人李才雄丁忧不肯回籍守制，贿赂钻营谋得土药局的差事；通判伍琼芳为了博取孝子之名，在母亲重病时以猪肉代人肉，假装割股；知县曹来苏因贪女色，中圈套，所携巨额公款被盗，却谎报假案，掩盖过去；四川抚台迷信扶乩，昏聩颟顸，导致“飞蝗蔽天，赤地千里”；奉节县知县杨愕靠钻营巴结谋得美差，居然将其心得著了一部书《升发须知》；其门人骆青耜心领神会，如法炮制，终得巴县知县肥缺……这些官场中人几乎无一不是贪官猾吏，个个鲜廉寡耻，不择手段追名逐利，搅得整个世界乌烟瘴气，暗无天日。

本回节选的故事，主要讲了三件事：救灾、赈济、剿匪，重点描写制台如何迷信扶乩，胡作乱为。当四川发生了大面积的蝗灾时，制台毫无主见，听信江湖骗子吕胡子的扶乩之语，认为蝗虫是神虫，奉了神命而来，竟然在大堂上设香案供奉蝗虫，每日三次跪拜祈祷，只求蝗虫早早飞往邻境；还出了告示，凡有蝗虫的地方，都要香花供养，不许开罪；甚至下令杀一蝗虫，照杀人之罪办理！可见其多么昏聩颟顸，不明事理，白白贻误了治理蝗虫的最佳时机。

开仓放赈时，办事人员私自把升子改小，激起民变。藩台、首县等为了平息事变，最后把六个平时同地保不大合得来的人抓来斩首示众。本来，制台也是体恤下情的，担心衙役抓捕带头抢粮者会“累及无辜”；藩台要求按户搜查被抢之米，他也“一定不肯”，担心那样做会“民不聊生”，可是架不住手下人暗中买通吕胡子，结果还是糊里糊涂地草菅了六条人命。

川东土匪起事时，制台也清楚“这是一帮饥民出来滋事，并不是真正强盗”，担心官兵想借剿匪之名，图谋升迁发财，因此不准官兵荷枪实弹，武力镇压，只允许他们放放空枪，驱散饥民。可见这个制台虽然昏庸无能，倒还顾惜民命，并非那种不顾百姓死活的残忍无道之辈。可他没想到两个带兵去镇抚饥民的候补道，一听到猎户放枪，就闻风丧胆，临阵逃脱。结果，制台被参落职，赴京另候简用，而赚得盆满钵满的吕胡子，却早已逃之夭夭了。

小说叙事充满讽刺、谴责意味。作者善用漫画、夸张之法对以制台为首的一帮昏官滑吏进行穷形尽相的刻画，可谓嬉笑怒骂，皆成文章。如书中写制台因贻误了治蝗良机，心中懊悔，便叫吕胡子扶乩，吕担心答非所问，于是“眼珠转了几转，想了一个主意道：不如给他一个囫囵罢了”，于是用乩笔在沙盘里转了几转，划了“拿定主意，不听人言”八个字。结果，制台看了大喜，极口感念道：“真灵、真灵！”就赶紧出来招呼，加上一张告示，凡有蝗虫的地方，都要香花供养，不许开罪；并谓“如有人杀一个蝗虫，照杀人之罪办理”。这一情节就将制台昏聩无能、迷信扶乩、胡乱作为的庸官形象刻画得栩栩如生。

又如，那两个领兵剿匪的后补道台，一位姓乌，名圭，号子白，一位姓王，名霸，号亦旦，分别谐音乌龟、王八蛋。在途中，他们听到林子中响了一枪，还以为是县里派人来接他们呢，“连忙端正端正了帽子，用眼去瞧”；接连又是两枪，忽然听见人声鼎沸起来，“打伞的以及亲兵当是匪来了，也顾不得大人，拔起腿来就跑；轿夫看见头脑不对，也把轿子放下，飞跑去了；两道大惊，连忙把帽子探了下来，丢在轿子里，跨了出来，也往回头的路上跑，却跑不动，走了几步，早已倒了”。后来，他们才弄清“是一班乡下人在那里打野鸡，打兔子”。这段情节便把一群官兵贪生怕死、闻风丧胆的可笑嘴脸描绘得淋漓尽致。

小说虽然对所写人物做了漫画式的勾勒，行文也未免沾染了一点油滑、戏谑之气，但是并没有将主要人物制台的性格简单化、脸谱化，在着重突显其颟顸昏聩的性格特点时，也写出了他体恤民情的性格侧面，只是他的“好善”流入“迷信”，他的“迷信”又容易被人利用，结果变成了一个开始不作为，然后乱作为，好心办了坏事，贻害于一方的昏官典型。

十二、情天恨海

——《恨海》选段

忽然一天，鹤亭悻悻然走了回家，对棣华说："你说陈家这畜生，一向在那里来？"棣华听了愕然，不知所对。鹤亭把桌子一拍道："他一向只在上海，却藏着不来见我！"棣华听说，心中暗暗的念了一声佛道："只要旅人无恙，就是父亲动怒，不免慢慢的劝得息下来。"鹤亭又道："他在天津，不知怎样拐了人家许多金银、首饰、衣服等物，前年便到了上海，结交一个甚么辛述瑰，由这个辛述瑰勾引了他，就识了无数的狐群狗党，在上海大嫖起来。去年五月，讨了一个妓女，叫甚么金如玉。过了没有几个月，这金如玉就罄其所有，席卷而逃，便把他闹穷了。又吃上了鸦片烟。从去年冬天便落魄下来，在虹口一带的小烟馆里住宿，近来竟闹到求乞了，你说可气不可气！"棣华听了一席话，如冷水浇背，如天雷击顶，如万箭攒心，那酸甜苦辣的味道，一齐向心上涌来。见父亲十分动怒，又不敢说话。鹤亭又狠狠的叹了一口气。棣

《恨海》封面

华道："这是女儿命苦所致，父亲不必动怒，休要气坏了身子。"鹤亭道："当日看他小孩子时，人甚聪明，就是后来长大了，我也看他举止端方，心中甚是欣慰，却不道一变变到如此！此刻我打发人找他去，等找了来，且叫他在家里住下，先叫他把鸦片烟戒了再说。"棣华低头道："父亲只当疼惜女儿！"鹤亭叹了一口气，起身自去。

棣华独自一个，暗暗垂泪，暗想："他为何一旦颠倒至此，总是所交非人所致。但愿此番寻着他，等父亲劝戒得他醒悟了便好。大约年轻男子，在外胡闹都是不免的。他离了父母，无人管束，自然有糊涂的时候，这也难怪，只是太把身子糟蹋了。"想来想去，又怪着出京之日，自己不该过于矜持，叫他不肯同坐一车，以致失散，这都是我害出来的。越想越是追悔，便拿指甲自掐起来。

且说鹤亭相识一个朋友，叫做卜书铭，是开鸦片烟馆的，伯和有钱的时候，常去买烟，买得多，便相熟了，彼此通过姓名，也略知伯和的来历。一天，鹤亭对他说起女婿失散的事，书铭问起他女婿姓名，正是陈伯和，便如此这般的告诉了一遍。鹤亭便托他去找寻，自己便回来告诉女儿，然后回到店里。

不多一会，书铭带了伯和来，伯和不免上前拜见。鹤亭看时，只见他骨瘦如柴，面目黧黑。此时三月里天时，上海尚冷，他只穿了一件破旧竹布长衫，十分瑟缩。鹤亭又是好气，又是好笑，当着书铭和众多伙计，不便说他。等书铭坐了一会辞去了，方才把他带回家里来。

在书房中坐定，问他以前的事。伯和道："我因为失散后，流落到上海，所以不敢相见。"鹤亭笑道："谁不知你在天津发了横财，到上海来嫖了个不亦乐乎！娶了个妓女，被他卷逃了，累得你一寒至此！此是已往之事，且不必提了。你为甚么又吃上了鸦片烟？这个东西便是一生之累，我见了他，恨如切骨。你从今可住在我这里，先把鸦片烟戒了，好好的在这里温理旧业，将来也可以望个上进。"伯和道："我吃烟并没有瘾，不过顽顽罢了。”鹤亭道：“只要如此便好了。你令尊令堂都没了，你可得信？”伯和大惊道：“这是几时的事？”鹤亭道：“可见得你是昏天黑地的过日子，连父母信息都不去打听打听。”说罢，取出李富的信给他看了，也不免流下泪来。

鹤亭走到楼上，叫姨娘捡出一身棉衣服来，叫丫头拿下去，给伯和更换。转过棣华房里，对他说知伯和来了，要留他住下，叫他戒烟的话。棣华把脸涨的绯红，要开口说话，却又说不出来。鹤亭道：“女儿有话只管说，何必如此？”棣华方开口要说时，又顿住了，脸上又是一红。鹤亭道：“奇了！有甚么说不出的话呢？”棣华方才嗫嚅说道：“女儿闻得戒烟不得法，要闹出病的。父亲要他戒烟，一面要请医生来调理着方好。”鹤亭道：“这个容易，医生彭伴渔和我是老朋友。我回来写个条子，请他天天出诊时顺便来一次便是了。”说罢便下去，又故意回头笑道：“女儿放心，我绝不难为了他。”一句话说得棣华双颊绯红。鹤亭便笑着下去了。棣华暗想：“父亲到底疼惜女儿，方才那等大怒，此刻他来了，便一点气也没了。我说的话，千依百顺，不知我棣华何等福气，投了这等父母。但不知终我之身，如何报答罢了。”又因伯和到了，肯住在家里戒烟，心中又是一畅。旦夕只望他戒烟之后，调理好身子，便如愿相偿了。

且说鹤亭下去，见了伯和，又好好的劝戒一番。伯和只是低头不答。鹤亭把他安顿下，便到店里叫一个老成伙计到家去，陪了伯和去洗浴，又写了条子请彭伴渔。自此伯和就在岳家住下。倘使他就此改过自新，戒去烟瘾，成就了婚姻，岂不是好？岂知他在上海把心闹野了，在家里总觉得不安稳。住了三四天，便不耐烦，溜到外头去了。倘是到外面去散一回步，又回来了，就是出去也何妨；无奈他这一去，就不回来了。鹤亭见他两天不回，有点疑心，到书房里一看，桌上放着一个心爱的宣德炉没了。只得又去找卜书铭，托他找寻。寻了三天，方才寻着，带了回来。身上的棉袍也没了，穿上短衣，问他时，说是当了，问他的当票，却又卖了。问他宣德炉，却也拿到冷摊上卖了。鹤亭只得付之一叹，又苦苦的劝了一番。棣华见父亲如此相待，更加感激。

讵奈伯和野心不改，回来之后，住了两天，仍旧溜了出去。如此三四次，鹤亭恼得没法，便来和女儿商量，怎生劝得他改过？父女两个，相对愁叹。棣华向父亲跪下说道："女儿有一个办法，乞父亲恕了女儿之罪，方敢说。"鹤亭道："女儿何故如此？快起来，有话但说无妨！"棣华道："女儿从小就和他同砚读书，彼此是见惯了的。后来订了亲事，搬开几年。及至出京之时，又是同伴起身。那时女儿为的是未曾成礼的，处处回避。偏又一个车夫回绝了不肯行，只剩了一辆车子，害得他不肯同坐一车，徒步相随，方才散失，以致今日。这明明是女儿害了他。他此刻染了个痼疾，父亲那般苦劝，他只不听。"说到这里顿住了口，好一会，方才流下泪来道："女儿想来，儿女之情，是人人都有的。当日出京时，女儿也承他十分体贴，今日禀过父亲，女儿打算含羞冒耻，下去见他，当面劝他一番，或者他肯改，亦未可知。望父亲恕女儿越礼之罪。"鹤亭叹道："女儿起来罢。你们从小是相见的，就是见见也不为越礼，你便去见他罢。能够劝得转来便好，劝不转来，便是我误了你的终身了。"棣华含泪起来，鹤亭便起身下去，索性到店里去了，让女儿去劝他。

棣华起身要下楼，只觉得一阵脸红耳热起来，脚下便软了，心头小鹿乱撞，重复坐下。按一按心头，又站起来要走，不知怎样，只是心跳不止。又歇了一会，方才勉强扶下楼梯，走到房门口，又是一阵心跳。好容易安定了，进得门来，又是一阵脸红。伯和正躺在榻上，看见棣华进来，暗暗诧异，也不觉自愧起来，现于颜色。只得起身相见，说得一声："姊姊请坐！"棣华倒觉得一阵阵的心跳不止，回答不出来，只在书桌旁边坐下。良久方说道："许久未见贤弟，清减了许多了。"伯和低头不答。棣华道："自从那天失散之后，不知贤弟怎生到的上海？"伯和仍旧低头不答。棣华道："总是怪我过于避嫌，以致贤弟如此。往事也不必论了，此刻家父请贤弟在此暂住，倘有不到之处，不妨直说，切不可放在心里，自己见外。”伯和听了，顿时脸上涨的绯红。棣华道：“家父劝贤弟戒烟，本是好意；倘戒的不很舒服，不妨慢慢的戒，也不必过于急切，致伤身子。”伯和突然说道：“我这两口烟，一辈子也戒不掉的了！”棣华说开了头，正要往下说去，不提防被他突然拦了这一句，不觉顿住了口。心中暗想：“他从前情性，甚是温和，何以一变至此？”因又说道：“戒不掉也不要紧，不过家父最厌的是这个。贤弟纵不肯长戒，何妨暂戒几个月，好让家父欢喜欢喜。将来我们成过礼之后，任凭吃多少，我再也不敢拦阻。”伯和道：“就是我老子复生，我这两口烟是性命，不能戒的。我此刻一贫如洗，拿甚么成礼？我是打算定了，做得好便好，不好，我便当和尚去！”棣华听了，不觉愕然，暗想：“为甚变成这个样子了？”

正要寻话往下说时，有人在外面叩门。丫头开了门，却是他父亲带着彭伴渔来看病，连忙从后面门口回避到楼上去了。暗想：“天下没有不能感格的人。他今日何以如此，见了我只管淡然漠然？莫不是我心还有不诚之处，以致如此？或是我不善词令，说他不动？嗳！怎能够剖了此心，给他一看呢？”默默寻思，不禁又扑簌簌的滚下泪来。

过了一会，鹤亭送了彭伴渔出去，又到楼上来问道：“女儿劝得他怎样了？”棣华正欲回答，只见丫头跑上来说道：“陈姑爷又出去了。”……

却说鹤亭听得伯和又去了，只长叹了一声道：“女儿！这是你的命，我也无可如何的了！”棣华不觉流下泪来。鹤亭也无心再问，搭讪着走了下来，也不去再寻伯和，只由他浪荡着去。心中还打算他在外面受尽了折磨，或有回心转意之日。谁知伯和这番出去，竟至无可跟寻。可怜棣华寸心如结，说不尽那一种抑郁缠绵，有时他姨娘过来劝慰，倒触起他思念母亲的心事来。从此恹恹成病，茶饭少进，日见消瘦起来。张鹤亭爱女心切，想设法寻回伯和再为解劝，又怕他仍要逃避，反与女儿添此病症。真是左右为难。

这天店中无事，便回到家中看望女儿。棣华正在倚枕憩息。鹤亭坐定，先说些闲话，慢慢提到伯和这件事来，因叹口气道：“论起来，这件事总是我误了女儿。当日陈氏来求亲时，你们只有十二三岁，不应该草草答应了他，以致今日之误。”棣华道：“父亲千万不可如此说，天下事莫非前定，米已成饭，女儿断不敢怨天尤人，此刻只有听其自然罢了。只念着当日同居时，陈家两老待女儿甚是多情，此时定了翁姑之分，女儿未曾尽得一点孝心。他又不幸遇了那一班损友，学的流连忘返，女儿德薄，不能感格得他回心，此正是女儿罪案，父亲何故引起过来？”鹤亭道：“我此刻想了一个主意，且把他寻回来，也不必要他戒烟，便设了烟具，尽他去吃。择日先成了礼，把他招赘在家，然后由女儿慢慢劝他，或者他仍旧读书，或者在店里帮着做事也好。只是我又愁到一层：万一他成亲之后，依然如此，岂不更是为难？”棣华道：“论理，这等事不是女孩儿家可以插口的，然而事至今日，也是无可如何，父亲只管照此办去。女儿想，古人有言：‘至诚金石为开。’到了成亲之后，女儿仗着一片血诚，或者可以感格得过来，也未可定。万一不能，那就应了《孟子》两句话：‘莫之为而为者，天也；莫之致而至者，命也。’惟有自己安命，断不敢有所怨尤。此时我们不知他踪迹便了；已经知道了他的踪迹，倘再俄延不办，万一他在外面折磨坏了，就是父亲也无以对其父母。”鹤亭听了，点头不语，良久乃道：“如此，我便去寻他来便了。”

说罢，径自出来，暗想：“我这个贤慧女儿，可惜错配了这个混账东西！总是当日自己轻于然诺所至。看了这件事，这早订婚姻是干不得的。”一面想着，便顺着脚步，去三马路烟馆里访卜书铭，问伯和下落。书铭道：“他近来贫病交迫，前两天还到我这里来，借了两角洋钱去，病的不成个样子。我还劝他说：‘丈人待你很好，你为甚不愿在那里？何不仍到丈人家去？他那里未必多了你一个人吃饭。’他倒说：‘我不惯仰人眉睫。’我听了这句话，倒不便再劝他了。”鹤亭听了，笑不得，恼不得，只是叹气。因央求书铭代为寻觅。书铭便叫一个伙计去寻。去了许久，回来说道：“他病的了不得。本来住在虹口广华昌小烟馆里，后来人家因他病的过重了，恐怕有甚不测，便把他送到广肇医院去了。”鹤亭听说，吃了一惊，连忙别过书铭，坐了车子，赶到广肇医院去看。只见伯和十分昏沉。问那伏侍病人的人要了药方来看，开的脉案是疟疾转伤寒，是个险症。急的搓手顿足，走近伯和榻前问道：“贤婿，你觉得怎样了？”伯和张开眼睛看了一看，仍复闭上，答道：“不怎样。”再问他时，便不答了。鹤亭无奈，只得叮嘱伏侍的人，小心伏侍，等病好了，自当重重酬谢。

说罢，自回家去。思量此事告诉棣华不好，不告诉也不好，踌躇没了主意。回到家去，只得含糊说是伯和有点病，等好了回来。禁不得棣华百般追问，问是甚么病？病在那里？既然病了，为甚不叫他到家来养病？鹤亭被他追问不过，只得直说了。棣华大惊道：“这个如何使得！医院虽说有人伏侍，那都是公众的人，要茶要水，怎得便当？父亲为甚不叫他到家来养病？”鹤亭叹道：“我同他说话，他都不答应了，怎么再和他说话？”棣华更是惊慌，也顾不得甚么了，便道：“父亲，可容女儿去看他一看？”鹤亭道：“去就是了，只是不可过于劝他家来。他不愿到我家，总是另外有甚意见。此时他病的不能动了，本来不难把他抬了来，争奈他向来不愿意的，一旦乘其不能拒抗的时候强了他来，未免心中要动气。病人动了气，岂不是代他添病么？”说罢，便叫包车夫预备。

棣华带了一个老妈子、一个小丫头，同坐车到了广肇医院。入到病房，只见房中支了四个板铺，三个都空着，伯和睡在一个铺上，病的面青唇白，瘦骨难支，紧闭双眼。棣华由不得一阵心酸，却说不出话来，在床沿坐下，轻轻在额上摸了一下，觉得干热。伯和睁开眼来一看，棣华忍不住流下泪来，叫一声：“陈郎！觉得怎么样了？”伯和有气没力的说道：

“辛苦。”棣华道：“这是妾害出来的，望郎君善自调养。得郎病愈，专愿贬为妾媵，以赎前罪。”伯和摇一摇头。棣华伏下身子来道：“家父劝郎戒烟，本是好意；郎既不能戒，也是无妨。不知可是戒烟得的病？”伯和道：“不是。”棣华道：“郎君千万宽心养病，这里不方便，不如仍到妾家去，妾当捐去一切羞怯嫌疑，亲侍汤药。”伯和叹口气道：“我不能动了，明日好点再说。”说着话时，便有人拿进一碗药来道：“陈先生，吃药了，可要我扶你来？”棣华道：“扶起来怕不方便了，烦你拿个汤匙来罢。”那人答应，便去拿来。棣华亲自拿汤匙喂着吃。此时伯和连咽药的气力都没了，喂进去，便从口角里流出来。棣华由不得一阵阵的心中悲痛道：“陈郎，怎样了？”伯和呛了两声道：“方才我一阵昏迷，此刻再灌，我可以咽了。”棣华再喂一匙，偏又洒了一半在外，忙把手帕揩了。叫小丫头到后面要一碗清水来，嗽了口，叫老妈子、丫头都到外头去，自己把药呷在口里噙住，伏下身子，哺到伯和嘴里去。看他咽了，再哺。一连哺了二十多口，伯和摇头说：“不吃了。”棣华看那碗时，只剩了半口药，就搁过一边。伯和道：“我口苦。”棣华道：“陈郎，妾心更苦呢！”说得这一声，那眼泪便和断线珍珠般扑簌簌落个不住，抽抽咽咽的哭起来。伯和叹了一口气道：“姊姊！”只叫得一声，便不言语了。棣华道：“郎君！不可再这种称呼。妾身已为郎君所有，今日侍奉汤药，是妾分内事。千万宽心调理，不可多心想这个，想那个。”

正说话时，鹤亭来了，丫头、老妈子都跟着进来。鹤亭问道：“好点没有？”棣华道：“才吃下药去。”鹤亭向旁边一个空铺上坐下。棣华道：“此时太沉重了，不便家去。只是这瘦剩一把骨头的人，睡在这板床上，怎生禁得住？请父亲回家叫人送一个棕榻来罢。这里动用东西，都是顶粗的，茶碗、茶壶之类，亦请送一两件来。”鹤亭道：“这个都容易，女儿先回去罢。”棣华道：“女儿打算今天先不回去，等伏侍得好点了，明天一同家去了。”鹤亭踌躇道：“只是晚上睡在那里？”棣华道：“那里还有睡的工夫，这个倒不消虑得。”老妈子在旁边说道：“方才我们到后面园子里去，看见有伏侍女病人的妇人，他们另外有住房，困了时，和他们商量去歇一会，只怕也可以使得。”鹤亭听说，只得由女儿的便，先自去了。打发人送了棕榻、铺盖和茶壶、茶碗之类来。

棣华叫来人先把对过的板铺卸下，安上棕榻。一回头，看见桌上放着一副残破的鸦片烟具，暗想：“这个东西如何用得？”便叫来人去把店里待客的一副烟具取来暂用。来人答应去了。这些来人，无非是店里打杂、出店之类，都知道伯和是个未成亲的女婿，棣华是个未出嫁的女儿。今见此举动，未免窃窃私议，有个说难得的，有个说不害臊的，纷纷不一。

不说众人私议，且说棣华铺设好了棕榻，便叫老妈子帮着扶起伯和。伯和一手搭在棣华肩上，棣华用手扶住了腰，扶到棕榻上放下。伯和对着棣华輾然一笑，棣华不觉把脸一红。忽然又回想道：“我已经立志来此侍奉汤药，得他一笑，正见得他心中欢喜，我何可又作羞怯之态，使他不安？大凡有病之人，只要心中舒畅，病自易好的。我能博得他舒畅，正是我的职分。”想罢，索性也对着伯和舒眉一笑，伏侍睡下。又索性盘腿坐到床上，俯下身子，百般的软语温存。又在身边解下那白玉双喜牌，给伯和看，道：“自从失散以后，这东西妾一日不曾敢离身。”伯和见了，不禁滴下泪来。棣华忙道：“妾与郎看，不过要郎知妾一向思念之苦，岂可因此伤心？”说着话时，烟具也送来了。棣华打发老妈子先回去，单留下小丫头伺候，便代伯和烧烟。争奈这东西向来不曾顽过，好容易才装上了，递给他吃。此时伯和在枪上竟不能吸了，另用一个小竹管插在烟枪嘴上。棣华一手捧枪，一手拿灯，方才吃得下去。这一天棣华就在院里伏侍，连夜饭也不曾吃。捱到半夜里，伯和烧热大作，呓语模糊。小丫头在空铺上横躺着睡了。棣华十分悲苦，不住口的轻轻叫：“陈郎。”伯和清醒一阵，糊涂一阵，捱过了一夜。

次日早晨，本院的医生来看过，一面诊着脉，只是摇头，开了方。棣华照昨天的样子，哺了药。病人此时已是连眼睛都不张的了。午间，鹤亭带了伴渔来看，棣华此时也不回避了。伴渔看了，也是摇头。又取本院药方看过道："医院的规矩，是没有不开方之说，但是病人一口气还在，总要发药的。这个方，错是一点也不曾错，只不过尽人事罢了。我遇了这个症，是不敢开方的了。鹤翁，我看你不如同他备点后事罢！只在这一两个时辰内的了。"说犹未了，忽听得"訇"的一声，猛抬头看时，原来是棣华晕绝在地。鹤亭忙来抱起乱叫。伴渔道："徒叫无益，快掐他人中！"鹤亭依言，用力一掐。棣华蓦地里哇的一声哭了出来道："陈郎！奴害得你苦也！"顾不得伴渔在旁，三步两步走近榻前去看。只见伯和双颊绯红，额黄唇白，已是有出气没进气的了。棣华哭道："陈郎，你看看奴是谁来？"伯和微睁双眼道："姊姊！我负你！"说罢，那身子便慢慢的凉了，两颊的红也退了，竟自呜呼哀哉了。

棣华这一场哀痛，非同小可，只哭了个死去活来。鹤亭只管跌脚。伴渔却自叹气。小丫头见此情形，慌了，也哭起来。院中人役知道人死了，便来七手八脚抬到殓房里去。鹤亭便去置办衣衾棺椁。棣华哭得泪人儿一般，亲为沐浴更衣。又向院中伏侍女病人的妇人，借了一把剪刀，把自己十个指甲，都剪了下来，又剪下了一缕青丝，裹在一起，放到伯和袖内。说道："陈郎，你冥路有知，便早带奴同去也！"说罢，大哭，旁边看的人都代他流泪。内中有知道的说："这个还是未婚妻呢？"众人益发称赞。

品读

本文节选自《恨海》第九回《甘落魄天涯羁荡子　冒嫌疑情女谏顽郎》、第十回《遁空门惘惘怅情天　遭故剑忙忙逃恨海》。《恨海》主要叙述两对相爱订亲的青年历经战乱婚恋破灭的悲剧（可参阅本书导读部分）。

该小说着力描绘了一个集礼、孝、节、义于一身的淑女张棣华的形象。棣华因“父母之命，媒妁之言”，与伯和订婚，虽为未婚夫妻，但在与伯和逃难的途中竭力守礼避嫌，可见其“礼”；母亲病了，她忧心如焚，“割股疗亲”，可见其“孝”；伯和嫖妓吸毒，沦为乞丐，她不离不弃，可见其“义”；伯和病故，她割断青丝，遁入空门，可见其“节”。棣华的所作所为，集中地诠释了作者心目中的“情”是以礼、孝、节、义等为主要内涵的伦理之情，而不是俗人所谓的“儿女私情”。如此说来，作者精心塑造这个人物，实际上是要用她来作为伦理之情的载体，图解他所倡导的伦理道德情感。

话虽如此，作者在描写张棣华这个人物时，还是能设身处地将她置于特定的现实情境中去揭示其内心深处“情”与“礼”的矛盾冲突。如她在与母亲、伯和一起逃难的途中，既顾忌礼法，又怜爱情郎，内心纠结，坐卧不宁，其矛盾痛苦的心态就非常真切、传神。后来，伯和吸毒成瘾，贫病交加，她认为这都是当初逃难时自己“过于矜持，叫他不肯同坐一车，以致失散”导致的，因此追悔莫及。于是，她怀着深深的自责、愧疚之情，将伯和接到家中治病，并逐渐克服礼教的羁绊、心理上的羞怯，用心良苦地感化、劝说浪子回头，并在他病重时放下一切嫌忌，尽心服侍伯和，甚至以口哺药。可见，一向恪守礼法的淑女，为了拯救奄奄一息的情郎，终于不顾一切，变成了大胆越礼的“情女”了，诚可谓“贞烈之人未有不多情者也”！（第十回眉批）

小说对棣华情感心理、动作细节的描摹，也颇为真切动人。如棣华打算含羞冒耻下楼去对伯和晓之以理、动之以情，书中这样写道：

棣华起身要下楼，只觉得一阵脸红耳热起来，脚下便软了，心头小鹿乱撞，重复坐下。按一按心头，又站起来要走，不知怎样，只是心跳不止。又歇了一会，方才勉强扶下楼梯，走到房门口，又是一阵心跳。好容易安定了，进得门来，又是一阵脸红。

这些心理活动与细节描写，就逼真如画地展现出一个平时温文尔雅的淑女去探望未婚夫时羞怯难禁的情态。又如，棣华为伯和喂药一节：

此时伯和连咽药的气力都没了，喂进去，便从口角里流出来。棣华由不得一阵阵的心中悲痛道："陈郎，怎样了？"伯和哈了两声道："方才我一阵昏迷，此刻再灌，我可以咽了。"棣华再喂一匙，偏又洒了一半在外，忙把手帕揩了。叫小丫头到后面要一碗清水来，漱了口，叫老妈子、丫头都到外头去，自己把药呷在口里噙住，伏下身子，哺到伯和嘴里去。看他咽了，再哺。一连哺了二十多口，伯和摇头说："不吃了。"棣华看那碗时，只剩了半口药，就搁过一边。伯和道："我口苦。"棣华道："陈郎，妾心更苦呢！"说得这一声，那眼泪便和断线珍珠般扑簌簌落个不住，抽抽咽咽的哭起来。

这一段的动作细节描写，也是细致入微，绘声绘色，意切情真，感人肺腑。

由此可见，吴趼人在全力描绘张棣华形象时，虽然有将这一人物概念化的嫌疑，但在具体的描写中又能设身处地写出人物内心礼与情的冲突，这就赋予了人物真实动人的艺术生命力，具有了较高的审美认识价值。

十三、革命党现形记

——《上海游骖录》选段

社會小說
上海遊驂錄
（趼）
第一回　恣毒燄官兵誣革命　效忠忱老僕勸逃生
蟲、蟲、蟲、萍鄉亂、醴陵亂、考諸輿論、曰此饑民、此無告窮民、聞諸官府、曰此亂民、
此革命黨、又聞諸主持清議者、曰此官逼民變、此三說者各持一義、我不能辨
其誰是誰非、況且我近來抱了一個厭世主義、也不暇辨其誰是誰非、只因這
一番亂事、在這亂地之內、逼出一個頑鋼守舊的寒唛秀才來、鬧出了多少笑
話、足以供我作小說的材料、並且這些材料、又足以助起我的厭世主義、所以
我樂得記他出來、咳、看官、這厭世主義、究竟是熱心人抱的、還是冷心人抱的
呢、我也不必多辯、我還記得古人有兩句詩說道、「科頭箕踞長松下、冷眼看
他世上人」、後來金匱金聖歎先生、批評道、「此非冷極語、是熱極語」、也可謂把
古人心事直抉出來、照此看去、可見凡抱厭世主義的人、都是極熱心的人、他
嘴裡說的是厭世話、一舉一動、行的是厭世派、須知他那一副熱淚、沒有地方
上海遊驂錄　一　五三

《上海游骖录》书影（载《月月小说》第6号）

且说若愚听得外场高喊客来，便回头向门口一望，只见得王及源探头望了一望，便嘻嘻哈哈走了进来，谭味辛跟在后面。及源脱下了那外国帽子，走至若愚跟前，拉了拉手，又和望延拉手，却又向那妓女周小乔拉了拉手道：“先生久违了，我惦记你得很，每天粥也吃不下，只吃得两大碗饭。”小乔未及回答，他又对若愚道：“今天却是我吃鸦片的人性急了。你昨天对我说了之后，今天在青莲阁过足了瘾，你的请客条子未到，我便先闯了来。”若愚道：“请客条子方才发出去，却有劳你久候了。”及源好像没听见一般，对着一个年轻婢女亲了一个嘴，那婢女发急要走。及源道：“你急甚么？这接吻是文明国的礼法。”说着走近周小乔前，正要动手，吓得小乔连忙走开，

骂道："不要脸的东西，见了自己相好，便是请安、唱喏、叩头，见了别人，只管动手动脚，回来你敢对你相好胡闹，我便算你本事。"及源听了，赶上一步要捉，小乔身子玲珑，早一溜烟跑到外面去了。

不一会，二屠亦到，若愚便叫发局票，摆席，相让坐下。小乔过来敬过一巡酒，轮到及源跟前却被他捉住了手，硬要亲嘴，小乔竭力摆脱。若愚劝了各人一杯，说道："兄弟今日有事，和各位商量，趁此时局还未到，先把这件正事谈了如何？"说时却看了望延一眼。及源道："请教有甚正事？"若愚道："兄弟前几天奉了一个札子……"及源道："腐败，腐败！"味辛道："奴隶，奴隶！"牖民道："阁下向来是满清忠臣，奉札得差，自是意中事，但不知是谁给的？"若愚道："是两江端制军的，委兄弟在上海开办一个官书局，并向上海道处，指拨六万银子，作为开办经费，专聘通人，编辑、翻译各种教科书。一书出版，即由江督咨行学部立案，通饬各省学堂，一体购用。"及源吐出了舌头道："这才是专利呢，每一部书不知要印多少才够？"若愚道："这件事本是兄弟上的条陈，所以端制军就把这件事委了我。兄弟前天去见过瑞观察，瑞观察也答应了款子。此刻房子也看定在老牐桥北，机器也是现成的，不过要添些铅字罢了。"味辛道："作新社的日本人，我和他相好，若要买铅字，兄弟可以帮忙。"若愚道："这些都容易，只有请人极难。"说时指着望延道："方才已经约了望翁，望翁也答应帮忙了。但是兄弟有一句放恣的话，望翁的旧学是极深的，编辑经史最好，若讲新学，却是……"说到这里，便顿住了口。一会又说道："不知你们四位可肯帮忙？屡次要求教，又恐怕宗旨不对。"味辛道："这有甚么宗旨不宗旨！只要有了钱，立宪我们也会讲的。"及源道："莫说立宪，要我讲专制也使得，只要给的钱够我化。"若愚道："好在是官款，将来又用压力行销，不怕生意不兴；纵使生意不兴，还可以求上头津贴。诸位倘肯帮忙，每位每月暂送五十金，等试办几个月之后，再商量添送如何？"味辛道："教科书也没有甚么立宪不立宪，不过不要犯了‘革命’字样罢了。”若愚道：“不独编书，还打算出一部杂志，要力排革命，歌颂朝廷的。”及源道：“若说歌颂朝廷，别处人都可以不必，我们湖南人是不可少的。你想自咸同以来，惟有湖南人圣眷独隆，差不多遍地都是红顶子。”牖民道：“且不必谈这些，倒是你肯就不肯就？”及源道：“有甚么不肯，不过我打算借三个月薪水过年，不知可办得到？”若愚道：“这个且再商量，只要年内能把款子领出来，没有甚么办不到的。”牖民忽然拍手对及源道：“难，难！近来在官人役，是不准吃烟的，你却怎样？”及源道：“说不得也要戒了。其实这东西就是政府不叫戒，也不应该吃，何况奉了煌煌的上谕呢？平心而论，为了我们吃烟，却累皇上费心，只这一层便是天恩高厚；倘再不戒，就未免自外生成了。”莘高道：“你拿甚么来戒？”及源道：“市上卖戒烟丸的尽多，我一家一家试过来，总有灵验的。”若愚正色道：“市上的戒烟药，多半是吗啡，不可不慎。内中有一家分开金银两色的最利害，起了个不中不西的名目去欺人。倘使误吃了他，烟瘾不错是没了，可是上了药瘾了。久而久之，吗啡毒发作起来，还有性命之虞呢。”莘高道：“我有一个朋友，吃了一种甚么彭氏三才丸，戒脱了的。”若愚道：“这个只怕还靠得住。这个做药的人，我有朋友认得他，叫做彭伴渔，是个医生。年纪已经将近六十了，吃了二十多年鸦片烟，忽然起意要戒，便自己定了药方，居然戒脱了。他自己吃的是汤药，因为这个方很灵，但是人家吃起来不便，所以改了丸药。这是他亲身经验的，所以还可以信用得过。”

正说话间，诸局陆续到了，便一个个的回转头去唧唧哝哝，丑态百出。望延听了他们一番话，又见了此种状态，不觉暗暗好笑。却见及源背后坐了一个颀而长的妓女，满面庄严气象，及源却端坐不动，比起先安详了好些。若愚让过了几巡酒，小乔忽然对及源道：“你此刻可要香面孔了。”及源回过头来，对那妓女唧哝了两句。那妓女猛然举起一只纤纤玉手，向及源脸上“拍”的一声打去，其声清脆可听。及源连忙起身离了坐位，对那妓女跪下，恭恭敬敬的磕了一个头，起身请了个安，一言不发，仍旧归坐。那妓女却端坐不动。望延更是诧异的了不得，小乔却拊掌大笑。一时间各人唱曲、拇战、钏动、钗飞，兴尽而散。及源却被那妓女守至终席，扭着辫子带了去。望延也起身作别，若愚便陪着出来，分手各散。

且说望延回至店中，默默寻思：“这等人何以必要高谈革命；及至有了五十金一个月，便圣恩高厚起来，然则从前谈革命时却又何所图？”真是狐疑不决，一夜辗转无眠。到了次日，便独自一个去访若愚，要请教他这个道理。走到若愚门口，只见他隔壁那女子已站在门前，戴着黑玻璃眼镜，东张西望。见了望延，便钉了一眼，猝然问道：“阁下莫非是屠牖民的朋友？”望延出其不意，吃了一吓，涨红了脸，呐呐答道：“是认得的。”那女子道：“可曾见他来？”望延道：“今日未见着，昨夜同席的。”那女子又道：“在那里同席？”望延道：“在妓院里。”那女子现了咬牙切齿的样子，便不再问了。

望延便到若愚家叩门而入，彼此相见，寒暄已毕。若愚先说道：“昨夜的情形，阁下都看见了，只要有了五十金一月，便马上转过风头，圣恩高厚、皇帝万岁的了。”望延道：“我正为了此事要来请教，他们一向高谈革命，难道亦有所图的么？”若愚道：“有何所图，不过胡乱说说罢了。然而这里面，也有个原因，我们中国向来有一种名士，或会作些诗词歌赋，或能作两篇古文，或懂点金石，最高等的是注疏过一部半部古书。这等人都是自以为名士的，走起路来，眼睛看看天，自以为学问充足，恃以骄人。大抵中国中古而后，这等不疯不颠的名士，向来未曾断过种，便有许多不长进的人，跟着他学。到了近年以来，东西交通，输进的新学问不少，而且又多了洋务一派人，看得中国古学不甚重了，便有一两个名士，想到从此之后，不能以旧学问骄人了。无奈肚子里却没有一些新学问，看了两部译本书，见有些甚么种族之说，于是异想天开，倡为革命逐满之说，装做了那疯疯颠颠的样子，动辄骂人家做奴隶，以逞其骄人之素志。据我看来，还是名士的变相罢了。可有一层，他的文章却做得好，足以动人，所以就有这一班随声附和的了。你只就昨夜所见的举动，所听的议论，就可见他们的人格了。”

望延笑道：“王及源何以被那妓女收拾得如此贴服？”若愚也笑道：“所以我常说，上海四马路的妓女真是大清皇帝的功臣，我若当了政府，一定要奏明朝廷，一个个都给他封典。他们死了，还要另外给他盖一座女功臣祠祭他呢。”望延诧异道：“这却为何？”若愚道：“凡是气焰万丈、摩拳擦掌要革命的人，一见了妓女，没有一个不骨软身酥，把万丈气焰消归乌有的，这不是弭巨患于无形的大功么？”望延道：“在海外的革命党未必都是如此。”若愚道：“这却不知，然而总是随声附和的多，未必是有能力的。这里头政府也担着一个不是，把海外的侨民视同漠外，任从人家虐待，永远不想保护。于是那谈革命的人，便乘机蛊惑，说现在政府无用，必须建设了新政府，便可以如何保护侨民。所以侨民便信了。此刻各处搜捕革命党，也不问真的假的，胡乱诬人。其实这等胡闹，越闹越激的民心思变，倒是急与各国订约，把保护侨民一事视为重大事件，倒是正本清源的办法。”正说话间，忽听得门外一阵大闹起来，正是：

一席清谈方入彀，何来琐屑扰词锋？

未知门外闹的是甚么人，甚么事，且听下回分解。

品读

本文选自《上海游骖录》第七回《革命党即席现奇形　李若愚开诚抒正论》。该小说共十回，连载于《月月小说》第6—8号，光绪三十三年

（1907）二月至四月出刊。光绪三十四年（1908）七月，上海群学社出版单行本。小说主要叙述了辜望延（谐音“姑妄言”）在上海寻访革命党期间的见闻。

辜望延是湖南乡下一书生，因出言劝阻官兵骚扰百姓，就被诬为“革命党”。他只身逃往上海，想寻找革命党，看看能否真的加入，“将来就可望报仇”了。一次偶然的机会，他结识了李若愚。若愚说革命党多是投机分子，靠不住。为了验证自己所说的话，若愚便在一家妓馆约了屠牗民、屠莘高、王及源、谭味辛等几位革命党来聚会。本段选文所讲的就是这次聚会的情况。

客人到齐后，若愚谎称自己“奉了一个札子……”，话音未落，王及源即道：“腐败，腐败！”谭味新亦道：“奴隶，奴隶！”屠牗民问是谁给的札子？做什么？若愚说是两江制军委他在上海开办书局，并拨了六万银子经费，专聘通人编辑、翻译各种教科书，由官方通饬各省学堂，一体购用。及源一听，忙改口说：“这才是专利呢！”若愚假意问：“不知你们四位可肯帮忙？屡次要求教，又恐怕宗旨不对。”谭味辛立即说：“这有甚么宗旨不宗旨！只要有了钱，立宪我们也会讲的。”及源更强调道：“莫说立宪，要我讲专制也使得，只要给的钱够我化。”谭味辛又补充说：“教科书也没有甚么立宪不立宪，不过不要犯了‘革命’字样罢了。”若愚还说他打算出一本杂志，要力排革命，歌颂朝廷。及源接口道：“若说歌颂朝廷，别处人可以不必，我们湖南人是不可少的。你想自咸同以来，惟有湖南人圣眷独隆，差不多遍地都是红顶子。”屠牗民道：“且不必谈这些，倒是你肯就不肯就？”王及源道：“有甚么不肯，不过我打算借三个月薪水过年，不知可办得到？”……

这帮“革命党”的现场表演，让辜望延大跌眼镜。原来，他们嘴上“高谈革命”，只是为了投机取巧，只要有钱，不管什么“革命”“立宪”“专制”，都可以随便乱讲；什么“宗旨”“信念”“良心”“道德”等，也一概可以出卖。他们人格卑污，道德堕落，就连妓女都不如。若愚就说：“凡是气焰万丈、摩拳擦掌要革命的人，一见了妓女，没有一个不骨软身酥，把万丈气焰消归乌有的！”

望延在看穿了这帮“革命党”的原形后，不觉心灰意冷，悲观地认为“中国是没有指望的了”。而若愚则认为，若要有望，除非提倡道德，务要使道德普及，人人有了道德心，则社会不改自良；而德育普及，并不是死守旧学，正是要望道德昌明之后，不为外界摇动，然后输入文明，方可有利无害。

若愚的看法，显然代表了吴趼人的观点。吴趼人顽固地认为当时中国社会的主要问题就是世风浇漓，道德败坏，所以他竭力主张通过恢复旧道德来达到改良社会的目的。这种想法，无异于舍本逐末，缘木求鱼。因为道德只不过是影响社会变革的因素之一，而且受制于一个社会的物质文化、制度文化，所以只有改革当时中国的物质文化、制度文化，进而改造国民的劣根性，中国才有可能出现新的道德风尚，中国也才会有真正的出路。而这样的社会变革历程，实际上正是由后来真正的“革命派”推翻了清政府的专制统治才得以开启的。

十四、小玩意，发洋财

——《发财秘诀》选段

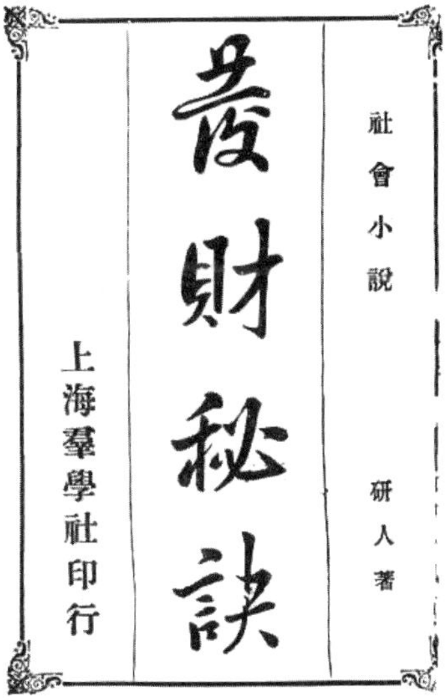

《发财秘诀》封面

呵，呵，诸公！风气，风气，甚么叫做风气？据诸公说，自然是文明学问了。不知非也。据小子看来，只一个“利”字便是风气。而且除“利”字以外，更无所谓风气者。诸公若不相信，听我道来。

自从通商之后，我中国二十二省之人，莫不异口同声曰：“广东得风气之先。”小子自己便是广东人，也深信我广东是得风气之先的，不敢多让。然而及后仔细想来，到底甚么叫个风气？到底得些甚么风气？转觉茫然。查广东通商最早，再以前的，不必去细考他，自明朝以来，已与各国通商的了。考《明史·外国列传》“壕镜在香山县南虎跳门外，先是暹罗、占城、爪哇、琉球、浡泥诸国互市，俱在广州设市舶司领之。正德时，移于高州之电白县。嘉靖十四年，指挥黄庆纳贿请于上官，移之壕镜，岁输课二万金，佛郎机遂得混入”云云。壕镜便是今之澳门。由此观之，可见得广东通商最早。又按《明史》，广东巡抚林富，上疏请与佛郎机通商，有云：“粤中公私诸费，多资商税，番舶不至，则公私皆窘。今许佛郎机互市有四利：祖宗时，诸番常贡外，原有抽分之法，稍取其余，足供御用，利一；两粤比岁用兵，库藏耗竭，藉以充军饷，备不虞，利二；粤西素仰给粤东，小有征发，即措办不前，若番舶流通，则上下交济，利三；小民以懋迁为生，持一钱之货，即得展转贩易，衣食其中，利四”云云。说来说去，都是为“利”，何尝有半个字提到风气？诸公！这就不能怪我说一个“利”字便是风气，除“利”字以外，更无所谓风气了。这些远事，又且不说，等我再说得近些。

自入本朝以来，外国人来得更多了，因为他们航海之术日有进步，进行愈速，又视我中华为天府之国。嗳！鼎烹之旁，绕以群鼠，焉有不思染指之理呢？加以中国向来是魁然自大，环绕四裔尽是些野蛮小国。他们来，便说是进贡；我们去，便说是册封。傲岸惯了，更不知甚么叫个外交。外国人初来时，他们便摆出那自大的样子，傲然岸然。及至外国人忍耐不住，翻了脸打将来，他却又害怕了，把头缩了进去，再不敢伸出来。因此着着失败，丧师辱国之事，也不可胜记。至道光廿一年，大学士两广总督琦善，割广东之香港地方与英人义律，是为中国割地与欧洲之始，亦即为通商发达之始。此事之始末，往因来果甚多，因与此书正文无涉，故不多赘。

且说香港乃是一个海岛，岛中本有些居民，义律得了香港之后，即出了告示，晓谕岛中居民，说是“中国已将香港割与我大英，尔等世居香港之人民，从此皆当投降，改入大英籍”云云。那些居民，也有从的，也有不从的，不必细表。义律乃与英国各商，在香港筑建洋房，设行贸易，慢慢的外国人来得更多。一切起造的水木匠与及细崽、厨子、洗衣匠等，在在须人，不免高出工价，求人应募。那内地的穷民，听了这个消息，便有许多前往佣工谋食的了。那时候广东风气俭朴，他出的工价又较优，所以前往佣工之人，不出三四年，各各都能积攒一二百银元，带回家乡去。那些乡下人眼光如豆，看见一个铜钱，尚且有簸箕大，何况整百雪白的银元被他看在眼里，那得不耀的他眼花头晕？于是一传十，十传百，都说某甲发了洋财回来了，某甲发了洋财回来了！这个风声一播扬开去，你想那一个不想发洋财？引得那无知之徒，都如水赴壑的往香港去了。

此时，香港的生意也逐渐盛了，外国人也逐渐多了，所以去的人也都容得下。内中惊动了一个南海县张槎乡地方的一个人，姓区，名丙，一向只以小负贩糊口。当时看见人家纷纷往香港去，又都说是可以发了洋财回来，便与自家妻子商量，也想到香港走一遭，碰碰运气去。他妻子说道："人家有手艺的，是靠手艺去赚钱；懂外国话的，是靠佣工去受值；有气力的，还可以去扛抬。你既没有手艺，又不懂话，就是气力也输与人，你仗甚么可以去得？纵使香港是个铜山金穴，只怕你未必有本事去动得他分毫。我劝你息了此念罢，还是安分点，在家过穷苦日子的好，我也没福做富翁的奶奶。"区丙被他妻子一顿抢白，恼得气也结住了，半晌说不出话来，气忿忿的走了出门，到市上行去，心中也打不定甚么主意。忽见一家店铺在那里烧料泡，心中暗忖："把这个贩到香港，或者有利可图，我何妨试他一试？"想罢，便先去买了一个竹筐，再到那料泡店中，拿出二钱银子，大大小小买了二三百个，也不别妻子，附了船，径到香港来。

看官！那料泡是一件甚么东西呢？原来是用玻璃吹成的一个泡儿，其样式就和馒头一般，那馒头面上正当中，却做出一个小管，那小管的玻璃略厚，那泡儿的玻璃却比纸还薄；靠底一面那块平玻璃，却做得略略有点微凹，用口衔着小管，微微一呼，那块凹玻璃便凸了出来，复微微一吸，那玻璃又凹了进去，如此不停吸呼，那玻璃也不住的凹凸，其凹凸之时，却有声响，作哄嘣哄嘣之声。广东人就叫他做哄嘣，是卖给小孩子顽的，小的不过荸荠大小，零买只得二、三文一个，大的有馒头大小，也不过十来文一个。其图式如右。

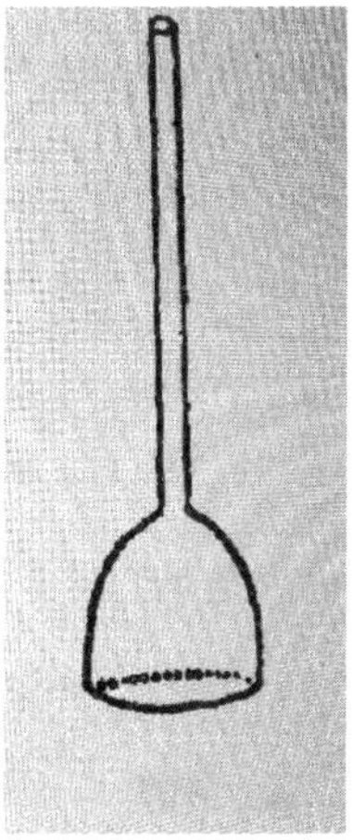
料泡图示

区丙贩了料泡到香港去，在马路旁边憩下。手中拿着一个，不住的哄嘣哄嘣呼吸着。这是他们贩这个东西的规矩，教人家听见了，好来买的意思。在香港的广东人看见了，都笑道："这个人该死！香港地方能有几个小孩子，却带了这个东西来卖，怕不蚀了盘缠也？"

区丙站了一会，见没人照顾，便掮起竹筐，望热闹所在走去。走了一天，却只没人请教，不觉心中懊悔。到了明日，又掮起来往外走。行行去去，去去行行，不觉到了一个所在。只见两面都是洋楼，静悄悄的路少行人。他心中暗想："昨日走了一天热闹地方，不曾发得利市，今日怎么走到这里来，想是更没有生意的了。但不知走过了这一条路，那边可还有人家？"心中想着，信步行去，口中仍是呼吸着那泡儿，嘭嘣嘭嘣的作响。

忽然迎面来了一个外国人，看见区丙，便立定了脚看他。区丙胆战心惊，低着头，只管向前走去。那外国人嘴里叽哩咕噜的叫了一句话，区丙不懂得，只不敢理睬他，仍向前去。那外国人赶了上来，一把拉住，吓得区丙放下竹筐，唇青面白，不住的瑟瑟乱抖。那外国人低下头，在筐里拣了一个顶小的，对区丙又叽咕了几句。区丙不知是甚么意思，接过那泡儿，衔着小管，一阵呼吸。那外国人在他手里取去，又叽咕了几句。区丙暗想："莫非他要买么？这个顶小的，在乡下只卖得一文钱一个，卖给他不可卖贵了，恐怕他打听出来，说我欺他。"然而苦于不知这"一文钱"三个字外国话怎生说法，无奈只得和他做手势，伸出一个指头来。那外国人看见，就在身边摸出一元洋钱给他。区丙大喜，口中连说多谢多谢。那外国人交了洋银，拿起那泡儿一吹，只听得嘣的一声，那块底上的玻璃破了一大块，以后再吹就不响了。外国人把他摔在路边，又拣了一个，给了一元洋银，又拿起一吹，依然破了。外国人很以为奇，摔了破的，又拿起一个对着区丙叽咕。区丙此时福至心灵，知道是问他的吹法，他便接在手里，呼吸了一会，又鼓动两腮，以示呼吸之意。外国人又拿出一元洋银，买了一个，衔着小管用力一吸，嘭的一声又破了。外国人不由分说，拉了区丙就走。区丙吓得魂不附体，死命挣住不肯行。那外国人见他害怕，便用手向前一指，脸上带着笑容，又叽咕了几句。区丙见他并无恶意，方敢掮起竹筐跟着他走。

走到一条路上，见一座洋房，层楼高耸，四面都是门户。外国人站住了，对着区丙做手势，叽叽咕咕又说了几句话。区丙看他的手势，猜度他的意思，料着是叫他在此等候，便放下竹筐，站住了脚。那外国人便走到洋房里去。区丙在外，抬头从门口望进去，只见里面立的、坐的、行动的、对谈的，有好几十个外国人，原来是一所外国人的总会。区丙初到香港的人，那里得知？等了半晌，只见起先那外国人，带着两个外国人笑语而出，指着那料泡说了好些话，又拿起一个递给区丙，做一做手势。区丙会意，便呼吸起来。那两个外国人见了，各以为奇。于时每人出了一元洋银，各买了一个，放到嘴边，哄嘣一声，两个都碎了。三个外国人一齐呵呵大笑。那两个又各出一元洋银，买了两个，仍只吹得一下都破了。一个便翻身入内……不多一会便一哄的跑了二三十个外国人出来。区丙拿了一个料泡，不住的呼吸，那些外国人都站着观看。内中有一个走过来，拿起一个顶大的，对着他叽咕。区丙虽不懂说话，情知他是问价，心中也没有主意。随手伸出一掌，却是五个指头都竖了起来。那外国人便给他五元洋银，拿了一个，放在唇边，轻轻的学着呼吸，却哄嘣哄嘣响了好几声，随即嘣的一声破了。于是二三十个外国人争着来买，随买，随吹；随吹，随破。不多一会，把一筐料泡卖个罄尽。提了竹筐要走，一个外国人却又对他叽咕着，做手势，用手向前一指，却又回手向所站的地下一指。区丙知道是叫他再来的意思，点头会意。

别了外国人一径走到码头上，恰好走省城的船将近起碇，遂附了船径至省城，奔回张槎乡家中，背着妻子悄悄地把洋银一数，有五百数十元，心中十分欢喜。等到夜静时悄悄的走到后院，寻着一个盛水瓦罐，提到房里。把五百余元都轻轻藏入罐内，又把那瓦罐放在一铺空床底下，壁角旁边，用点炭篓、柴把等遮护住。身边还带着十余元，挨到破天亮时，便起身赶到省城去，在旧木器店里，买了两口轻巧杉木玻璃柜，用水洗刷干净，买两张红绿纸，把里面糊裱起来。又买了两根绳子、一根扁担，把柜挑起，到料器店里，买了不少的料泡，附了船，仍到香港去。

走到那总会门口，却是静悄悄的，不见一人。等了半晌，仍无动静，不觉心中疑讶。原来他前一回到此，恰值十二点钟之后，两点钟之前，是外国人午间吃饭休息的时候，所以各外国人都麇集在总会里。他这一回到此，却已过了两点钟。直等到五点钟之后，方才陆续有人来。那些外国人看见他挑着玻璃柜，那些料泡都安放在柜内，便都指点说笑，意思是说他这个担子比竹筐讲究了。这一回也被他卖去不少，也有两个外国人学会呼吸之法了，于是一个教一个，差不多都教会了。这料泡便不大肯破。有一个外国人把他带到住宅里去，叫那外国女人出来看，花钱买了来，都是一吹即破。惊动了隔壁邻居的外国家眷，都来看，看见了都要买。女人、小孩子，嘻嘻哈哈的一阵，早又卖完了。

区丙连夜又趁了夜船，赶回省城，天亮时，早到了。找一个相识人家，寄下玻璃柜。连忙赶回家，依然背着妻子，点了一点洋银数，却有七百多元，照旧收藏起来。又赶到省城去，依然贩了料泡到香港。

话休烦絮，如此贩了三四遍，他的洋钱已经积了三千多了。那些外国人都学会了那呼吸之法，便不以为奇，不大买了。看官！这旧社会中“福至心灵”的一句话，虽是极腐败不足信的，然而实有其理。那区丙看见外国人买的少了，他却弄一个玄虚，把那料泡儿吹作一片筚箫之声，外国人见了又以为奇怪。原来那种料泡另有一个吹法，是用嘴唇衔着那管子，轻轻用气吹进去，可以鼓荡得成一片筚箫之声。当时外国人听得，以为另是一种东西，问他讨过去翻来覆去的细看，却只看不出个道理来，又递过去，叫他吹，他又吹了一阵。一时间总会里的外国人都出来看，又纷纷的买，谁知这种吹法破的更容易，破的容易，他的生意却又好起来了。如此又贩了两三遍，洋银积了有六七千。

他看着这料泡生意将成强弩之末了，便回到省城，在市上闲行，要寻些奇巧东西去贩卖。忽然看见路旁地摊上摆着些窑货小人儿，此种窑货出在石湾地方，那小人做得才和枣核般大，头便像一颗绿豆，手便像两粒芝麻，却做得须眉欲活，栩栩如生。也有着棋的，也有撑船的，渔樵、耕读无所不有，是人家盆景上假山用作点缀的，还有些房屋、桥梁、木栅、更楼、宝塔之类，花样甚多。若到石湾去贩，不过四五文一个；在省城买起来，都要七八文。区丙看了，便触动了机关，即刻赶到石湾去。好在只有六七十里路，乡下人跑惯的，不消两三个时辰，早走到了。便到窑户里去，拣了一千多个，付了价，仍赶回省城。过了一夜，便赶到香港。外国人见了，果然啧啧称羡，及至问他价时，他却伸出了两个指头，那外国人便拣了十个，给了他二十元洋银。不一会，惊动了总会里的外国人，呼朋引类争先购买。那消一日工夫，这一千多个小人儿早变了上三千的洋银了。

区丙一想，这个又是好买卖。连忙运了洋银回家，悄悄的安放停当，又赶到石湾，一贩便是五千个。好在这东西又轻又小，既不重累，又不占地方，比着料泡儿，更容易带。这回那些外国人竟有一买二三百、三四百，要寄回外国作货物贩卖的，也有寄去送人的，所以买的更多，被他五六次一贩，闹得赚下的钱也忘了数目了。屈指一计，做这个买卖不觉三个多月了。我也该歇息歇息了。便从此不做生意，也不愁不是一个富翁了。

品读

本文节选自《发财秘诀》第一回《辟香港通商初发达　卖料泡穷汉得奇逢》、第二回《察嗜好货郎逐利　发储藏夫妇秤金》。

《发财秘诀》起初连载于吴趼人主编的《月月小说》第11—14号［光

绪三十三年（1907）十一月至次年二月］，标“社会小说”，文中有眉批，回末有总评，均出自作者之手。光绪三十四年（1908），上海群学社出版单行本。该小说主要叙述了在晚清社会日益殖民地化的过程中广东一批洋奴买办的发家史。

小说一开头就指出广东与外国通商最早，因而有惟利是逐的风气，特别是在香港沦为英国的殖民地后，想发洋财的人，“都如水赴壑的往香港去了”。其中有一个小贩，名叫区丙，是南海县张槎乡人，也想到香港走一遭，碰碰运气。于是，他便买了二三百个“料泡”（小孩子玩具），挑到香港洋人居住区贩卖，没想到引起了洋人的好奇心，一转眼将“料泡”卖个罄尽，净赚了五百多银元。接着，他又如法炮制，来回贩卖了好几遍，洋银积了六七千。等“料泡生意将成强弩之末”时，他又改卖小巧玲珑的石湾公仔（一种传统陶瓷工艺品），没多久竟然赚到了五万多银子，变成了大富翁、暴发户。

为什么区丙会从一个穷汉转眼间发财致富呢？推究起来，这首先是借了地利的光，广州、佛山毗邻香港，广佛人到香港去做洋人生意，可谓近水楼台；其次，区丙精明、务实，敢想敢试，不像有的人不仅瞧不上“料泡”，还嘲笑他说：“这个人该死！香港地方能有几个小孩子，却带了这个东西来卖，怕不蚀了盘缠也？”可是他们没有料到洋人对“料泡”这种小玩意儿很好奇，因此区丙的买卖也就顺风顺水。吴趼人写到这里，忍不住加眉批道：“明明发财事业，而目光如豆之守财奴，偏鄙薄不为，且从旁非笑之。奚独笑区丙哉？”再次，区丙做生意灵活机变，能够因时因地制宜，投洋人之所好，“料泡”卖不动了，马上就改卖“石湾公仔”，所以能发洋财。吴趼人在回末总评中特意指出：“凡实业家，无论为操艺术者，操转运者，皆当默察社会风气，随之转移，然后其业可久可大。每怪吾国人，无论所操何业，皆一成不变，甘心坐致败坏，是则大可哀者也。区丙一小负贩，乃能潜窥默察，投其所嗜好者。呜呼！毋谓其富为侥致也。”

小说第三回还写区丙发迹之后，与有钱人交往，得了门路，把二三万现银存放在十三行第一家字号“伍怡和”里生息；并在藩台衙门前开了一家“丙记”洋货字号，又到香港中环地方开了一家“丙记”杂货店。自己往来于两地间，喜得年年赚钱，结果一年比一年富起来了。可见，他的确很有做生意的头脑，善于开拓进取，决不故步自封，能够发财致富，实非出于侥幸。

另外，区丙腰缠万贯、富甲一方之后，依然保持乡人本色，平日只穿蓝布短打、黑布裤，脚上穿一双细蓝布袜，除了拜年、贺节、赴席之外，不轻易穿长衣白袜，所以上中下三等人他都交处得来。现如今广州、佛山等地的富商大贾，也多半像区丙这样，衣着简朴随意，一副普通人的打扮。

总的看来，《发财秘诀》所写的区丙发迹史，颇为生动形象地展现了广东人善于把握商机，经商不拘一格、敢想敢试、潜窥默察、灵活变通、开拓进取，而又低调随和等精神本色。虽然区丙后来蜕变为买办洋奴，吴趼人对之深恶痛疾，但是他所塑造的区丙形象仍然有一定的审美认识价值。

十五、智脱烟花巷

——《劫余灰》选段

且说婉贞自此日之后，天天教阿凤写字。阿凤仍是天天晚上伴着同睡，婉贞明知他是防范自己，也故作不知。阿三姐每日回来，婉贞总是笑语承迎，故意自家怨恨伤痕不愈，不能早到船上应客，骗得阿三姐信以为真，十分欢喜，交代阿凤，小心调护，他要吃甚么，家里没有的，你便告诉我。婉贞听说，便殷勤致谢道："妈妈这等疼我，我过几天伤痕好了，应起客来，每天至少要弄他十个大元宝，孝敬妈妈呢！"说得阿三姐眉开眼笑，说道："看不出这个小丫头，倔强起来天也不怕，地也不怕；讨好起来，却比那些贱人高出千倍万倍。等你做过三五年生意，我亲自替你拣一个好老公嫁你。"好婉贞，居然能敛住羞惭，笑语拜谢。这些鸨妇，本来喜怒无常。有时婉贞误触其怒，一般的贱人长、贱人短的乱骂，婉贞也只默默低头承受，有时还赔笑认罪。所以阿三姐越是放心他，只当他是多年的买女，并不当他是个新来的了。

一日复一日，光阴易过。婉贞看看身上伤痕，将近痊愈，有几处已经结了厚疤，只等疤盖脱了，便好了。心中暗暗着急，想道："不趁这几天行事，等果然伤痕痊愈了，他要我到船上去，却拿甚么推托？"正在想着，恰好阿三姐回来，面带喜色，问婉贞道："姑娘，你的伤都好了没有？"婉贞道："差不多了。"阿三姐道："阿弥陀佛！好了也罢了。我告诉你，昨天晚上府里的文案王老爷，到我们船上来说，广东的甚么台，升到此地桂林做抚台；这里桂林的抚台，又升到福建去做制台。大约下月十五左右，新抚台要到桂林去，经过这里，总有几天耽搁；下个月底，旧抚台要到福建，也走这里过。这两帮大过客，都是些大人、大老爷。阿弥陀佛！你快点好了，到船上去，好歹趁这个锋头，发一个大利市。或者那一位抚台大人，看中了你，阿弥陀佛，那赏钱下来，不定一千两、八百两呢！”婉贞笑道：“只怕我没有这种福气。正是，我有一句要紧话，要告诉妈妈，一向放在心上，不曾说得。此刻我的伤也要快好了，将近要做生意了，所以也不能不说了。”阿三姐笑道：“你了、了、了，说了许多，到底要说甚么？”婉贞道：“我今年正月在家的时候，曾经叫一个算命的，算算今年的流年。他算我今年五月里一定要死的。那时我吓怕了，问他可有甚么解救？他说，若要有救，除非到城隍庙里许下个愿，便可以逢灾变福，遇难成祥。我便依他去许了愿。如果遇死不死，便香花、灯烛酬神。妈妈，这个是几月了？今日是几时了？”阿三姐道：“今日五月二十六了。”婉贞拍手道：“妈妈，我前回不合自寻短见。自那时数到今天，还不满二十天呢。遇了哥哥、嫂嫂，救活了我，你说这算命的灵不灵？”阿三姐道：“阿弥陀佛！不但算命的灵，菩萨也真灵！”阿凤在旁插嘴道：“可惜那算命的不到这里，若是到了这里，我也要算一算。”婉贞道：“我就为了这事，要告诉妈妈一声。此刻事情都灵了，我打算要到城隍庙里去酬神。”阿三姐道：“这个容易，我明天代你去烧一炉好香。”婉贞道：“妈妈，这个不行。这也是那算命先生说的，许愿要亲自去许，酬神也要亲自去酬；不然菩萨恼了，要加倍罚呢！况且我做了妈妈的女儿，也应该代妈妈烧一炉香，保佑你长生不老，怎好要你去呢。”阿三姐道：“你自己去也使得，只是要拣个日子。”婉贞道：“不必拣甚么日子，初一、十五，菩萨总来鉴香火的。我禀告过妈妈，不是初一去，便是十五去便了。”阿三姐道：“既然如此，你就等六月初一去罢，十五怕你全好了，要去做生意了。”婉贞道：“那么就是初一去。”阿三姐道：“到了那天，叫两顶轿子，叫阿凤也陪你去。”婉贞道：“我们都是一双大脚，怕走不动么？我身边又没有钱，就是香烛钱，也要和妈妈借，不知几时才有得还，还坐轿子呢！”阿三姐道：“你要走路去，也使得，好在这里到城隍庙也不甚远。”说罢又说了些家常及那不三不四的话，便自去了。

从此日之后，婉贞便不吃荤菜，说是斋戒烧香。阿凤见他如此，也跟着要斋戒起来。婉贞笑道：“我为的是还愿，才斋戒，你好端端的斋戒甚么？”阿凤道：“你还愿，我要许愿呢。”婉贞道：“你又许甚么愿？”阿凤道：“我既然陪你去烧香，总没有空到庙里走一次的道理，自然也要烧香拜神，乐得顺便许一个愿。至于要许甚么愿，我此刻还打不定主意呢。”婉贞听说，不觉暗暗好笑。阿凤又道：“姑娘，我们明天再吃斋也罢。”婉贞道：“这又为甚么？”阿凤道：“今天才二十六，明日吃斋起，一直到初一，有五天不得荤腥到口呢。我们今天晚上杀一个鸡，买些鱼肉来吃了封斋，到初二那天，做祃开斋，岂不好么？”婉贞吃素一层，不过是坚阿三姐等之信，何尝是要斋戒。听得阿凤说，便顺口答应了。阿凤便去叫所用的老妈子，去买起鱼肉来。自己家里有现成养着的鸡，便亲自动手杀起来。到了晚饭时，又炖了一壶酒来让婉贞，婉贞生性不饮酒的，他没法相强，便自独酌，不觉醉了。一个人大笑大说的，乱到二更天，方才睡下。等得靠着了枕头，却就鼾声大作。

睡了一个更次。酒醒过了，翻了个身，不见婉贞在床，吃了一惊。翻身坐起，却见婉贞伏在桌上写字，因说道：“姑娘，甚时候了，你还写字呢。”婉贞道：“早呢，不过二更罢了。”正说话时，听见更楼上冬、冬、冬、当、当、当，报了三更三点。阿凤道：“姑娘当面撒谎呢。”婉贞笑道：“是我写字写昏了，你睡罢；我也不写了，也要睡了。”阿凤果然觉得酒醉困倦，便又睡下。

直至天明起来，见婉贞正在睡得酣浓，便不去惊动。直到辰牌时分，婉贞方才起来梳洗。对镜理鬓时，阿凤在旁边失惊道：“嗳呀！姑娘，你的手上为甚伤了一块？”婉贞自己看时，左手膀上绽了一条缝，有一寸多长，还有些血水淌出来，因说道："你还问呢，昨天晚上，你吃醉了酒，拿了一把果刀，乱跳乱舞，我怕你伤了自己，忙过去抢，却被你割了一刀。"阿凤吃了一惊，顿然呆了半晌，道："我记得没有动手，不过多说点话罢了。"婉贞道："你自己吃了酒，乱了性子，伤了人还抵赖呢！难道我自己割了一刀，赖你不成？我回来告诉妈妈，说你吃醉酒要杀我。"阿凤慌忙道："好姑娘，你饶了我罢，告诉不得的。"婉贞道："这为甚么？"阿凤道："你自己不知道，你此刻是他心上的肉了。经我眼看着买来的人，有七八个了，他待得总没有你好，背后头总说你是梧州阖埠的第一个人材，他将来发财养老，却靠在你身上的了。你若告诉了，说我杀你，他怕不先杀了我呢！"婉贞扑嗤的笑了道："那么你还赖不？你再赖了，我一定告诉。"阿凤道："阿弥陀佛！好姑娘，我不敢赖了，是我醉后失手，得罪了你。你饶了我罢。"

正说话时，阿三姐走了回来，一面进门，一面问道："姑娘，今天好点么？"婉贞忙垂手掩过伤痕，道："多谢妈妈，好点了。再过六七天，包管可以跟你到船上去了。"阿凤看见如此，方才放心。阿三姐又说了些闲话，指点了些家事。正欲出门，忽然又止住，对婉贞道："六七天之后，你便可以出去了。我想叫个先生到家里来，先教会你一两支曲子，可以暂时应酬。"婉贞听了，顿然一呆。连忙正色道："唱曲么？我不干那个。"阿凤道："这是做姑娘一定要的。"婉贞道："你懂甚么！不信，你问妈妈，古时候的出色姑娘，那个是靠着唱曲子的？那一个不是琴棋书画、诗词歌赋样样都来的？你看我出场给你看，若是不懂琴棋书画的村老客人，我还不理他呢！越是上等客人，越是欢喜这些琴棋书画。包你来的都是好客，我学曲子做甚么！"阿三姐道："你真是都懂的么？"婉贞道："我长了十六岁，读了十七年书，怎的不懂？"阿凤大笑道："你撒谎也不会。十六岁的人，怎么会读了十七年书呢？"婉贞道："我在娘胎里，先读了一年，才出世的，怎么不是十七年？"说的阿三姐、阿凤，一齐笑了。阿凤道："莫说琴棋书画了，姑娘就是这一张嘴，也就够应酬了。叫我们学一辈子，也学不会这种说话。"当下说笑一阵，阿三姐去了。闲话少提。

光阴易过，转瞬到了初一这天。天未明，婉贞便起来梳洗。阿凤惊醒了道："早啊！起这么早做甚么？"婉贞道："烧香要烧头炉香，怎么不要早点？"阿凤听说，一骨碌爬了起来，忙去梳洗。一面到对房连拖带拽的，大声叫起阿聋。婉贞道："叫他做甚么？"阿凤道："婆婆交代过，叫他陪我们去呢。"婉贞暗想："这是防到我逃走呢。你看得我同三岁小孩子一般，这里人生路不熟，叫我逃到那里去？"一面梳洗完了，天色方才平明。阿凤叫起老妈子关门，三个人一行向城隍庙去。

到了庙内，婉贞先烧了香，随后阿凤也烧香磕头。拜过了正殿，婉贞又要拜后殿；拜了后殿，又要拜这样，拜那样；末后，连两廊下画的十王殿，也要一一拜过。俄延了两个多时辰。婉贞正在心焦，忽听得庙外一声吆喝，镗、镗、镗几声锣响，外面抬进一位官来。婉贞抬头看时，那衔牌是"特授苍梧县正堂"，因拉阿凤道："我们走近点看看，我向来还没有看过官是怎样的呢。"阿凤道："我害怕，不去。"婉贞道："你害怕，我自己去看。"说罢便走，阿凤也趔趄着跟在后面。

此时那县官已经在神前行礼，婉贞闪闪缩缩，愈走愈近。看着那官行完了礼出来，在丹墀上轿，轿夫正要抬起，婉贞忽然大喊一声："冤枉啊！"声才出口，便用力摆脱了阿凤，飞奔到轿前，攀住轿杠跪下，怀中取出一纸呈词呈上。旁边伺候的人连声吆喝，有个便要举马鞭来打。那县官在轿里，看见那呈词只是一张白纸，却写的是红字，留心一看，却又不类银朱，心知有异。接过手来，原来是血淋淋的血书。便喝住差役，把呈词先看个大略。只见写的是：

具呈词难女朱婉贞，年十六岁，广东南海籍。禀为途遇拐匪，

> 陷身火坑，不甘自污，乞恩超豁事。窃难女于某月日，由南海岗边乡原籍，随同生父朱小翁，雇舟至广州省城探亲。半途被舟子将生父骗至岸上，遽尔解维，直驶至治下。将难女价卖与鸨妇阿三姐，逼令为娼。……

那知县官只看了这几句，便叫婉贞道："你退下去，再补一个合式的呈子来罢。"轿夫听见说完，婉贞尚未回答，便要抬起来。那喝道的早"哦呵"的一叫。婉贞连忙拉住轿杠道："禀大老爷！难女被难在此，退下去无家可归。一经离了官府，又被恶鸨等掳去了！"那知县官沉吟了一会，叫过一名差役道："你好好带这女子，到官媒那里去。"说罢起轿去了。……

且说李知县回到衙门，先不入内署，就在二堂升座，叫传朱婉贞上来。婉贞跟着差役，到得官媒处，尚未坐下，即听说来传问话。官媒便和差役带了上堂，婉贞跪下。李知县道："朱婉贞，你且把如何随你父亲出门探亲，如何被拐，再面说一遍。"婉贞就不慌不忙，把自己经历过的情形，说了一遍。中间只瞒起叔父朱仲晦一层，都推在船家身上。婉贞说完，李知县又把呈词看了一遍，看了朱小翁的名字，十分相熟，却又一时想不起来。因问道："这呈上朱小翁是你父亲的名字、是号？"婉贞道："是号。"李知县道："名字是甚么？"婉贞道："单名一个学字。"李知县恍然大悟，道："是他。"一面出签，叫值日差去提鸨妇阿三姐，立等问话；一面叫官媒仍带婉贞下去，不必走开，即刻还要传问。自己便退堂入内，换了便衣，出到花厅，便叫再带朱婉贞问话。

婉贞一时之间，被他叫来叫去，心中好不自在。不过在他这里告状，不得不依着他。走到花厅时，待要跪下，李知县忙道："不必跪，我还有话和你说。你父亲这几年进了学不曾？"婉贞想道："我好好来告状，他放着我的事不问，却问起这个做甚么？"又见他吩咐不必跪，"莫非我父亲和他相好？然而我父亲向来不结交官府的，正不知是甚么意思。”只得答道：“一向不曾进学。”李知县道：“为人过于古板，自然就不合时宜。你尊翁和我并无半面交情，十多年前，我在南海县里帮着南海县徐大老爷看县考文章，见了你尊翁的卷子。徐大老爷很赏识他，因想先收了他做个门生，所以托人致意他，叫他先拜了门生，包他一名秀才。谁知你尊翁非但不来，并且不知怎样对来人挺撞了几句。徐大老爷一时性起，便把他的卷子捺下了。后来徐大老爷也很后悔，说一个不肯交结官场的人，一定是个方正的。从此逢人便揄扬。所以当日尊翁虽未进得学，那有才有品，是官场都知道的。你这番遇了歹人，我自然当得设法送你回去。至于惩办恶鸨，那更是我分内事。只为你此时无家可归，把你放在官媒那边，我甚不放心。你又是我案下原告，不便住在我衙门里，所以我首先要商量一个安置你的地方。以后我单问那恶鸨，尽法惩办，也不必你出来对审了。”婉贞闻言，连忙拜谢。李知县便叫家人去请典史管太爷来，家人去了。

那李知县一面只管对婉贞问他被拐来的时候，沿路是甚么情形；到了鸨妇家，怎样受磨折。婉贞一一对答，只有被拐在路上的情形，用权词混了过去。不多时，典史管仲裘到了。李知县便指着婉贞道：“这是广东一个士族之女，被人拐到此地，此刻来兄弟案下告发。但是他孤身弱女，苦于无家可归，若交与官媒，未免有辱斯文。所以请老兄来商量。”管典史连忙答应道：“不必堂翁费心，卑职那边，尽可以往得。”李知县道：“兄弟正是这个主意。老兄可先叫人来接了去，我们还可以谈谈。”管典史忙叫自己家人去叫一个仆妇来，备了一乘小轿，把婉贞接到典史衙门里去。这边李知县和管典史寻些闲话谈天。谈了一会，管典史方才起身辞去。李知县送到花厅门口，执着管典史的手道：“我们男人，和那女子说话不便，老兄可转托老嫂，试探他的口气，看他可曾定亲？这个人贞烈可嘉，才智皆备，若是未有人家，兄弟要给他做个媒呢。”管典史唯唯应命而去。李知县退入内衙。

到得下午晚堂问案，先问："原差提到了鸨妇阿三姐不曾？"原差回说尚未。李知县大怒，立刻撤了一批签，打了五百板，另换一个差人去提，立等着要问话。差人去后，这李知县又问了几件案，那差人早来回禀："鸨妇阿三姐提到。"李知县叫提上来。李知县先问："你是鸨妇阿三么？"阿三姐答应："是。"李知县道："你买良家子女为娼，你知罪么？"阿三姐道："小妇人凭中向他父亲买来，是他父亲情愿，立有笔据，小妇人那管他凉家热家。"李知县把惊堂一拍道："好利嘴！我且问你，他父亲立的笔据在那里？"阿三姐在怀中取出，差人接过，送至案上。李知县一看，却是明明写着将亲生女儿一口，名唤婉贞，并使女一口，名唤杏儿，一并卖与阿三姐，任从改名使唤云云。具名却是张阿五。李知县看罢，暗想道："原来还有一名使女，何以朱婉贞的呈词，却未叙上？大约这张阿五从他处拐来，并在一起贩卖的，也未可知。"因问道："张阿五是甚么人？你向来可认得？"阿三姐道："小妇人向来不认得，他自己说是婉贞的父亲。"李知县又把惊堂一拍道："胡说！此刻那女子来我案下告发，他叫朱婉贞，怎么他父亲姓张？这明明是你这恶鸨串拐串卖。我问你，那一个使女杏儿，现在那里？"阿三姐道："现在船上。"李知县叫先带下去，又叫差人速去把杏儿提来。分付已毕，又问过两件案，方才退堂。

到了晚上，管典史走来，说是已经卑职内人向朱婉贞问过，据说已经许了人家，所以这回是为父母保声名，为丈夫保贞节，格外情急。李知县道："哦！怪不得我说他是个处女，那呈词上为甚引了断臂投梭的典故，以节妇自喻呢！"管典史道："呈词上还引用典故么？"李知县道："还是刺血写的呢。"管典史道："这点小事，何用血书？未免过于张皇了。"李知县正色道："这是那里的话？在我们看见，自然不过一个寻常拐买案件。在他是一个处女，遭了人家禁闭着，勒逼污辱；就是他自己的话，为父母保声名，为丈夫保贞节，是何等情急的事呢！”管典史唯唯称是。李知县是性急之人，凡遇了案件，都是随到随审，随审随结的。此刻提到了这件事，他又想起来了，便叫家人去问原差：“杏儿提到了没有？提到了就带到这里来先问话。”管典史看见他又要审事，便辞去了。

一会儿，原差把杏儿交与家人，带到签押房来。李知县一看，只有七八岁大的孩子，便堆着笑脸问道：“你是叫杏儿么？”杏儿道：“是。”又问道：“你为甚么事，到这里来的？”杏儿道：“今天一个人，到船上去叫我来的。”李知县笑道：“我不是问这个，我问你一向在那里？为甚么到了那个船上？”杏儿道：“我向来在乡下，跟着小姐。那天老爷带了小姐和我到船上去，说是到外老太太家去做生日。”说到这里，便不说了。李知县再问时，他只管拿眼睛看着，更不回话，看那光景，是要哭了。李知县又叫家人去拿些点心来给他吃，又再问他道：“到了船上便怎样？”杏儿道：“到了船上，还有二老爷、二太太在那里。”李知县纳闷了一会，又问道：“二老爷、二太太，是你老爷甚么人？”杏儿道：“我不知道。”李知县没法，逗着他顽笑了一会。又问道：“此刻你老爷那里去了？”杏儿道：“不见了。”李知县笑道：“怎的不见了？”杏儿道：“那天二老爷和老爷上岸看打架，后来只有二老爷回船，老爷便不见了。”李知县道：“后来便怎样？”杏儿道：“后来二老爷睡了。”李知县道：“我不问你这个，后来二老爷带你到那里去？”杏儿道：“带我到妈妈那里去。”李知县道：“那妈妈在那里？”杏儿道：“在船上。”李知县道：“你小姐呢？”杏儿道：“不见了。”问道：“怎的不见了？”答道：“那天妈妈打他，打过就不见了。”李知县沉吟了半晌，又问道：“你小姐叫二老爷做甚么？”杏儿道：“叫叔叔。”问道：“此刻你二老爷呢？”答道：“不知道。也不见了。”李知县问得半明半昧，只得叫先把杏儿带出去。……

次日起来，李知县叫一个仆妇，到管典史内衙里去要人。管典史见堂翁如此器重朱婉贞，不敢怠慢，备了一顶小轿，一直抬到县署宅门前，方才放下。朱婉贞进去，见李知县便衣和夫人、姨太太等坐在一处，莫名其妙，只得上前拜见。李知县道："这是宅内，不是公堂，你不必拘定官礼，且坐下，我再问你底细。"婉贞也不客气，就告了坐。李知县先问道："据你说是船户拐你来的，他可是单拐你一人还是另有别人？"婉贞见问得蹊跷，遂含糊答应道："难女就是一人，至于他前舱后舱，再有人没有，难女不得而知。"李知县道："你不是还有一个小丫头么？"婉贞大吃一惊，只得应道："是。"李知县道："怎么你呈词里没有叙及，问话时又不说起呢？"婉贞强辩道："因为心绪不宁，急于自己脱身，是以忘记了。"说话时，一个家人早把杏儿带了进来。婉贞见了，又吃一惊。杏儿见了婉贞，"哇"的一声大哭起来，飞奔扑到怀里，哭个不住。婉贞见如此光景，也不免流下泪来。

李知县道："昨天晚上，我细细问了这丫头一遍。他说拐你们的，是一个甚么二老爷，你是叫那二老爷做叔叔的，到底是你甚么人？"婉贞听说，吓得面如土色，站起来撇开杏儿，走到李知县面前，双膝跪下，叩头有声，哭道："这是难女该死！"李知县出其不意，倒觉得愕然。问道："这又为甚么？你有甚么话，快起来说。"那边尹氏便叫仆妇过去，把婉贞扶起。婉贞讫自哭个不止。李知县道："你有甚么隐情，快说了，再哭不迟。"婉贞拭泪道："此刻不敢瞒大老爷说，难女实是被叔父拐来的。因为这拐卖人口不是个好事，想到家丑不可外传，所以瞒过了不提，只推在船户身上。叔父虽然如此，究竟是祖父一脉，倘使在大老爷案下供出，大老爷要追究起拐匪来，一来失了祖父体面；二来伤了父亲手足之心；三来叔父从此也难见人；四来难女以自己一身之故，陷叔父于罪，非但不忍，亦且不敢：所以把这句话瞒过了。呈词里面不敢提及这丫头，也是怕他无知直供出来。不料难逃大老爷明鉴。只得求大老爷成全，难女情愿连那恶鸨都不办，只求得一身出了火坑。以前的事，求大老爷一概抹过。"说罢又跪下来，叩了三个响头，道："难女在这里代叔父求恩。"李知县听婉贞说一句，便点一点头，心中暗暗叹服："那一副天性已经难及，再是自己落在患难之中，还想得如此周全。"正在想着，见婉贞又叩下头去，便忙叫仆妇快扶起来。彼此歇了半晌，没有话说。尹氏不住的赞婉贞聪明孝顺。

李知县又问道："你为了自己叔父，便忍心由得这小丫头流落在这里么？"婉贞道："这个难女断乎不忍。原打算自己脱身之后，回到广东，由父亲出面，在本籍地方官处，递个呈子，只说他被人拐去，已探得卖在某处求追。那时由本籍出一角文书，关提回去，再为具领。"李知县笑道："你的好主意！此刻也不必这样周折了。你就过去，补一张供状来，等我好惩办那鸨妇；再补一张领状来，把杏儿领了去罢。"婉贞连忙拜谢。杏儿哭着，仍要跟了小姐去。尹氏便道："由他们就在这边，不是一样的么？"李知县道："叫他过去的好。等我结了案，夫人欢喜，再叫他到这里住两天，我也要设法送他回籍。这丫头倒可以先带了去。"婉贞便带着杏儿，辞了出来。

品读

本文节选自《劫余灰》第七回《机警芳心百般运计　淋漓箴血一纸呈词》、第八回《李明府推敲知底蕴　朱婉贞仓猝又沉沦》。《劫余灰》主要叙述了广东南海县某村镇一对未婚夫妻悲欢离合的故事。

节选文写女主人公朱婉贞，被叔父朱仲晦拐骗，卖到了广西梧州娼寮。鸨母软硬兼施，逼其就范，婉贞抵死不从，趁夜自缢未遂，又遭毒打，于是改变策略，对鸨母虚与委蛇，假意顺从，哄得鸨母信以为真，十分欢喜，允许她伤愈后接客，并同意让她赴庙烧香还愿。婉贞在庙里巧遇县官，拦轿喊冤，并呈上血写控词。县官审详得实，痛治鸨母，才使婉贞脱难归乡。

小说着力描述了朱婉贞历经磨难的悲苦命运，以此突显她的聪慧机智，表彰她的贞节孝义。诚所谓“金不炼，不知其坚；檀不焚，不知其香”，如果不经过一番磨难，又如何能看得出朱婉贞是一个聪慧机智的才女、三贞九烈的节妇呢？可以说，作者着力塑造这个人物，主要就是想树立一个妇德楷模，弘扬以“贞孝节义”为核心内容的传统妇德，体现他“恢复旧道德”的主张。

不过，作者为了彰显婉贞的孝义、宽厚，让她处处为邪恶狠毒的叔父隐讳、开脱，未免太不可思议了，这分明是不讲是非、不分善恶、姑息养奸啊！作者思想之守旧、迂腐，于此可见一斑。

当然，作者描写婉贞为了守贞持节，灵活机变，对鸨母笑语承迎，善献殷勤，将鸨母哄得心花怒放，然后巧设良谋，稳住防范她的阿凤，趁机摆脱老鸨的毒手，这一点还是可圈可点的。在写法上，作者有意另辟蹊径，如他在眉批中即说：“凡小说家之写女子于患难时全贞操、矢志节烈者，莫不出以愁惨凄凉之笔，或激昂慷慨之文。此乃独以诙谐谈笑出之，真是别有蹊径。”

小说故事情节跌宕起伏，颇有戏剧性和传奇性。如婉贞摆脱老鸨魔爪后，乘船回乡，不料又遇翻船落水，自念必死无疑，又被一官船救起，正感到庆幸时，谁想救她的官僚又垂涎其美色，要硬纳她为妾，她矢志不从，结果又遭毒打，被扔到荒郊野外，幸好得到“贞德庵”尼姑救护，终于回到家中。故事情节如此惊险曲折，固然有助于表现婉贞矢志守节的刚烈性格，增强小说的可读性，但小说情节过于曲折、离奇，巧合不断，就未免有附会、失真之嫌了。

另外，该小说对风俗民情的描绘，也给人留下了新奇、有趣的印象。如小说写陈耕伯考中秀才后，父母欢天喜地，安排一口新缸，准备“舀酒”庆贺。这种“舀酒”风俗，就令人耳目一新，增强了小说叙事的趣味性。

十六、开矿骗局

——《最近社会龌龊史》选段

却说紫旒拿了月梅的二百元钞票，出了梅春里，恰好巷口有一辆东洋车停在那里，紫旒跨上去坐了，用手一指，那车夫便顺着所指之处，发脚飞跑，转了两个弯，到了大马路凤祥银楼。紫旒喝叫停住，跳下车子，给过车钱，走到凤祥里面，在身边掏出一张票子，交给柜上说道："这两样东西做好了么？"柜上人接来一看道："好了。"随即取来一枝银水烟筒，一个金豆蔻盒，先后都上天平秤过，取出算盘算了一阵，说道："烟筒二十八两三钱，盒子四两六钱一分七厘。除收过，欠找一百三十五元六角。"紫旒取出钞票，点了一百三十六元，柜上收了，开过发票，找出四角洋钱。此时已是入黑时候，紫旒拿了东西，仍旧坐了车子，走到三马路同安里落车。正要进去，不想迎面遇了有声。

《最近社会龌龊史》封面

有声道："方才到公馆里奉候，不想阁下仍未回去。遇见了令亲贾伯翁，说阁下天天在同安里花锦楼家，所以我特来奉访。不料贵相好说，今天阁下不曾到过，并且约了朋友今天叉麻雀，朋友已经到了，还不见阁下到云云。我因为阁下不在，便走了出来，不期恰好相遇。”紫旒道：“如此恰好，就请到里边坐坐。”有声道：“不坐了。我不过受了阁下所托，方才子翁回局，我问过他，他说这两天要解一笔机器款，这几天里头不便挪移，所以我专来回复一声，免误了阁下正事。”紫旒道：“费心得很，迟两天看罢；倘我在别处弄不着，再来求老哥费心。此刻没事，何不请到里面坐坐呢。高兴打牌，我们再邀两个人，多开一局。”有声道：“这个我一向不懂，少陪了。”说罢，拱手别去。

徐步绕行，转到了四马路。心中暗想：“紫旒急到拿官照出来押钱，何以还有心神叉麻雀？这点镇静的工夫，真是令人佩服。”一路上想，一路上东张西望，不提防后面忽然有人高叫一声：“有声。”有声回头看时，却是李仲英。有声立定了。仲英道：“你到那里去了？老总要请客，四面八方的抓人，却只抓不着，连你都不见了。”有声道：“在那里？请谁？”仲英道：“请两个生客，在同安里花小葆家，你快去罢，我还要找紫旒呢。”有声道：“你莫忙，紫旒不消找得，我知道他在那里。先到了小葆那边，我包管你一抓就来。”仲英道：“如此好极了，我们同去罢。”于是二人走西荟芳，穿出了同安里，到了花小葆家。

只见子迁果在那里，还有两个客。有声招呼一遍，方才知道一个安徽人鲁薇园，一个南京人李闲士，都是要入金矿股份的。有声正待细谈，仲英道：“你且说紫旒在那里？先请了他来再说。”有声道：“紫旒今天是主人，在隔壁花锦楼家，请他只怕未必来；除非你亲身去对他说，请他来陪客，或者可以请得动。”子迁道：“奇怪，紫旒和花锦楼前几天闹断了，发过誓，永远不去的了，何以又去起来？”仲英道：“不要管他，且等我亲自去邀了他来，再问他这个。”说罢自去了。

薇园问子迁道：“有翁可是也在山东同来的？”子迁道：“有翁是新近聘请的，一切事情都仰仗得很。”有声道：“岂敢！岂敢！兄弟不懂事，一切都仗子翁指教。”薇园道：“有翁一向恭喜是甚么贵业？”有声道：“向来都在长江一带经商的。”薇园道：“这金矿办起来，倒也是一件大商务。兄弟向在汉口，这回是慕名而来，打算多少做点股份。”子迁接口道：“薇翁今天到局里来，说起打算要做五百股，是一位大股东呢！”

说话时，仲英已偕紫旒走到，彼此相见，通过姓名。仲英道：“紫翁今天十分赏脸，他在花锦楼那边，是碰和的主人，本来走不开，被我说之再三，方才请人代碰。”子迁道：“屈驾得很！但是你前几天就赌神罚咒的说，永不到他家去了，怎么忽然又去碰和？”紫旒道：“这些小孩子们，何必和他认真呢？说说罢了。我听仲英说，鲁、李二公都是罕客，所以特来奉陪。”薇园道：“岂敢！岂敢！久仰得很，今日幸会。”紫旒道：“听仲英说，二位要做金矿股份，这件事很好的。”闲士道：“兄弟无此力量，薇翁是一意要做。因为初到上海，地方不熟，由兄弟引到贵局的罢了。”紫旒道：“兄弟虽不是局中人，然而一向与子翁相好，深知他这个矿办得极得法。前次已经将矿苗寄到日本，请化学师化验过，回信来说成色极高，可以获大利的。子翁已经写信去聘这位化学师，大约下月就可到了。”闲士道：“所以一个人要讲运气。那一座矿山，放在那里，怎么偏偏被子翁找着呢？”紫旒道：“找着了，也要碰巧和这位抚帅有交情，才肯下这个札子。有了大宪提倡，招起股来，才得顺手。”薇园道：“这么大一个局面，子翁、仲翁两个人就撑持起来，足见得才干不小。”子迁道：“这边只办招股，没有甚么事，山东那边人多点。”紫旒道：“这就是子翁实心办事之处。差不多的有了这个局面，那里容不下十来个人？”

说话之间，席面摆好，发出局票，相将入席。花锦楼就在隔壁，首先到了，在紫旒侧首坐下，把一个崭新的金豆蔻盒子放在面前，跟局丫头拿的银水烟筒，也是崭新的，配上一条珠链条。仲英笑道：“这两件行头，一向不曾见过，想是伊老爷新送的？”花锦楼瞅了一眼道：“你管他。”紫旒道：“那个冤大头才化这些冤钱呢！”花锦楼又瞅了紫旒一眼道：“都像你，我们都要喝风了。你伊老爷就是化冤钱，也冤不到我们身上，只梅春里一处，就够你一冤的了。”子迁笑道：“这是一瓶上好的镇江醋，小心不要打翻。”花锦楼道：“你又何苦代你们小葆背履历呢。”

紫旒道：“你们且不要说笑话，我们谈正事罢。薇翁既然答应了大股份，我看子翁的招股章程上也应该列薇翁的大名。薇翁是路过的，不能常驻局内，他应该派一个人到局办事，这是兄弟统筹全局的办法。因为有鉴于近来招股的毛病，你看甚么煤矿局，甚么铁矿局，起初的时候，莫不是堂哉皇哉的设局招股，弄到后来，总是无声无息的就这么完结了。那里头有甚么奥妙，我们局外人自然不得而知。然而总逃不出办理不善四个字之范围以外。若要办理得善，头一着先要诸大股东和衷共济，以外的事自然就都好商量了。方才听见仲英说，薇翁打算认五百股，照兄弟愚见，乔子翁认的是一千股，莫若薇翁也认了一千股。有了这两个大股东，事情就更容易措手了，不知薇翁以为如何？”薇园道：“这倒不忙。等兄弟商量起来看，未尝不可以多认点。”闲士道：“本来招股这件事，大股东越多，零招的散股越容易。但不知山东官场肯认几股？”子迁道：“这个是官督商办的局面，官场股份却并未提及。倘使我们股分招得好，也乐得不要官款，免得事事掣肘。”

说话之间，众局陆续都到了，一时管弦嘈杂，钏动钗飞，纸醉金迷，灯红酒绿。直到九点多钟，方才散席。鲁、李两个先行辞去，子迁、仲英、紫旒三个人，切切私语，有声见此情形，便也先行辞去，子迁也不相留。

紫旒见有声去后，便对子迁道：“这件事倘使徒事游移，是一定弄不好的，我劝你早定主意的好。”子迁道：“这件事都是仲英闹出来的，此刻骑虎难下。到这里开办了三个多月，来的不满一百股，喜得都是零股，没甚要紧。此刻来了这个大主顾，吃他下去，我没有这个胆量，放了他去，实在是舍不得，总要求你代我出个主意。”紫旒道：“依我是有三条计策：山东抚帅的公子，现在上海，我与他相熟，还说得上两句话，你先放胆吃他下来，然后央求抚帅公子，我们打伙儿走山东，设法认真把他这矿务拿了过来我们办，此是上策。放胆吃了他下来，连前头弄来的，一并俵分了，各走各的路，只把有声丢下，此是中策。这两条计策都不肯行，只索推辞了薇园的股份，只吃点小买卖，此是下策。”子迁道：“紫翁的上策太难，中策太毒，下策又太平常来了，我想大家从长计议，总还可以定一个善法。”仲英道：“我倒有一个善法，我们暂时只管依紫翁的上策做去，做得到便好，倘使做不到，我们将计就计，就行那个中策，岂不干净？”紫旒拍手道：“妙！妙！到底仲哥阅历多，见解不同。我们就依仲哥做去。”子迁道：“这件事最好先见了抚帅公子，打听打听那条上策办得到办不到，再作商量。”紫旒道：“这也容易。你要见抚帅公子，他就在隔壁花锦楼处碰和，说不得我到那边再摆一台酒，代你们介绍介绍，可是说话一切都要留神。”子迁道：“凡紧要的去处，我一切都让你说就是了。”

说罢，一同出了花小葆家，走到花锦楼处，登楼入房，只见和局未散。花锦楼亲自代了伊紫旒，还有陈雨堂、萧志何两个打横对坐，花锦楼对面却坐了一个本房间的丫头。紫旒先介绍了子迁、伯英，与陈、萧两个相见，然后问道：“五少大人呢？”花锦楼道：“到群仙戏园去了。说是等看过金月梅的《纺棉花》就来的。”紫旒道：“碰和了几圈了？”花锦楼道：“刚刚满了五圈。”紫旒道：“快碰完了这一圈，我还要请客呢！”花锦楼把牌一推道：“那么就不碰罢，何必一定要几圈呢！”紫旒笑道：“左右五少大人未到，就何妨碰完了呢。”一面说，一面要了纸笔，点了菜，又写一张请客条子，到群仙去请五少大人。

条子发了出去，又和子迁、仲英切切私语了一回。请客的回来说：

“五少大人不在群仙，打听得是到梅春里去了。”紫旒再写了一张条子，又代送到梅春里去，便坐到花锦楼后面看碰和。刚刚六圈碰完，还在那里算帐，未曾散坐，五少大人带着月梅到了。紫旒正在招呼，五少大人还没有开口，月梅先冷笑道：“和还没有碰完，台面还没有摆，便写甚么客齐请带局来？”花锦楼连忙起来，招呼到一旁坐下。紫旒也介绍乔、李过来，相见通名，一面叫摆台面，一面把乔子迁在这里招股办矿一节，略略提起。

霎时间台面摆好，紫旒起身让坐，发出局票。酒过三巡，紫旒便对五少大人道：“这位乔子翁向在山东，与一个广东人合办招远金矿，闹到后来，彼此意见不合。子翁本来答应一千股，五百股的股本早已交了出去，自从去年闹翻了，子翁便独到上海来招股开办。可奈前路那个广东人，此刻还在山东。”五少大人道：“那广东人是谁？”子迁道：“姓李，叫李子选。”五少大人道：“此刻打算怎样呢？”紫旒道：“此刻打算求少大人向老帅处说句好话，或者仍旧合办，最好是独归了这一面。”五少大人笑道：“怕不能这么容易罢？我今夜还有两个局，少陪，要先走一步了。”说罢，带了月梅起身自去。紫旒送到楼梯口而回。几个人草草终席，也自散去。

子迁、仲英回到鸿仁里，只见有声一个人坐在那里出神，还不曾睡。原来有声从花小葆家出来，便一直回到金矿局，茶房进来说道：“今天有个朋友来过，留下一封信在这里呢。”说罢，在砚台底下取出一封信来，却是封了口的。有声一看，认得是文述农笔迹，暗想留个便条，何必封口，述农未免过于仔细了。拆开一看，只见写着道：

刻得一警信，祸机在一发之顷。急趋报，奈觅行踪不得。请于明日一早，到舍面谈，万勿迟误。知名。阅毕付丙。

有声看罢，莫名其妙：甚么“祸机一发之顷”？所以呆呆的出神未睡。要知到底是甚么祸机？且听下回分解。

品读

本文选自《最近社会龌龊史》第三回《移花接木三条计　动魄惊魂一纸书》。该小说又名《近十年之怪现状》，原载清宣统元年（1909）《中外日报》，署“社会小说”，共二十回，没有完篇。宣统二年（1910）时务报馆出版单行本。

吴趼人在该小说的自序中说：“二十年之事迹已终，念后乎此十年之怪状，其甚于前二十年者，何可胜记。既有前作，胡勿赓续；此念才起，即觉魑魅魍魉，满布目前，牛鬼蛇神，纷扰脑际，入诸记载，当成大观。于是略采近十年见闻之怪剧，支配先后，分别弃取，变易笔法，厘定显晦，日课如千字，以与喜读我书者，再结一翰墨因缘。”可见此书是承续《二十年目睹之怪现状》而作，它主要叙述发生在上海、天津和济南的一个个骗局，描绘这些骗局中骗和被骗的官僚、掮客、名士、记者、买办、司事、庸医、堂倌、妓女等的人情百态，让人从中洞察那溃烂社会的一角，感受到种种怪现状下隐藏着的社会危机。

节选文叙述余有声（即《二十年目睹之怪现状》中的“九死一生”）来到上海，感到“人情冷暖，今昔迥殊”，旧交落寞，不免惆怅。他因“旅况萧条，未免人穷思旧债”，去向伊紫旒讨要一百元洋银的欠账。伊紫旒在文报局当差，谎称无钱偿还，把有声推荐到“山东金矿局”去做写禀报、拟书信的“老夫子”。

而这个“山东金矿局”竟然是个大骗局。主导此事的乔子迁，原来是来自江苏的一个纨绔子弟，他从叔父那里承继了大笔遗产，听说开金矿可以赚钱，便伙同仲英，以开金矿为名行骗。这里需要说明的是，清末自甲午战争之后，民族危机日益严重，于是“实业救国”思潮应时而起，不少民族资本家纷纷投资开矿设厂，企望通过兴办实业来振兴国家；不过，也有一些人想以招股开矿的名义浑水摸鱼，乔子迁便是其中的一个，而与乔交往的伊紫旒见有机可乘，也加入了这个骗局，并替杜撰的“山东金矿招股处”大肆宣传，一时间也招了不少股。他还替子迁出了三条计策：走山东抚帅公子的门路，把矿务名正言顺拿过来办，此是上策；放胆吃下所招股份，“一并俵分了，各走各的路，只把有声丢下，此是中策”；推辞掉鲁薇园的大股份，“只吃点小买卖，此是下策”。

而那个准备投大股份的鲁薇园，实际上是奉山东抚台之命，前来查办这个假金矿局的官员。余有声从文述农那儿得到了风声，借家有急事匆忙脱身。主谋子迁和仲英见势不妙，也赶紧携款逃走。紫旒则从子迁那里得了四千两银子，与鲁薇园等周旋，他装作受害人，摸探底细，终于骗过侦查，逃脱法网。

小说重点刻画的人物是伊紫旒。此人工于心计，虚伪狡诈；吹蒙坑骗，如鱼得水；装穷摆阔，左右逢源；混迹青楼，荒淫糜烂。他是当年上海滩那个特定的社会生活土壤中滋生出来的很有代表性的一类人物；在晚清谴责小说中，他也是一个难得一见的个性比较突出、性格丰富复杂的人物形象。

小说通过描绘乔子迁、仲英、伊紫旒、鲁薇园等混迹官商两界的流氓骗子形象，展示了一个魑魅魍魉遍布的邪恶世界，暴露了晚清社会的腐朽黑暗，预示了这个社会无可救药地走向败亡的命运。

十七、鸳鸯折翼

——《情变》选段

《恨海·情变》封面

且说秦白凤被阿男连夜硬挟上了马，放开辔头，径向杭州大路进发。白凤在马上，只听得耳边呼呼风响，吓得眼睛也不敢睁开；生平又没骑过马，这匹黄骠马又格外高大，颤巍巍的生怕跌了下来。幸得阿男在后头紧紧搂住。一直跑到天色微明，已到了苏州界内。路旁一个小小村庄，隐隐看见村里射了点灯光出来。阿男便收住了辔头，扶白凤下了马，在村口一棵树上拴好了马匹，叫白凤看了。自己蹩到村里一看，见那灯光是一家磨豆腐的人家。便买了两碗豆浆出来，递一碗给白凤，在革囊里取出干粮，两个人吃了一饱。还了豆腐店的碗，重新上马，又向前进发。

走到了黄昏时候，便到了杭州地界。阿男又扶白凤下马，解去了马腿上的神骏符，两个人牵着马，缓缓前行。白凤已是肌肠雷鸣，更兼受了一日一夜马上的颠簸，觉得浑身酸疼难当，一步一捱的走不动。阿男见了十分怜惜，看见路旁有一家酒店，就在门外拴了牲口，同白凤进去，拣个座位坐了，叫酒保取酒来，借此歇息。吃过一巡酒后，阿男便问店小二：“这里近便地方，那里有客店？”店小二道：“客官可是要落店？”白凤道：“正是。”小二道：“客官不嫌简慢，小店后进有宽大房屋，一般的安寓客商。”阿男大喜，便叫小二领路，自己亲到后面去看。

原来后进是一座大院子，平列着五七间正房，两旁还有四间厢房。阿男指了一间正房道：“我们就借住这一间罢。请你代我把牲口拉了进来，卸下行李辔头，一面给他上点料。”小二答应去了，阿男便督率着他搬了两件行李进来，亲自开了铺盖，拂拭了桌子。叫小二：“把酒菜搬了进来，我们在房里吃酒。你给我们弄点晚饭。”小二也答应去了。阿男才出去招呼白凤，一同进来。可怜白凤自从被阿男背在身上，跳出楼窗，挟了上马，一路上只有惊慌害怕的心思，满肚子的疑惑，也来不及去想；直到了此时，又是浑身酸疼，坐定了更觉得厉害。大约不惯骑马的人，每每犯着此病，何况他又是带病的。阿男来招呼他进房时，已是两腿都不能动了。幸得阿男搀定了，才一步一拐的走到房里。

小二掌上灯来，又添了两样菜，泡了一壶茶，方才出去。白凤听得小二说话口音，和扬、镇一带大不相同，方才把那疑惑的心肠提了上来，开口道：“妹……”只说了这一个字，便连忙顿住了。阿男连连摇手，悄悄道：“暂时只叫兄弟罢。”白凤道：“我们到了什么地方来了？”阿男道：“这是杭州。”白凤吐出了舌头道：“杭州！我们走下了多少路来了？不是飞的么？”阿男道：“你还不知道，我一天一夜从沂州赶到镇江呢！”白凤只是摇头。又问道：“你来的时候，四爷知道么？”阿男摇头道：“便是娘也不知。”白凤道：“我们跑到这里做甚么？”阿男道：“我自从这件事给父亲知道了之后，日夜不得安宁。那天晚上，还到你那边去，谁知你已经不见了。可怜我满肚子的委屈，没处伸诉。后来还是我娘的主意，要将错就错，叫人到你家去做媒人。谁知你家叔叔，说你犯了甚么事，把你撵走了。我得了这个消息，这一急，差不多要走到死路上去。后来我父亲一定又要出门，可怜我带了病，跟着跑。在路上又病倒多时。到了丰城，那天晚上，是我偷了马匹，私逃回八里铺，黍夜到你家去打听你的消息。恰好看见你家叔父写信给你，我看见了信面上的地址，便连夜赶到镇江找你的。”白凤道：“你骑的是甚么马，跑得那么快？”阿男道：“马是一匹好马，我又用了符术，所以一天好走几百里地。”白凤道：“我们到了此地，还打甚主意？”阿男瞅了一眼，笑道：“凭你打甚主意罢，此刻我是你的人了。”白凤皱眉道：“我两个的情义，自然是巴不得能够天长地久的了。但是只身出来，甚么都不曾带得，这里杭州地方，又是个人生路不熟的所在，将来怎生过活呢？”阿男笑道：“这个那里虑得那么长，我们且管见一天过一天罢了。”

说话时小二送上饭来。两个吃过了饭，白凤实在困乏极了，先自和衣睡下。阿男净过了手脚，听得白凤哼声不止，便也和衣上床，用他学就的那按摩之术，替白凤通身按摩，心中无限怜惜，暗想：若不是怕父亲追上来，我断不肯累他跑这许多快路。一面想着，一面逐节按摩，白凤便慢慢的睡着了。阿男方才悄悄睡下。

到了次日，白凤的困乏略略好了些儿。两个左右闲着没事，阿男终日替白凤按摩。将养过几天，便好了。阿男打算另外觅一个住处，做个长久之计。白凤道：“我们何不仍旧回到扬、镇一路？离家也近点。这里人地生疏，样样不惯。”阿男道：“你有所不知，我们教中，有多少法术。我在丰城逃了出来，我父亲如果要追赶我，他自有圆光之法。在水中一照，便看得见我们在那里，那怕走到隔省，也照得出来。只要再隔一省，便看不见了。若是在江苏，他在山东一照便见，所以我才走到这里来。”白凤道：“比方他回到江苏再照，岂不是又要照见了？”阿男道：“不相干。他必要在我发脚的所在，才照得出来；他离了丰城客店，往那里去照？”白凤道：“依那么说，我们是永不回家的了？”阿男道：“过些时再说。

家中一定也要找我们。将来你一面写信求叔叔，我一面写信求父母。你是两房独子，我是个独女，怕做长辈的不依从我们？我们此刻先寻一个安身之地，住在客店里，我又是这个装束，终不便当。万一败露起来，又要费事。”

两个商量定了，便去寻房子。在西湖边上，寻着了一处合式的，便搬了过去。阿男复了女装，两个人便做起长久夫妻，真是十分美满，如愿相偿。那一种恩爱温存，说书的嘴笨，说他不出来，只好由得诸公去默想他的情形的了。他两个便如此，只可怜他两家的上人，为了他两个，苦得甚么似的。可是他两家人分在两起，说书的一张嘴，不能说两头话。

如今先说寇四爷在丰城病倒。他这病不过是急怒攻心，一时心血逆行，冲了一口出来。及至怒气过了，不过觉得身体困倦，将息几天，自然好了。只有寇四娘失了女儿，已是一急；看见丈夫喷出血来，又是一吓；及至救苏了丈夫，又想起女儿，未免伤心；加以又伏侍了两天病人，自己不觉便病倒了。日间恐怕四爷动怒，不敢言语，到了夜来，睡梦之中，不免要呼儿唤女的啼哭。每每自己哭醒自己，不然就是自己叫醒自己。这种苦思成病的诊候，最是难治。从此寇四娘淹缠床褥。

寇四爷只急得双足乱跳。自己病好之后，已经照过一次圆光，隐隐的看见他渡过镇江去，以后的影子就乱了。心中急着要去寻他，争奈四娘的病不肯好。足足淹缠了一个多月，方才可以挣扎起床。又将息了几天，四爷性急，便雇了车，动身回南。在路走了五天，才到了王家营，渡过黄河，四爷另外雇了一艘船，直到瓜州镇去。原来他打定了主意，要到镇江寻阿男，恐怕四娘一个人在家没有照应，因此要送他回娘家去，自己好安心去寻女儿。当下把这番意思对四娘说知，四娘自然无不听从之理。商量定了，便叫船户开船，直放瓜州。

四爷在船上又和四娘商量，此去到了余家，只说阿男在家看守门户，未曾来得，这是家丑不可外传之故。又切嘱四娘：“千万不要露出思念女儿的形状。等我往天涯海角，将这浪蹄子寻了回来。”四娘道：“官人所说，我都依得。但不知官人寻着女儿，将他怎生发落？”四爷听说，慢慢的低下头去，默默无言。四娘哭道：“他年纪说大不大……”四爷道：“说小可也不小了。”四娘道：“他这番走了出去，无非是一点痴心。官人，你可怜我一辈子只有他，将来要招个女婿，做个半子之靠的。”四爷不等说完，便冷笑道：“他自己找着了个女婿，便父母都不要了，逃得无影无踪，靠呢！”四娘道：“官人寻着了他时，如果动了粗，叫他有个三长两短，我也只得……”说到这里，便哽咽住了。四爷道：“依你寻着了便怎样？”四娘沉吟了一会道：“依我呢，只要知道了他的下落，便由他去了。我料他无非是和秦家二官在一起。他们愿意回来最好，若是不愿意回来，官人只要记住了他的地方，等我也去见见他。”四爷道：“好自在的话！你自疼爱女儿，一厢情愿的这么打算，只怕秦家不肯呢！就是秦家肯了，带了他们回来，重新行媒说聘，花烛弄堂，这件事乡众邻里都当新闻说的，不要说他便一辈子受人指摘，我的女儿，何苦叫他如此？”四娘道：“不啊，就带了他回来，仍旧许给我侄儿小棠。”四爷只是摇头。四娘道：“不啊，我们不要上瓜州，只回八里铺去。官人在家安息几时，等我出门去寻他。”四爷道：“这个那里使得？”四娘道：“放官人自去，我总不放心。”四爷道：“你总不过怕我难为了那贱人，我寻着他时，便不伤他一毛一发，还你一个人便是。这样，你可放了心？”四娘道：“得了官人这句话，我方才放心。”夫妻两个商量妥当，那船户便按站前进，不日到了瓜州。夫妻二人，付过船钱，舍舟登陆，径投余家来。

余小棠自从父母亡故之后，便接了他一位寡婶张氏到家，代他料理家政。余小棠的父亲向来走江南一路，贩卖布匹。他从小就跟着在外头历练。所以他父亲故后，他自己年纪虽轻，却还能承父业。好得走惯的各码头，所有交易店家，他都跟着父亲见过，所以更易为力了。此时是要赶冬令生意，收买了若干货，正打算贩运往南京，恰遇了四爷夫妻到来。小棠见了姑夫、姑娘，自有一番应酬。他那位婶娘张氏，自然也迎出来招呼。老姑嫂们久不见面，格外亲热。张氏便问："外甥女儿为何不来？"四娘道："姑娘们年纪大了，出门不甚便当；况且家下也没有人看守，所以没有和他来给舅母请安。"四娘嘴里便这样说，可怜他心中就如同万箭齐攒一般，面色上又不敢露出来。张氏不知就里，还要问长问短，四娘只得勉强应酬。四爷和小棠谈天，只说有事要到江南走一遭，你姑娘想要回家看你，所以同着来的。小棠道："如此巧极了。侄儿恰好要贩货到南京去，姑夫请在这里稍停几天，一同上路去。"四爷道："我有紧要事，只到镇江，不到南京，打算明日一早就走的。"小棠于是款留了一宿。

四爷自过江去，先下了客店，然后出来在大街小巷，庵堂寺观，处处物色，那里有个影儿？一连寻了十多天，犹如大海捞针一般，心中不免闷闷。这天走得乏了，看见路旁一座大茶楼，便走了进去，泡了一碗茶，在那里歇脚。只见远远的坐着一个人，也在那里吃茶，却和一个人在那里谈天。这个人手里拿了一枝笔，指天画地的，不知说些甚么；那个吃茶的人，却是秦绳之。四爷心中不觉忽的一动，但因求亲不遂，心中有点不快，因此不便过去招呼。只见那拿笔的人走开了，慢慢的走了过来，手里还托了个盘儿，原来是个测字的。四爷便招呼他过来，拿了一个纸卷，随口说是问求财。那人看过纸卷，胡说乱道的恭维了几句。四爷指着绳之道："那人叫你测字，问什么？"测字的道："他问的是寻人。"四爷心中又是一动。歇了一歇，便走到绳之那桌子上去招呼。绳之见了四爷，心中也是一动。彼此都是为了小儿女走失了，又因为两个在先有了私情，此时都疑心是相约潜逃的，所以绳之、四爷一见了面，各人都怀着鬼胎。四爷先招呼道："秦相公难得过江来的。"绳之道："正是。因为看个朋友，所以到这里来走走。四爷，你不是到北路上去了的么？为何有空到这边来？"四爷道："不要说起。谁知这两年北路上年成不好，到那边做不出生意来，只得带了家眷们回乡。我又是在家里闷住不惯的，所以到这边来走走。”绳之听了，心中又是一疑。

原来白凤夤夜跟阿男走了之后，次日彩章、彩华两个查见，没了主意，飞奔报与仁舫，一面专人到八里铺去报信。绳之夫妻得信，犹如青天下了个霹雳一般。绳之便渡过江来，和仁舫商量寻访之法。绳之娘子在家，急得如同热锅上蚂蚁一般，烧了家堂香，又去拜叩天地，什么都天庙、土地祠，处处都去求到。可怜他妇道人家，除此之外，再无别样见识。然而所为的不过一个侄儿，并非自己所生儿女，诚恳到如此，这个妇人，已是十分难得的了。到了今日女子社会中，只怕要照样寻半个也难呢！闲话少提。

且说绳之娘子除了烧香求神之外，便天天打发人过江去取信。绳之过江见了仁舫，查看了形迹，也是无法可施，抑且莫明其妙。寻访了几天，总是渺无下落。绳之心中已是有几分疑到是和阿男同遁的，只是对仁舫不便说出来。只得出了招帖，定了赏格，各处大街小巷去张贴起来，说是送到者谢钱多少，送信因而寻获者谢钱多少。大家看了，纵然垂涎他那笔赏钱，那里去寻他的踪迹？这赏帖在外贴了一两个月，被风雨剥蚀的也有，被别人招帖盖没的也有，久矣乎冷淡下来了。所以寇四爷到了镇江，没有看见那招帖。

当下绳之听了他家眷已回八里铺的话，心中又是一疑。暗想：“若是他家女儿好好的在家里，这就是我错疑他人了。”因顺口问道：“四娘、千金都好？”四爷道：“托庇都好。”说话时，四爷已叫了两角酒，一盘肴，请绳之吃酒。原来扬、镇的风气，茶馆、酒饭合而为一的，所以如此便当。饮酒当中，绳之不觉露出白凤走失的话。四爷问了走失的日子，心中越发料定系自家女儿所为，却又不便说出。因故意问道：“不知二官平日可曾结交过匪人？论理这楼窗上跳下来，毫无声息，是不容易的事。这一两个月之内，可有点信息么？”绳之道：“就同泥牛入海一般，永无消息。”四爷道：“不是我夸口，若是早遇了我，此时早已找着了。”绳之道："如此，敢就费四爷的心。"四爷道："我并不能分身代你们去寻人，我只能代你们查一查他踪迹所在。"绳之大喜道："如此还是费心。但不知怎生查法？"四爷道："只要领我到他发脚逃走的所在，我自有法子查见。"绳之大喜。又喝了两角酒，便抢着惠了茶酒帐，一同到仁大布店。

彩章、彩华兄弟接着，和四爷通过姓名。绳之说明来意，彩华兄弟也自欢喜。即亲自领了四爷到白凤当日的卧房里。四爷叫拿一碗水来，他对着那碗水，不知弄点甚么玄虚，闭看两个眼睛，鬼混了一阵。忽然低下头来，张开眼睛，尽着对那碗水里去看。诸公！须知这就是他们白莲教里法术之一。他这一看，已把白凤、阿男两个逃走情形，看得清清楚楚了。心中又是恼，又是恨，到了此时，方才豁然明白，这件事只有自家女儿不好，与别人毫不相干。看罢了，不觉叹了一口气道："人是到杭州去了。"彩华兄弟急问道："不知人可平安？"四爷道："平安得很。你们赶紧打发人去寻他罢，大约是住在西湖边上。"说罢，又对绳之道："我们借一步说话。"

绳之便和四爷出去，找了一个酒馆坐下。四爷道："我们累世乡邻，一向和睦，今年无端两家小孩子弄出那回事来。起先我还以为大家都有点不好，所以我还有点恼你令侄。今天我圆光看去，这回令侄走失，都是我家那贱人，偷了我马匹，从沂州逃到这里，半夜拐走你令侄的。我在布店里不便说这个话，所以约了你出来，请你赶紧收拾行李，我们一同到杭州去。"绳之沉吟道："这个……"说了这两个字，底下便说不出话来。四爷道："秦相公，你不必多心。我们走江湖的人，最是爽直。当初的时候，我以为这些事情，总是男的勾引女的，所以我很恼你家二官，简直要杀了他出这口气。此刻明白了是我家的贱人不是，那里还有存别样心之理？这一去寻着了，我们各带各的人回家，照旧是乡邻相好。"绳之见他说得爽直，便应允了。问道："不知四爷打算几时走？"四爷道："我要走马上就可以走得，好在我一件行李也不带。”绳之大喜，便约定了次日动身。到了次日，取了行李，别过仁舫父子，会了四爷，向杭州而去。

他两个在路上并没有乌孙汗血马，更没有什么神骏符，不是一天可以走得到的，我且暂时把他按下。且提一提那一对痴儿女，在西湖边上住下，说不尽的你恩我爱，竟是一对夫妻。有时联袂游山，有时同舟泛水，无拘无束，甚是优游。争奈阿男带来的银钱无多，看看已将用罄，白凤便日夕心焦。阿男道：“你且不必忧心，等到真是没有钱用时，只要我出去一遭，一、二百吊钱，马上捞得回来的。”白凤道：“说是这样说，但是我们总要想个长久之计才好。”阿男沉吟道：“这也说得是。既如此，你到外面去买几匹白布，再买一面小铜锣来，等我做个作用，弄点本钱，再想法子做个小小生意。我们所望不多，只要够我两口子用的就是了。”白凤道：“是甚么作用？”阿男笑道：“你且莫问，先去买了布来。”白凤依言，到城里去买了几匹粗白布和一面小铜锣。阿男又到人家竹园子里去，化了几文，砍了几根竹子回来，都截作一尺多长。又把买来的布，一匹匹的接缝起来。又扎了一个美人风筝。夫妻两个忙了一天。

到了明日午饭过后，把各样东西收拾了一担，白凤挑了，锁好了门户，两个人一同进城。找了一片空场，把那短竹枝插在四面，拿白布来围了一个场。阿男拿起小锣敲起来。杭州是个繁华所在，又是省会地方，阿男又生得姿容出众，十分妖娆，不一会，便引得人山人海般围着场子观看。阿男敲着铜锣，唱了一支道情，对众人说道：“我们走江湖的，路过贵境，缺少盘缠，要向列位奉借。但是没有空手向人讨钱之理，幸得生平学就了一门戏法，敢向列位搬演一番。这也是出门人无可如何的举动，有甚不周到的地方，还望列位见谅。”说着，把铜锣交给白凤，白凤也学着敲起来。阿男取一碗水，拿在手里，又对众人说道：“戏法便有多般，不知那一种才合列位的眼？我想这一片空地，白白放在这里可惜，不如盖一座房子在上头，岂不是好？待我姑且试一试，如果盖不起来，列位不要见笑。”说罢，呷了一口水，鼓着气，向四面一喷，周围看的人，觉得好像飞砂迷目一般，一个个都拿双手去揉眼睛。及至开了眼时，忽见场中现了一座房子，红墙绿瓦，四面千门万户，金碧辉煌。阿男道：“惭愧！一时水木匠呼应不灵，没奈何，向洞庭君处借了这座凝碧宫来，给列位醒一醒目。”说罢，拉了白凤一同到房子里去，进了这个门，却出那个门；出了那个门，却又进了这个门；四面穿插一番，方才出来。看的人已是齐声喝采。

阿男又对众人道：“这般一座凝碧宫，没个人住在里头，岂不荒废了？没奈何，神仙洞府必要神仙居住，我们凡人却住不得，且待我请几位仙姬下来，住在里面，给列位看看。”说罢向白凤道：“我要在这里看守房子，不能分身，你代我上天去请几位仙女下来。”白凤道：“又没个梯子，叫我怎样上去？”阿男道：“呸！没用的东西！我天天上去三五回，何尝用过梯子来？你不去也罢，我自有伙计去。”说罢，取过那美人风筝来，对着风筝说道：“伙计啊，我轻易不敢烦你，因为我家汉子没用，不敢上天，所以烦你到天上走一遭。不论是何仙女，请他几位下来。”说罢，提起线来，迎风一放，那风筝便滔滔上去，越上越高，越高越小，不一会，只看见像一个黑点儿了。阿男便把放出去的线收起来，越收越下，越下越大，慢慢的看得出是个美人风筝了。却有一般奇怪，放上去的只有一个美人风筝，此时看上去，好像有七八个之多。阿男再收一回线，越发看得清楚了。只见七八个美人，犹如活动的一般，大有顾盼转动之势。

阿男却停住了手道：“仙女是已经请到了。望列位高抬贵手，赐借几文盘缠，好待我索性请了下来。列位也开开眼界，见见仙人。”说话未完，那四面的人，都一齐把钱往场上掼去。阿男是走惯江湖，弄惯此事的人，一看地下的钱，便有了数，意思嫌少。因把线头交给白凤拿着，自己取了一碗水，拿在手里，对众人道：“我们夫妻两个，路过贵境，求借盘缠，断没有争多较少之理，但是承赐的似乎还不够用。此刻我想了个商量之法：这一座凝碧宫，想来诸位都想进去瞻仰瞻仰。我定一个价钱，愿到里面去看看的，每位收钱一百文。在我这碗水里洗过眼睛，进去逛一趟。但是我还有一句话，预先表明：我这个明明是法术，如果不给钱，不洗眼，擅自进去的，碰破了头，磕伤了脸，却不要怪我。”说罢了，一时出钱洗眼进去的人，不计其数。

乱了一大会工夫，方才停住。阿男放下水碗，把风筝收下来。说也奇怪，放上去时，明明一个美人风筝，到收下来时，忽然变做了七个美人，每人手里都拿着一种乐器，有拿箫的，有拿笙的，也有拿了不曾见过不知是甚么东西的。阿男一一和他见礼。这七个美人便笙箫齐奏起来，一面奏乐，一面步到那房子里去，在那千门万户中，左穿右插，犹如蛱蝶穿花一般，好不热闹。阿男在这个当口，又向四面求了一回赏，一面和白凤收拾地下钱文。众人正定睛看得出神时，忽见房子里透出一缕浓烟，内中隐隐看见点火光，一霎时那烟越出越多，散将开未，恰好又起了一阵旋风，把那浓烟吹得布散四面，围看的人，一个个不觉都眼泪鼻涕齐来，拿双手乱揉。及至耳边听得一声小铜锣敲响，众人举眼看时，早已天清地朗，那房子、美人、浓烟一齐不见了，仍剩下一片空场。白凤、阿男早收拾好钱文，向众人道谢，看的人就一哄而散了。

他夫妻两个收拾回去，点一点所得的钱，约有四五十吊。白凤说道：“有了这个，又可以过几时了。”阿男道：“本来我就叫你不要担心，总可设法过几时的。但你昨天说过，要做个长久之计。我打算再出去玩几天，多弄几吊钱做本，我们做个小小生意，才可以长久呢。”白凤道：“这个也是一法。就怕玩得多了，没人看了；就是有人看，他也不肯多给钱了。”阿男道：“我换着样儿去玩，怕他不看？他不给钱，我有向他要的法子。”白凤道：“正是。我要问你，方才那些人到房子里去的，不知他们都看了些甚么？”阿男道：“这个我那里知道？戏法本是随心幻化的。他是个富贵人，就看见金碧辉煌；是个高雅人，便看见琴书字画。我变把戏，只能变个外场，至于里面，是各人的心自己去造的，我怎样知道他们见的是什么呢？”白凤道：“照今天的情形，一年只要出去玩几趟，我们就尽够用了。”阿男道：“其实这个抛头露面的，我也不愿意出去。你既然立定主意，要图一个长久之计，我只要一连出去几天，弄个做生意的本钱出来，以后我就永不出去了。”当夜夫妻两个商量商量，欢欢喜喜的，一宿无话。

到了次日午后，他两个又收拾停当，仍然进城，到了昨天那个场子上去，照旧设了布围，阿男又敲起小铜锣。他昨天的把戏，人家多有看过的，一人传十，十人传百，大家都知道他的戏法好。所以今天他的布围方才围好，早已哄动了排山倒海般人，围住了场子了。阿男方才敲动铜锣，还不曾开口说话，忽见人丛中跑出一个轩昂大汉，分开众人，跳入场里，劈面把阿男打了两个嘴巴，一把扭住头发，捉了就走。白凤吃了一惊，定睛再看时那大汉不是别人，正是寇四爷。吓得魂不附体，连场上的东西都顾不得，向人丛中一钻，便逃走去了。正是：

意外悲欢增怅惘，个中消息掌盈虚。

要知他二人从此拆散之后，还能复合否？且待小子闲了，再来开说。

品读

本文节选自《情变》第六回《筹旅费佳人施妙术　怒私奔老父捉娇娃》。《情变》是吴趼人的绝笔之作，当时他只写到第八回，便因气喘病发去世了。小说叙述的是旧时代一对小儿女的爱情悲剧，揭示了人性与礼教的深刻冲突。

小说的女主角寇阿男生于扬州乡下，从小随父母江湖卖艺，练就一身武功，并且精通幻术。她与同村小伙秦白凤情投意合，但因门不当，户不对，而无法议婚。阿男不甘心受礼教束缚，决计要嫁白凤。她先是冒险与白凤幽期密约，事泄后，白凤避祸镇江，她又伺机赶去，劫走白凤，逃亡杭州，在西子湖畔结为夫妻，自食其力，快活度日。不料，阿男与白凤很快又被双方家长擒获、拆散。阿男被迫嫁给表兄佘小棠，白凤则娶了何彩鸾。小说至此中辍，按照回目提示，后来阿男杀死了丈夫被处死刑，白凤则奔祭法场以身殉情，结局异常惨烈。

从节选的这段文字看，阿男是一个敢爱敢恨、敢想敢为的女性。她对白凤一往情深，十分怜惜，一路上呵护、体贴，为之按摩解乏。白凤问她："我们到了此地，还打甚主意？"她瞅了一眼，笑道："凭你打甚主意罢，此刻我是你的人了。"一句话抵得过无数山盟海誓。白凤心存疑虑，问她："依那么说，我们是永不回家的了？"阿男道："过些时再说。家中一定也要找我们。将来你一面写信求叔叔，我一面写信求父母。你是两房独子，我是个独女，怕做长辈的不依从我们？"可见她很有主见。白凤为生计心焦，她自信满满地说："你且不必忧心，等到真是没有钱用时，只要我出去一遭，一、二百吊钱，马上捞得回来的。"白凤见她玩戏法，赚了不少钱，很开心，她就说："本来我就叫你不要担心，总可设法过几时的。但你昨天说过，要做个长久之计。我打算再出去玩几天，多弄几吊钱做本，我们做个小小生意，才可以长久呢。"可见她有超强的谋生能力。如果不是双方父母强行拆散他们，她完全可以凭本事丰衣足食。

阿男就像是山野的清风，浑身上下都散发着一股狂放不羁的野性与活力。她一扫旧社会女子常有的羞怯、娇弱、贞顺之气，性格泼辣，行动果敢，追求爱情时主动、执着，不达目的，决不罢休，大有一种"虽九死其犹未悔"的不屈与抗争精神。相比之下，秦白凤则是一个怯懦自私、缺乏主见和行动能力的男子。两人的性格形成了鲜明的对比，给人一种性别倒错的感觉。

像阿男这样的女性形象，在以往的中国传统小说中是比较罕见的，即使与吴趼人在他的其他小说中塑造的女性相比，她也是卓尔不群、令人耳目一新的。《恨海》中的张棣华、《劫余灰》中的朱婉贞，都是集贞孝节义于一身，为了三从四德，不惜牺牲自我的女性。只有这《情变》中的阿男，敢于冲破一切礼法的羁绊，无所顾忌，大胆、狂热地爱我所爱，即使搭上性命，也在所不惜。

对于阿男这样的女性，一向以恢复旧道德自居的吴趼人，自然是不会同情与认可的。他站在维护传统婚姻礼法的立场上，不仅否定了阿男勇敢追求爱情自由、婚姻自主的行为，还给她安排了一个悲惨的下场，并且指出她与白凤的爱情悲剧，是因为未能勘破情关，属于丧德败行的咎由自取。这种观念，无疑是保守、落后的，是与当时已逐渐兴起的女性解放思潮背道而驰的。

当然，这部小说也在客观上表现了青年女性追求爱情自由、婚姻幸福的强烈愿望，揭示了"门当户对""父母之命"这些陈腐的婚姻观念扼杀人性的一面，这也是这部小说所具有的主要认识价值。

小说善于运用心理活动、动作细节和对比手法等来刻画阿男、白凤及双方父母的性格特征。但与此同时，作品中又夹杂了不少关于白莲教幻术的描写，诸如夜行八百里、"圆光"以及变影幻形、上天入地等。这大概是受了当时流行的剑侠小说的影响，剑侠小说中就充斥了"移花接木，变影幻形，撒豆成兵，剪纸为马"之类的描述。吴趼人虽然明知这些是荒唐无稽之谈，但还是有所借鉴，目的是增添小说叙事的传奇性，迎合部分市民读者的阅读口味。

十八、立宪万岁

——短篇小说选—

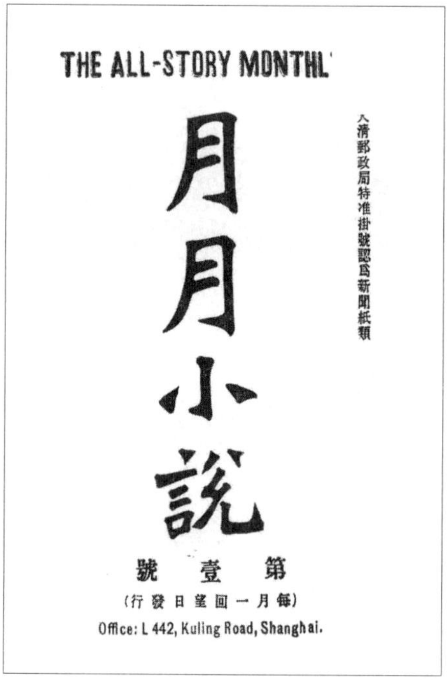

《月月小说》创刊号

却说光绪三十二年七月十三日，皇帝降了上谕，预备立宪。看官，须知旧社会的俗话，圣天子有百灵辅助。这百灵是甚么东西？便是诸天菩萨。当日皇帝降了这道上谕，值日功曹正在旁边伺候，看见了，连忙到天上去奏知玉皇大帝。玉皇大帝听见了，暗想近来每每闻得说立宪立宪，但不知这立宪是什么东西？但是下界已经做了，天上岂可不做。不免召集群仙及诸佛菩萨，商议这件事。因命香案吏到各处去宣召，准明日早朝议事。到了明日，群仙诸佛果然齐集，玉皇大帝曰：“昨日值日功曹奏报，下界人皇降下谕旨，预备立宪。朕想人间既已立宪，天上岂可向隅，所以特召卿等商量，务望各抒所见。”

文昌帝君奏曰：“不可，我们天上自有天上制度，那立宪的名目，系出在外国，岂可以用夷变夏？”日游神曰：“不然。我每日在下界游行，听见下界人常说，什么天演淘汰，优胜劣败。果然彼优我劣，又何妨舍己从人呢？”玉皇大帝曰：“二卿不必争执！依朕之见，立宪之法，我们尚在未知，不如派人到外国去考查考查。果然可行，我们又何妨舍短取长呢？但不如何人可去，卿等自去朝房商议，议定了再来奏知，候朕降旨。”说罢退朝。

众神遂退出凌霄宝殿，在朝房集议。文昌帝君怒容满面曰：“甚么立宪！下界人只讲得一句变法，便停了科举，遂使我的血食登时冷淡起来，此刻索性闹到天上来了。”魁星曰：“岂但是你，便连我这枝朱笔也没用了。你不见我么，举起手，高高的提起这枝笔，永远没得点下去，好不难受！”香案吏叹曰：“岂但你二位，还有可怜的呢。自从那年中国把台湾割归日本，日本听说是个立宪国，崇尚西法，不敬神道的，所有台澎一带的府县城隍，都没了事，犹如裁缺官儿一般，都到天上来候补，天天到我这里来钻门路。你道可怜不可怜？”夜游神拍手道：“几个府县城隍，又算得什么。你还不知道，自从台湾归了日本之后，几十万个灶君，莫不流离失所，穷得十分可怜，跑回内地来，无可托足，往往饿急了，扒到人家灶突上窥探，等人家的灶君睡着了，却下去偷冷饭吃。内中只有三四个得着好处的，这三四个跑到上海，查一查，见金隆、宝德、密采里等几家外国饭店是没有灶君的，他们便各据一家。天天吃大菜。剩下那些穷饿的，到了无聊之极时，便设法唆人家弟兄不和。”香案吏曰：“他唆人家弟兄不和，做甚么呢？”夜游神曰：“唆得弟兄不和了，少不得要分家，分了家，便多一只灶，他好去享现成啊！”香案吏曰：“这未免损人利己了。但不知他们既能盘踞着外国饭店，又为什么不仍然盘踞台湾人家呢？”夜游神曰：“岂不闻下界人言：信则有，不信则无。台湾人降了日本，受了日本人教化，全都不信了，所以他们也不能立足了。”香案吏曰：“此话不足信，难道上海外国饭店便信神道的么？”夜游神曰：“这又不然。外国人虽然不信，然而所用的厨子都是中国人，他们心中时时有个灶君在里面，所以便可乘隙而入了。”

纠察星官曰：“你们不必闲谈了，奉旨所议的事议起来吧！不然，我要纠参了。”李铁拐曰：“这是到外国的差使，第一件最要的是跑得快，总用我这个跛脚的不着。”香案吏曰：“要跑得快的，莫如齐天大圣的筋斗云。”孙行者曰：“那吒三太子的风火轮也不弱。”那吒曰：“电母更快。”电母曰：“我是女子，不便出使，我可保举雷公，他走的同我一般快。”香案吏曰：“有了三位了，多议几位，恭候钦定吧！”众人低头寻思，要走的快的，再没有那个。孙行者拍手曰：“有了，天速星神行太保戴宗。”戴宗曰：“如派着我，我也愿附骥尾，去看看外国景致。只是我又想出一个人来，却是个隐者，今日也不在此处，不知他肯去不肯？”香案吏曰：“管他肯不肯，你说了出来，玉旨派了他，怕他不去！”戴宗曰：“御风而行的列御寇，不好么？”众人一齐说好，于是再想不出了。香案吏就把这五个名字，开了单子，复奏上去。

玉皇大帝批下玉旨，五个都派了。香案吏捧了玉旨出来，雷公埋怨戴宗曰：“你好好的引出一个列御寇来，此刻到那里去寻他呢？”戴宗曰：“他总不出岱舆、员峤、方壶、瀛洲、蓬莱五山之中，只须求大圣去走一次。”孙行者曰：“你胡思乱想，想出这么个人，却叫老孙去跑路。”当下各人散值，孙行者自去寻列子不提。

单说玄武上帝座下的龟蛇二将，是日也随同入朝，听得诸神议事，回去，龟谓蛇曰：“我前两年私自下凡，去做了两年文华殿大学士，深知这立宪的弊病。如果天上立了宪，我们的门包也要革除了，如何是好？”蛇大惊曰：“我终日只知钻路子，如何懂得这个！既然如此，我们要设法阻止才好。”龟曰：“只你我两个不济事，必要多邀两个来商量，才有把握。”说罢，便叫所用的三小子，去请太上老君的青牛、太阳星君的金乌、太阴星君的玉兔、文昌帝君的特（文昌坐骑名）、姜太公的四不象、关圣帝君的赤兔马、二郎神的哮天犬、张果老的驴，不一会都到了，龟便将立宪的弊病对众宣布，又言请各位来商量阻止之法。

哮天犬曰：“罢了，罢了，我刚刚保送御史，满望得了缺，可以卖两折，今据龟大哥言，门包都要革除了，这卖折更不必说，没有望的了。”驴曰：“就是我们在此空谈，也谈不出一个阻止之法，总要请出一位有势力的，方能办事。”赤兔马曰：“我们不如各求其主。”金乌曰：“不可。凡我们所行之事，无非是背主营私，若要求主人阻止立宪，必要说出其所以然之故，岂不是自写罪状么？”玉兔曰：“闻得文昌帝君亦不以立宪为然，还是特大哥的主人可以求得。”蛇曰：“我平日什么路子都会钻，今日这件事却难住我了。”四不象曰：“我想起一个人了，此人如果肯出来，必定成功。”众问：“何人？”四不象曰：“申公豹。”青牛曰：“我也想着他，只是他近来到南洋去了，必要着个人去找他来。”特曰：“这倒容易。近来废了科举，敝同事天聋、地哑两个，闲着没事。地哑不能说话，我们就请天聋走一遭。”于是大众称善。特自回去寻着天聋，附耳大声告诉了此事，天聋满口答应，驾起云头，到南洋去寻着了申公豹，告知来意。

申公豹大怒曰：“我在这里运动革命，管他立宪不立宪，你们左右是个奴隶罢了，愁些甚么？”天聋曰：“我们何尝不努力，只是想不出法子来。”申公豹大声曰：“我是骂你们奴隶，不是叫你们努力。我是革命党，没有工夫和你们谈这个。”天聋曰：“你只知叫我们努力，又焉知我们不努力！”申公豹大怒，用手一推，把天聋推出大门，顺手关了。天聋惘惘而回。

众畜生闻得此讯，不觉大失所望，复又集众会议，却只议不出一个计策来。玉兔曰：“此刻徒然商量挠阻立宪，未免舍本逐末，不如设法阻止去外国考查立宪的五个钦差，教他去不成功，岂不是釜底抽薪之法么？”驴曰：“如何可以阻止？除非是弄死他们。”青牛曰：“弄死他们也容易。太上老君炼的七返火丹，人吃了要睡七日，若是碰着了，便炸裂起来。一共炼了七粒，那年看我的童子，偷吃了一粒，还剩六粒，不如弄一粒，放在他们必经之路上面，等他们踏着了，炸裂起来，岂不是一网打尽！只可惜没有东西去盛它。”乌龟曰：“不知要多大的东西？”青牛曰：“此丹炸力甚大，只消一粒，足够炸死五个人。盛它的东西，倒不必大。”乌龟曰：“我前几天生了一个龟蛋，此时已经抱出小龟，剩下那蛋壳没用，不如拿去盛丹。”青牛喜曰：“盛的东西也有了，只是谁人去拿呢？”于是大众议定，玉兔善于脱身，叫玉兔去，玉兔义不容辞，也答应了。

不说众畜生预备行事，且说孙行者请到了列御寇，会齐了五位钦差，商量动身。列御寇曰：“不可造次。我闻得外国人与我们语言文字都不同，必要请一位通事，方得便当。不知可有这个人？”大众听了这句话，不觉都怔住了。孙行者抓耳挠腮的想了一会，猛然想着一个人来，曰：“有了，有了，我的那个师弟猪八戒，近来被下界时报馆的一个‘冷血’，搬弄到日本留学去了，此时已有一年光景，外国话想是精通的了。待老孙去寻了他来。”说罢，一个筋斗云，到了日本，横滨、神户、东京都寻遍了，却只不见。没奈何到同乡会里打听，才知道被月月小说社的一个“大陆”，掇弄得他跟姜太公到罗刹国封神去了。

孙行者想了一想曰：“老孙自从花果山出世之后，大闹天宫，上至天堂，下至地狱，那一处没有走到，只知牛魔王的老婆红孩儿的母亲叫罗刹女，却不听得有甚罗刹国。”一个留学生曰：“你一定要寻他，我知道他的去处。昨天我接着他的信，他现在广东。”

孙行者听得，谢了留学生，一个筋斗，翻到广东，在一处地方落下。只见路旁一所高大房子，门外拥了许多人，都想挤到房子里去，却只挤不进。房子里面一片声喊：“打！打！打！”一会儿，山崩海倒般拥出了许多人，一个个都是头破血流的。孙行者不知何故，摇身一变，变做个麻雀儿，飞了进去，站在房檐上观看。只见许多人在里面厮打，一片声嚷，也听不出他说些什么。忽见人丛中有一个人嚷曰：“从多数决议，乃是文明办法，动不动就打，岂不是野蛮手段。野蛮到如此，还望预备立宪呢！”

行者看时，正是猪八戒，不觉喜曰："踏破铁鞋无觅处，得来全不费工夫。"摇身一变，变了个麻苍蝇儿，飞到猪八戒的耳朵边上，叫曰："八戒呀！久别了，你在这里做甚么？"那呆子猛听得这话，大惊，急回头一看，这一回头的势猛，那一张莲蓬嘴碰在旁边一个人脸上，把他所戴的金丝眼镜碰了下来。那人大怒，急欲理论，回头一看，见了八戒那副嘴脸，不觉转怒为惊，大叫一声："暖呀！不好了，妖怪出现了！"八戒正被人挤得不耐烦，便索性把那蒲扇耳朵扇动起来。他旁边的人，吓的没有一个不大呼小叫，一哄避开，犹如墙摧壁倒般，登时让出一个大圈。行者又在他耳边曰："八戒，快走！我有话问你。"八戒曰："你这猴头，又弄什么玄虚，寻我到这里来？"行者恨曰："还不快走，要等打孤拐呢？"八戒闻言，忙向外去。这屋子里的人，本来挤满了，此时惊觉了八戒貌丑，得见他到之处，莫不争先走避，让出一条大路来。

八戒乐得大摇大摆，出了大门，自言自语曰："这猴头来寻我，断乎没有好事，不知可是又取什么经。须知老猪此时，受了文明教育，再也不干那个勾当了。"行者听得，忍不住现了本相，曰："你这夯货，为甚么只管猴头猴头的骂我？"八戒慌曰："哥呀，我不敢骂，端的你寻我做甚么？"行者曰："话长呢，找一个僻静的去处，我与你谈。"八戒曰："广东是第一个繁华之地，那里有甚么僻静去处？"

行者携了八戒手，纵起云头，落在一个山顶之上，曰："这可僻静了。我且问你，你方才在那里，是个甚么所在？为甚么那一班人只管嚷打？"八戒曰："议事呢！粤汉铁路本来被外人占去了，中国人争了回来自办。广东人齐了股份，自办广东一路，股东在那里争权，什么私举总办咧，股东查帐咧，团体会咧，商办咧，官办咧，闹得一团糟，今天索性打起来了。你端的找我甚么事？"

行者曰："你可知道立宪是甚么东西？"八戒曰："咦！怎么你也谈起立宪来了？这'立宪'两个字，是我辈新党的口头禅，借此博个名誉的。”行者曰：“怎么是口头禅，此刻玉帝要立宪呢！”八戒跳起来曰：“真的么？”行者曰：“怎的不真，因为不懂得，派了老孙和几个人到外国去考查。”八戒曰：“派的是谁？”行者一一告知。八戒曰：“别人也罢了，这戴宗是个强盗，如何派起他来？”行者曰：“夯货，你懂什么？你看现在世上的官，那一个不是强盗，只怕比强盗还狠呢！怎么天上强盗，就做不得钦差？”八戒曰：“不错，不错，他虽是强盗，等到了外国，见了外国人，他就骨软身酥，不敢动弹了。但是玉皇派你到外国，你为甚反跑到中国来？”行者曰：“此刻万事皆已齐备，只是不懂外国话，不识外国字，缺少一个传话的。我闻得你在日本留学，想已学会了，所以特来寻你。但是我闻得你跟姜子牙封神，不知可有工夫去？”八戒跳起来曰：“妙呀！文明到天上去了！这输进文明到天上，我可是个头功了。将来铜像巍巍，高矗云表，好等后人崇拜老猪也。我去，我去。”

行者曰：“你须先发付了姜子牙。”八戒曰：“要走就走，发付甚么？”行者曰：“这不变了有始无终么？”八戒曰：“甚么有始无终！这等举动，是我们留学生的惯技，而且必要如此，方显得我们能者多劳，价值更高了。”行者曰：“如此就走罢！”说罢，一个筋斗，早到了天上。八戒也纵起云头，跟了上去。会齐一众，同到通明殿请训起程。行者又奏明调派猪八戒做翻译官，玉帝准奏。诸人辞出。

八戒问行者曰：“你们都走得快，我怕追不及呢！”那吒曰：“不要紧，你只附在我的风火轮上便了。”八戒闻言，果然附在后面，径出西天门。到得西天门时，早有一班天神，在那里等着送行，大众未免停止法驾，一一握手话别。等诸神回去，却又起行。

孙行者一个筋斗早翻起来；列子御风亦起；雷公却是坐了车子，阿香在后推着，如飞而去；那吒带了八戒，踏起风火轮；戴宗拴上甲马，紧紧跟随。不料那玉兔早把龟蛋壳盛了那七返火丹放在路上，那吒的风火轮，恰恰在蛋壳上碾过，就平地上炸裂起来，轰的一声，犹如响了个霹雳。那吒吃一惊，腾空而起，他手脚灵便，不曾受伤，却把一个猪八戒掼下地来，莲蓬嘴上着了一点火星儿，便捧着嘴嚷痛。戴宗紧紧跟在后头，赶上了一个着，也炸伤了面部。行者在前，听见声响，回头一看，只见猪、戴两个躺在地下，那吒升在空中，急约了雷公、列子，回来查看。

八戒捧着嘴嚷曰："是那个放炸弹？"行者曰："你还馋嘴，要吃炸鸽蛋呢！"八戒曰："你们腐败守旧党，不开眼界。我说是炸弹，这是外国发明的一种文明利器，怎么弄到这里来？我闻得申公豹那厮，提倡革命，莫非是他干的勾当！"八戒说时，那守西天门的增长天王，及殷、朱、陶、许四大灵官，都已赶来查问，听得八戒此言，飞奏玉帝，请旨悬赏缉拿革命党首领申公豹。

戴宗哼曰："且莫乱谈，赶紧医好伤痕好去。"八戒曰："我痛得厉害，走不动呢！"一会儿，玉帝派了医灵大帝来，用些神丹，登时变好了。

于是六人仍前起行。走了三日三夜，到了外国天堂，看见一座六七十层高的房子。八戒认得外国字，一看，曰："这是礼拜堂，我们进去看看。"便到门口打听，知道耶稣住在这里，不觉喜曰："耶稣是外国教主，我们请教他去。"

于是引着五人，走到堂里，访问耶稣在那里。一个外国人对曰："在第二十八层楼上，你要见他，跟我来。"于是八戒带了五人，跟着到一间房里。这人掇过六把椅子，请他们坐下，把手在墙边上，不知怎样拨弄一拨弄，但听得骨碌碌骨碌碌响个不住。各人都觉得摇动起来。

戴宗慌曰："这是甚么事？"八戒笑曰："你们真是鼠目寸光，连升高机器都不懂。"各人果然觉得渐升渐高，不一会，到了第二十八层，机器停住，八戒起来，恰好遇见一个细崽，八戒问他："耶稣在那里？"细崽向一个门上指指，八戒走过去叩了两下门。行者在旁边，听得里面说一声"咳门"。八戒推门进去，五人也跟着。只见房里面摆着一张斜坡桌面的桌子，桌子旁边坐了一个白发外国人，墙脚下摆了几把椅子，看见众人进来，也不起立。八戒除下帽子，向那外国人拉手，叽咕了几句话，又一面叽咕着对五人一个个指点，那外国人方才立起来，向五个人逐一拉手。八戒又同他叽咕了好一会，便起身带着五人出来，仍到升高机器处落下，出了大门。

行者曰："你同他谈了些甚么？"八戒曰："走错了门也。我问他立宪政体，他说他是宗教家，不是政治家。我问他政治家在那里，他说他一心信奉上帝，他事绝不过问，所以不知。"

于是六人又向前走，走过一处藏书楼，八戒照前带了五人进去，见了一个外国人，访问如前，问答了一回出来，嘴里嚷着说；"晦气！晦气！"那吒曰："怎样晦气？"八戒曰："这个人名叫苏格拉底，我问他时，他说他是个哲学家，不是政治家。我看在天堂上访不出，还是到下界去吧。"行者曰："到下界去也好。"八戒曰："到下界必要变一变方好，若照你们这等装扮，外国人见了，要当你们拳匪呢。"行者曰："变甚么？"八戒曰："我变一个你们做样。"摇身一变，变成一个外国人。行者曰："这个容易。"摇身一变，也变了。那吒、雷公也变了。只有列御寇、戴宗不会变，行者在他二人身上，吹一口仙气，叫"变"，也变了。于是六人各驾风云，径向欧洲落下。

八戒曰："我们此来，只能暗访，不能明查；若要明查，必要有了国书，方才可以见得外国皇帝呢。"于是带了一行人，先寻个客寓住下。

可怜五个钦差，不通言事，犹如哑子一般，只任从八戒一人播弄。八戒也时常带他们出去旅行，遇事指点，又到海边上看看外国兵船。外国操兵时，又带着去看看洋操。他又结交了个久于外国的中国商家，这商家有熟识的厂家，八戒央及带他们去看看机器制造。鬼混了几个月。

一日，八戒又同着五人到那中国商家家里去坐，只见座上先有一人，一般的西装打扮，孙行者金睛火眼，先认得了他，暗暗拉了八戒一把，走向旁边曰："你认得这个人么？"八戒曰："初会，初会。姓名还不知呢？"行者曰："他道行浅，看不出我们，他须瞒不得老孙。"八戒曰："他到底是谁？"行者曰："他是《三国演义》上魅死孙策的于吉。"

八戒曰："待我问他去。"便回转来问此人："贵姓？"此人答曰："姓于。"又问："台甫？"答曰："不凶。"八戒曰："不凶则吉矣。"行者问曰："不知不翁在此执甚业？"不凶曰："游历至此，并不执业。"八戒暗想，这个人不是个好东西，待我试探试探他。因问曰："有一位申公豹，想是相识。"不凶大惊曰："阁下何以知道此人真名姓？他自从离了本国，到外国之后，已经改了姓钟，阁下想是同党。"八戒曰："不、不，闻名而已。"不凶曰："何不入党？"八戒曰："入党也要看看时势。"不凶大笑曰："看甚么时势，看机会罢了！今日革命党有机会可以赚钱，我便高谈革命；明日立宪党有机会可以做官，我便高谈立宪。你不看看现在舞蹈扬尘、山呼万岁的班中，很有几个谈过革命的呢！还有那革命党当中，也有几个能把立宪党的内容和盘托出的，你想他从前是甚么党来？"八戒曰："我说时势，也就是这个意思。"不凶曰："那两个党魁领袖，他们不能改变面目，如我辈正好自由呢！"八戒笑曰："信教自由之外，又多了一个入党自由了，世界愈进愈文明了。"那吒听得不耐烦，曰："我们走了吧！"

遂别了中国商家，回到客寓。八戒又教了几天行者等复命的话，又答应代他们起摺稿。商量停当，算清了旅费，一同走到僻静之处，各各现了本相，纵起祥光而去。八戒有意落后，等五人去远了，拨转云头，走到上海落下，到书店里买了几种译本讲立宪的新书，做起摺稿的蓝本。买停当了，方才驾云回去。

等得他到时，五钦差已经复命下来了。行者曰："你为甚这时候才来！快起摺稿，等我们连夜誊清，明日早朝要递呢。"八戒曰："起稿容易，但不知送我多少润笔？"孙行者曰："我们每人送你二钱银子，共是一两。”八戒摇头曰：“不行，不行，没有这么便宜！你须知一个摺子，好几千字呢！”行者曰：“不行，打二十孤拐。”八戒曰：“哥呀！莫打，莫打！我起，我起！只是忒便宜了，损了我们留学生的名誉。”行者曰：“再多说，也是二十孤拐。”八戒曰：“莫打！我不多说了。”

好八戒，摊出书来，搬字过纸，登时起了五个摺稿，行者等真个每人出了二钱银子给他。八戒咕哝曰：“还不及作小说的代价，真是晦气！”行者笑曰：“你莫咕哝，我好好的保举你。”八戒曰：“你保举我甚么？”行者曰：“保举你是个留学生，熟识洋务。”八戒曰：“哥呀，你可有银子，借给我二三千两。”行者曰：“你要许多银子做甚么？”八戒曰：“我要去买一张卒业文凭，做留学生的证据，预备考试留学生，好巴一个翰林进士。”行者曰：“夯货，你这回出洋一次，开起保举来，便照着异常劳绩开去，怕不过班加衔，还要那翰林进士做甚么？”八戒曰：“哥呀，我也不望甚么过班加衔了，只望恢复我的天蓬元帅便好。”行者曰：“你还恋恋这个天蓬元帅做甚么？”八戒曰：“做了元帅，好歹克扣几文军饷。”行者更不理他，便去准备明日早朝递封奏。

且说一群畜生，闻得钦差考查回来，又复纷纷会议，商量阻止立宪之法，都埋怨青牛的七返火丹太少，玉兔的安放不得法。特曰：“你们各位，也不必埋怨，也不必忧虑，我看此番立宪，不过名目而已，于我辈无甚大损。”众畜齐声问曰：“汝何以知之？”特曰：“原来你们尚未知道。自从传说要立宪之后，耳报神便设法运动，开了一间‘天曹官报馆’，是他告诉我的。”赤兔马曰：“《天曹官报》，我也天天看，却未曾看见这一条新闻。”特曰：“你有所不知，他因为是官报，处处要顾忌。那耳报神用了樟柳神做访事，消息最灵。如某星官旷职，某菩萨思凡之类，那一事他不知道？然而都为了顾忌，不敢登载出来。他告诉我，将来不过改换两个名目罢了。还说我们帝君，赋闲了两年，此次还可望有职事呢。”

说犹未了，只见南极老人的白鹿，喜孜孜拿着一张《天曹官报》来，叫曰："列位要看好消息么？"玉兔手快，一手接来，大家团团围着观看。只见报纸里面，还夹着一张红纸、一张黄纸。看时，却是观音菩萨开天足会，百花仙子创女学堂的传单。群畜曰："这是女子的事，我们不看它。"

翻开报纸一看，下面一条刊曰：

探得通明殿最近消息云：朝旨以改定官制为立宪之基础，昨已交各仙卿会议，闻议得照下界分设各部，以一事权。大约以太白金星为礼部大臣，以二郎神为陆军部大臣，以东海龙王为海军部大臣……

看至此，特笑曰："可谓先礼后兵矣。"蛇曰："兴了海军部，虾兵蟹将都有事体干了。"龟曰："我左右空着，明日便请个回籍措资假，到东海龙王那里谋差事去。"白鹿曰："你们莫忙，且看完了再商量。"

于是再看下文是：

以东岳大帝为法部大臣，以吕洞宾为度支部大臣……

哮天犬大叫曰："亏得他们想出这一位点铁成金的，来当度支部也！"龟曰："只是未免有侵财帛星君的权限了。"

再看下文是：

以姜太公为民政部大臣，以猪八戒为外务部大臣……

金乌曰："奇！奇！姜太公是贫苦出身，深知民间疾苦，用为民政部，还有可说。至于猪八戒，是个什么东西，可以当得外务部！"玉兔曰："你原来有所不知，猪八戒近年留学日本，此番钦差出外考查立宪，还带他去做翻译呢。诸神之中，除了他还有谁能略懂外情的呢？"

于是又看下文是：

以那吒为邮传部大臣，以文昌帝君为学部大臣……

特喜跃大呼曰："妙！妙！敝同事天聋、地哑都可有提学使之望也。"哮天犬瞅了一眼曰："何妨放文静些！我听见二郎神做了陆军部大臣，何尝不欢喜，何尝不想求个统领，但只可在心里打算，何必这样大呼小叫！"蛇曰："不错，不错！凡钻路子，只可默运神通，断不可摆在脸上，须知人心险诈，一露了风声，便有人要谋捷足先得的了。"犬、蛇两个，说得特低头不语。

再往下看是：

以牛郎为农部大臣，以鲁班为工部大臣，以财帛星君为商部大臣……

龟曰："怪道呢，我说用了吕洞宾做度支部，这财帛星君未免抱屈了，原来留着他做买卖，多财善贾，真用得当也。"

再看下文是：

诸仙卿议定，此外不再更动，诸天神佛，一律照旧供职。今晨入奏，玉帝已经允准，定于明日早朝，再降玉旨。故今日散朝时，通明殿上，一片欢呼之声，皆曰：立宪万岁！立宪万岁！

群畜围观既毕，又复互相传观。特笑曰："原来改换两个官名，就叫做立宪。早知如此，我们前次放七返火丹，未免多事了。”龟曰：“不然，他这是头一着下手，以后还不知如何呢？”特曰：“你不看‘此外不再更动，诸天神佛，一律照旧供职’一句么？据此看来，我们的饭碗，是不必多虑的了。”

群畜闻言，不觉一齐大喜，亦同声高呼：“立宪万岁！立宪万岁！”

品读

1905年，清政府因内忧外患日趋严重，统治岌岌可危，于是便想抓住“君主立宪”这根救命稻草，希图苟延残喘。这一年7月，清政府派载泽、戴鸿慈、徐世昌、端方和绍英五大臣出洋考察。经过对欧洲14国走马观花式的考察，1906年8月26日，载泽上《奏请以五年为期改行立宪政体折》；9月1日，慈禧太后下《宣示预备立宪谕》，宣布预备立宪。1907年，各省响应朝廷，成立预备立宪公会。1908年，清政府颁布《钦定宪法大纲》。1909年，各省谘议局选举。1910年，资政院开院礼。1911年，清政府任命内阁，其成员多为清宗室与满人，被讥嘲为“皇族内阁”。立宪派深感失望，舆论哗然，反对立宪、倡导革命的声音日益高涨，终于导致辛亥革命爆发，清政府一命呜呼。

当立宪运动自上而下锣鼓喧天地开展起来时，身处立宪前沿地上海的吴趼人，正在办报、写小说，他对这场运动自然比较关注，并逐渐洞察了清政府不过是借“立宪”来装点门面、欺世盗名的虚假性质，于是先后创作了《庆祝立宪》《预备立宪》与《大改革》（1906年）、《立宪万岁》（1907年）、《光绪万年》（1908年）等，几乎是同步反映了立宪运动的兴衰及其激起的社会情绪。

《立宪万岁》署名“趼”，载《月月小说》第5号，1907年2月27日出刊。小说将立宪故事置于天宫，玉皇大帝听说下界搞立宪，也想在天界如法炮制，于是派孙悟空、哪吒、雷公、戴宗、列御寇五大臣出国考察，猪八戒做翻译。此举遭到龟、蛇、驴、金乌、玉兔、青牛等神仙下属的暗中反对，它们预谋炸死五人而未遂其愿。五大臣到欧洲蜻蜓点水地溜达了一圈，回来上奏玉帝，倡导立宪。玉帝于是颁布一系列立宪措施，可实际上却是巧立名目，换汤不换药。结果，群仙各得其位，群畜也激动欢呼："立宪万岁！立宪万岁！"

小说采用寓言的形式，巧借古代小说名著或神话传说中的人物，把清政府的最高统治者比作玉皇大帝，把顽固反动的达官贵人比作诸天神佛，把投机钻营、趋炎附势的腐败官僚比做一群畜生，用天界中的立宪闹剧来辛辣地嘲讽清政府的预备立宪，从而生动形象地揭露了清政府欺世盗名的立宪本质。如果联系1911年清政府任命内阁的情况来看，那么我们不得不佩服吴趼人目光如炬，一眼就看穿了清政府为了维护自身利益而诳时惑众的大骗局。

值得注意的是，吴趼人在揭批清政府"预备立宪"真相的同时，对于当时在南洋积极"运动革命"的申公豹也颇有微词，并借"骑墙派"于吉之口嘲讽道："今日革命党有机会可以赚钱，我便高谈革命；明日立宪党有机会可以做官，我便高谈立宪。你不看看现在舞蹈扬尘、山呼万岁的班中，很有几个谈过革命的呢！还有那革命党当中，也有几个能把立宪党的内容和盘托出的，你想他从前是甚么党来？"的确，彼时打着立宪旗号或者鼓吹革命的政治投机分子大有人在，因此吴趼人的讽刺，并非无的放矢，而是箭不虚发的。

十九、查功课

——短篇小说选二

的零零，的零零，的零零零零零零……

“啊！时候已经晚上一点钟了，是那个传电话？想是无事的人闹顽的，且不要理他，睡我的觉罢。”

的零零，的零零，的零零零零零零……响个不了。

“啊！到底是甚么人？”

披衣起，下床着履，拧亮了洋灯，走近电箱处，拿起听筒：

“哈罗，哈罗，你是那里？是谁？”

有声如蝇，从听筒传来，曰：“我是督署。你是那里？”

“啊！督署？你是谁？我这里是学堂。”

“你是谁？”

“我是监督某。”

“传语各学生，不可睡觉，这里派员来查功课。”

“啊！查功课？是是是！几时来？”

“马上就来。”

“是是是！这里准预备……”

挂上听筒，穿袜扎腿。

“来！”

“来。”

“来啊！”

“来，有有有，是是是！”

“来啊！”

“是是是，来了，来了！”

“快叫起教习师爷们，叫斋夫叫起学生，制台马上委员来查功课。”

“是是是！”

“起来！起来！快起来！快快起来！”

又朦胧，又忙乱，穿衣，着履，剔灯。

北京学生曰：“这是那儿来的事？”

广东学生曰：“一头雾水。”

苏州学生曰：“到底为仔傛事体介？”

江北学生日：“只是辣块说起的？”

“接帖！”

“嘎！”

“禀大人，四位委员来拜。”

“请！”

拱手，呵腰。

“请坐！”

“兄弟们奉札来查一查学生，不必坐罢，先到讲堂上去。”

“是是是！请请请！”

“引导了。”

“来啊！打灯笼。”

“是！”

当当当，当啷，当啷，当啷……

学生鱼贯入。

“学生都齐了吗？”

“是，学生都齐来了。”

“监督大人，各位教员，请看守一看守，兄弟们去查一查再来。”

“是是是，请便，请便！”

翻箱，倒箧，掀被，揭褥，拆帐，开抽屉，撬地板。

“没有，没有。”

“没有，没有。”

“想是谣言。”

“准是谣言。”

“禀复去罢。”

“禀复去罢。”

“监督大人，各位教员，请便吧，没事了。告辞了，惊扰得很。”

“不客堂里坐坐？”

“不了，不了，还有公事要禀复。”

“送客！”

“送客！”

“送客！”

“送客！”

客去。

教员问提调曰：“何事？”

提调问监督曰：“何事？”

监督问学生曰：“何事？”

学生问教员曰：“何事？”

“不知”“不知”“不知”“不知”，都不知，通通不知。

监督、提调、教员各归房，学生散。

甲学生问曰：“你的呢？”

乙曰：“在裤裆里。”

“你的呢？”

“也在裤裆里。”

“他的呢？”

“也在裤裆里。”

一人曰：“我的却在袖里。”

众曰：“冒险！冒险！一把臂就破露了。”

“拿末看是甚么？”

“是《民报》。”

“你的呢？”

“也是《民报》。”

“他的呢？”

“也是《民报》。”

“统共多少份？”

“四十份。”

品读

《查功课》是一篇短篇小说，载《月月小说》第8号，清光绪三十三年（1907）四月出刊。该小说只有极少量简洁的叙述文字，通篇几乎全用对话构成。

某夜一点已过，督署派了四个委员来到学堂里“查功课”，乱翻了一通，嘟囔了几句“没有没有”“想是谣言”，便告辞禀复去了。这里学监、提调、教员都莫名其妙，不知为了何事。等他们散去后，学生们彼此询问，才知道有的将《民报》藏在裤裆里，有的藏在袖子里，统共有四十份。

督署为什么要深更半夜派人来学堂搜查《民报》？原来《民报》是当时资产阶级革命派章太炎主编的同盟会机关报，宣传反清革命。从本篇所叙故事可知，《民报》在当时的青年学子中很受欢迎，已经深入人心。这就难怪清末官方对它戒惧有加，一有风吹草动，就要派人查禁了。

在叙事方式上，这篇小说有很浓的“戏剧化”色彩。作者只提供人物的对话与动作，连人物的姓名都没有，更不用说人物外貌、心理以及环境方面的描写了。读者在看这篇小说时，就好像是在看一出戏，由于不了解表演者的情况，只能追随人物的对话和举止，一边看一边推测，这就使小说叙事充满了悬念，直到故事结尾，才了解到事情的真相。这种“戏剧化”的小说，令人耳目一新，在近代小说中是比较罕见的，它比较突出地表现了吴趼人的艺术创新精神。

附录

吴趼人编年事略

同治五年（1866） 一岁

四月十六日（5月29日），出生于北京分宜故第（明代宰相严嵩府邸，吴趼人祖父吴尚志在京为官时居住其中一部分）。

吴氏原名宝震，又名沃尧，从其父名允吉，取字小允。初号茧人，后改趼人，又号我佛山人，别署趼、偈、茧叟、趼廛、茧闇、趼人氏、检尘子、野史氏、老上海、趼廛主人、抽丝主人、岭南将叟、中国老少年等。

吴趼人起初取春蚕作茧自缚之义，自名“茧人”，后来改名“趼人”，取《庄子》“百舍重趼，而不敢息”之义。可是他的朋友常将“趼人”误写成“妍人”或“研人”。这让他哭笑不得，他曾作诗自嘲：“偷向妆台揽镜照，阿侬原不是妍人。”[①]又说：“余自二十五岁后，改号茧人，去岁复易茧作趼，音本同也。乃近日友人每书为研，口占二十八字辨之：‘姓氏从来自有真，不曾顽石证前生。古端经手无多日，底事频呼作研人？’”[②]

吴趼人因别号“我佛山人”，一次，某小报刊文与他论战，竟然将“我佛”与“山人”分开，误以为“山人”类同于山樵、山民，吴趼人看了狂笑不已，第二天，兴师问罪，说我是佛山人，所以叫“我佛山人”，“何得竟施腰斩之罪，将‘佛山’二字断成二截？佛说未免罪过！”[③]

---

① 张乙庐：《吴趼人逸事》，载魏绍昌编《吴趼人研究资料》，上海古籍出版社，1980，第19页。

② 陈无我：《老上海三十年见闻录》，上海书店出版社，1997，第300页。

③ 孙家振：《退醒庐笔记》，上海书店出版社，1997，第62页。

吴趼人曾祖，名荣光，字伯荣，号荷屋，嘉庆三年（1798）举人，嘉庆四年（1799）进士，由庶吉士授编修，擢升江南道御史。道光年间，任湖南巡抚，兼湖广总督，后坐事降为福建布政使。工诗文、擅书画，尤酷嗜金石，精鉴赏，名极一时，书法更为世所推重。著有《历代名人年谱》《筠清馆金石录》《筠清馆帖》《辛丑销夏记》《帖镜》《石云山人文集》《绿枷楠馆录》《吾学录》等。

吴趼人祖父，名尚志，字任卿，国子监生员，曾官工部屯田司主事，递升员外郎，同治七年（1868）去世，家道自此中落。

吴趼人父亲，名升福，字允祺，又字允吉。曾官江苏候补巡检，后在浙江宁波督办柴桥镇茶厘事务。光绪八年（1882）约八月底九月初，卒于任所，享年四十二岁。生二子一女，长子寿世（又名宝文），早殇；次宝震，即吴趼人；又次晓兰（女）。

同治六年（1867）　二岁

年初，随父母奉丧南归，居佛山故宅。自此，与其母定居佛山，在佛山度过幼年和少年时期。

同治十二年（1873）　八岁

约由此年起，从冯竹昆塾师受业。吴趼人《趼廛笔记·复苏》："童时，从蒙师冯竹昆先生读书，与同学潘若祖甚相得。"吴趼人《劫余灰》第一回："还记得我从小读书时，曾经读过《中庸》。"

光绪四年（1878）　十三岁

约于此年前后入佛山书院肄业。曾学绘画。恶宋儒之学。李葭荣《我佛山人传》："君恶宋儒之学，于朱氏熹尤多所诟病。"我佛山人《近十年之怪现状》自序："吾人幼而读书，长而入世，而所读之书，终不能达于用。"

光绪八年（1882） 十七岁

八月底，父亡。至宁波，收殓奠祭，扶柩回乡。家境益窘。

李葭荣《我佛山人传》：“君早岁食贫，岸然自异，无寒酸卑琐之气。”

光绪九年（1883） 十八岁

离家赴沪谋事。先投靠同乡江裕昌茶庄，后入江南制造局翻译馆工作。吴趼人《还我魂灵记》：“吾生而精神壮足，未弱冠，即出与海内士大夫周旋。”

光绪十年（1884） 十九岁

在江南制造局当抄写员。李葭荣《我佛山人传》：“……佣书江南制造军械局，月得值八金。”

光绪十一年（1885） 二十岁

继续在江南制造局工作，业余学习为文。杜阶平《书吴趼人》：“吴趼人先生……弱冠始搦管学为文，偶从旧书坊买得归熙甫文集半部，读之爱不忍释，遂肆力于古文。寝馈三年，而业大进。”[①]

光绪十四年（1888） 二十三岁

约于此年前后，学习新技艺，自制一长二尺许小火轮，能在黄浦江上自动往返，驶行数里外。胡寄尘《我佛山人遗事》：“君多巧思，在制造局时，尝自运机心，制一小轮船，仅二尺许，能往还数十里，见者称为奇器。”[②]

---

① 魏绍昌编《吴趼人研究资料》，上海古籍出版社，1980，第21页。

② 魏绍昌编《吴趼人研究资料》，上海古籍出版社，1980，第19页。

光绪十六年（1890）　二十五岁

此年秋天，仲父病逝。

光绪十七年（1891）　二十六岁

元月底，北入京都，寻先兄墓。道经天津，访友水师营。至天津香河之赤毛庄，携两堂弟持丧南归。课瑞棠弟读书，使君宜弟肄艺于沪南制造局。吴趼人《课弟》诗夹注云："余与弟素未相见，得先叔讣后，始往天津香河之赤毛庄携之来沪。"吴趼人《清明日偕瑞棠弟展君宜大弟墓，用辛卯都中寻先兄墓韵》诗序："以辛卯二月附轮北上，挈两弟持丧南来，课瑞棠读书，君宜则使肄艺于沪南制造局。"

光绪二十年（1894）　二十九岁

继续在江南制造局工作，时已为图画房绘图员。七月，堂弟君宜病逝。

光绪二十二年（1896）　三十一岁

秋，奔宜昌季父之丧。

吴趼人作诗《七月十九日夜，接家季父电，诏赴彝陵省疾，即夜成行，戚友知己都不及走告，赋此留别》与《阻舟汉上》诗，以纪此事。

光绪二十三年（1897）　三十二岁

开始办小报生涯。先是协办《字林沪报》，后继办《采风报》《奇新报》《寓言报》等，至光绪二十八年（1902）止。

是年冬，始作《趼艺外编》，陆续刊登于沪上诸报。

光绪二十四年（1898）　三十三岁

五月，办《采风报》。《海上名妓四大金刚奇书》（前后集各五十回）完稿，署名"抽丝主人"，有作者《题识》和《序》，并附人物绘图。六月由上海书局出版，石印巾箱本，四册。

光绪二十五年（1899） 三十四岁

主持《采风报》笔政。秋，与周桂笙相识，渐为至交。周桂笙《新庵谐译初编·序》：“吴君为南海荷屋中丞公之曾孙，家学渊源，文名籍甚。生有奇气，素负大志。与余交最莫逆，尝谓人曰：得识周某，不负我旅沪二十年矣。尝历主海上各日报笔政，慨然以启发民智为己任。然其议论宗旨，喜用谐词，以嬉笑怒骂发为文章，盖谓庄语不如谐词之易入也。”

光绪二十六年（1900） 三十五岁

办《奇新报》。

光绪二十七年（1901） 三十六岁

二月初五（3月24日），参加上海各界爱国人士在张园举行的第二次反对“俄约”大会，并作演说。《中外日报》（1901年3月26日）刊登《吴君沃尧演说》：“……诸君亦知俄约若成，我等子孙之苦有甚于饥寒冻馁者乎？吾盖恐此约一成，则各国均持利益均沾之说以挟我，则波兰、印度、土耳其之覆辙即在目前矣。……我等同志或竟联一拒俄会以拒之。非谓有兵力足以拒之也，非谓有势力足以拒之也，合大众之热力以为拒力，庶几收众志成城之效，共勉卧薪尝胆之心，纵使不足以拒强俄，亦使他国闻之，知我中国之民心尚在耳。”

九月，办《寓言报》。

光绪二十八年（1902） 三十七岁

二月，辞《寓言报》主笔职，归家。办小报生涯至此结束。

三月，赴鄂编《汉口日报》。

《吴趼人哭》五十七则出版。此作表现其愤世嫉俗之情，而以诙诡之言出之。

光绪二十九年（1903）　三十八岁

三月初，在《汉口日报》任职，为周桂笙《新庵谐译初编》作序。

从这一年起，致力于写小说。

在八月十五日（10月5日）发行的《新小说》第8号发表以下作品：

1. 《痛史》第1—3回，标“历史小说”，署名“我佛山人”。

2. 《二十年目睹之怪现状》第1—2回，标“社会小说”，署名“我佛山人”。

3. 《电术奇谈》（一名《催眠术》）第1—2回，标“写情小说”，署“旧本菊池幽芳氏元著，东莞方庆周译述，我佛山人衍义，知新主人评点”。

4. 《新笑史》11则，署名“我佛山人”。

这年冬天，东游日本。

光绪三十年（1904）　三十九岁

在六月二十五日（8月6日）发行（补印发行）的《新小说》第9号上发表以下作品：

1. 《痛史》第4—6回。

2. 《二十年目睹之怪现状》第3回。

3. 《电术奇谈》第3—4回。

4. 评《毒蛇圈》（法国鲍福著，上海知新室主人译）第3—5回（每回有眉批和总评，署名“趼廛主人”）

在七月二十五日（9月4日）发行（补印发行）的《新小说》第10号上发表以下作品：

1. 《痛史》第7—8回。

2. 《二十年目睹之怪现状》第4—6回。

3. 《电术奇谈》第5—6回。

4. 《新笑林广记》7则，署名“我佛山人”。

在九月十五日（10月23日）发行（补印发行）的《新小说》第11号上发表以下作品：

1. 《痛史》第9—10回。

2. 《二十年目睹之怪现状》第7—9回。

3. 《电术奇谈》第7—9回。

4. 评《毒蛇圈》第6—7回（每回有眉批和总评）。

在十月二十五日（12月1日）发行（补印发行）的《新小说》第12号上发表以下作品：

1. 《痛史》第11—12回。

2. 《二十年目睹之怪现状》第10—12回。

3. 《电术奇谈》第10—12回。

4. 《九命奇冤》第1—2回，标“社会小说”，署名“岭南将叟重编”。

5. 评《毒蛇圈》第8—9回（每回有眉批和总评）。

在十二月一日（1905年1月6日）发行的《绣像小说》第41期上发表《瞎骗奇闻》第1—2回，每回前有两幅绣像标“迷信小说”，署名“茧史”。

在十二月十五日（1905年1月20日）发行的《绣像小说》第42期上发表《瞎编奇闻》第3—4回。

光绪三十一年（1905）　四十岁

在正月初一（2月4日）发行的《绣像小说》第43期上发表《瞎骗奇闻》第5回。

在正月十五（2月18日）发行的《绣像小说》第44期上发表《瞎骗奇闻》第6回。

在元月（2月）发行的《新小说》第13号（第2年第1号）上发表以下作品：

1. 《痛史》第13—14回。

2. 《二十年目睹之怪现状》第13—14回。

3. 《九命奇冤》第3—5回。

4. 《电术奇谈》第13—14回。

5. 评《毒蛇圈》第10—11回（有眉批和总评）。

在二月初一（3月6日）发行的《绣像小说》第45期上发表《瞎骗奇闻》第7回。

在二月十五日（3月20日）发行的《绣像小说》第46期上发表《瞎骗奇闻》第8回。该小说至此载完。

二月十二日（3月28日），女儿铮铮生。

春，受聘去汉口任美商英文《楚报》新辟的中文版编辑；至六月，辞汉口《楚报》之职回上海，参加反美华工禁约运动。

在二月（3月）发行的《新小说》第14号（第2年第2号）上发表以下作品：

1. 《二十年目睹之怪现状》第15—17回。

2. 《九命奇冤》第6—9回。

3. 《电术奇谈》第15—17回。

4. 评《毒蛇圈》第14回（有眉批，无总评。另外，第12—13回无评）。

在三月（4月）发行的《新小说》第15号（第2年第3号）上发表以下作品：

1. 《二十年目睹之怪现状》第18—20回。

2. 《九命奇冤》第10—13回。

3. 《电术奇谈》第18—20回。

在四月（5月）发行的《新小说》第16号（第2年第4号）上发表以下作品：

1. 《九命奇冤》第14—17回。

2. 《电术奇谈》第21—22回。

在五月（6月）发行的《新小说》第17号（第2年第5号）上发表以下作品：

1. 《痛史》第15回。

2. 《二十年目睹之怪现状》第21—23回。

3. 《九命奇冤》第18—20回。

4. 《电术奇谈》第23回。

5. 评《毒蛇圈》第18回（有眉批和总评，第15—17回无评）。

6. 《新笑林广记》7则。

在六月（7月）发行的《新小说》第18号（第2年第6号）上发表以下作品：

1. 《痛史》第16回。

2. 《二十年目睹之怪现状》第24—26回。

3. 《九命奇冤》第21—23回。

4. 《电术奇谈》第24回。该小说写英人喜仲达与林凤美的爱情波折，原译6回，吴氏衍为24回，至此全部载完。光绪三十一年八月（1905年9月），新小说社出版单行本，书名上改题“奇情小说”。

5. 评《毒蛇圈》第19回（有眉批和总评）。

在七月（8月）发行的《新小说》第19号（第2年第7号）上发表以下作品：

1. 《二十年目睹之怪现状》第27—29回。

2. 《九命奇冤》第24—26回。

3. 评《毒蛇圈》第20回（有眉批和总评）。

4. 《小说丛话》4则（刊于“附录”栏，署名“趼”）。

在八月（9月）发行的《新小说》第20号（第2年第8号）上发表以下作品：

1. 《痛史》第17—19回。

2. 《二十年目睹之怪现状》第30—32回。

3. 《九命奇冤》第27—28回。

4. 评《知新室新译丛》（周桂笙译述）6则，署名“检尘子”。

在八月二十一日（9月19日）发行的《南方报》第28号开始连载《新石头记》，标“社会小说”，署“老少年撰”。

在九月（10月）发行的《新小说》第21号（第2年第9号）上发表以下作品：

1. 《痛史》第20—21回。

2. 《二十年目睹之怪现状》第33—36回。

3. 《九命奇冤》第29—30回。

4. 评《毒蛇圈》第21回（有眉批和总评）。

在十月（11月）发行的《新小说》第22号（第2年第10号）上发表以下作品：

1. 《痛史》第22—23回。

2. 《二十年目睹之怪现状》第37—39回。

3. 《九命奇冤》第31—32回。

4. 《新笑林广记》8则，署名“我佛山人”。

5. 评《知新室新译丛》1则。

在十一月（12月）发行的《新小说》第23号（第2年第11号）上发表以下作品：

1. 《痛史》第24—25回。

2. 《二十年目睹之怪现状》第40—42回。

3. 《九命奇冤》第33—34回。

4. 评《毒蛇圈》第22回（有眉批和总评）。

5. 评《知新室新译丛》6则。

6. 《新笑史》11则。

光绪三十二年（1906）　四十一岁

在正月发行的《新小说》第24号（第2年第12号）上发表以下作品：

1. 《痛史》第26—27回。

2. 《二十年目睹之怪现状》第43—45回。

3. 《九命奇冤》第35—36回。

4. 评《毒蛇圈》第23回（有眉批和总评）。

在二月十五日（3月9日）发行的《绣像小说》第70期上发表《活地狱》第40回（《活地狱》第40回前为李伯元所作）。

在三月一日（3月25日）发行的《绣像小说》第71期上发表《活地狱》第41—42回。第43回由茂苑惜秋生续完。

三月（4月），《中国侦探案》34则（其中18则末附“野史氏”即作者本人的评语），由上海广智书局出版，署“南海吴趼人述”。书前有“凡例”和“弁言”，言其所作旨在反映中国人民智慧“塞崇拜外人者之口”。

八月（9月），小说《糊涂世界》12回（未完），署名“茧史”，由上海世界繁华报馆出版单行本。本月，《胡宝玉》（一名《三十年来上海北里之怪历史》），署名“老上海撰”，由上海乐群书局出版。

九月（10月），《恨海》10回，有眉批，标“写情小说”，署名“南海吴趼人”，由上海广智书局出版。

九月十五日（11月1日），《月月小说》杂志在上海创刊，任总撰述。汪维甫《我佛山人笔记四种·序》云：“南海吴趼人先生以小说名于世，每有撰述，无不倾动一时。余于清光绪丙午、丁未之际，创刊《月月小说》，延先生主笔政。”[①]《月月小说》第2号封底《本社紧要广告》：“启者，本社所聘总撰述南海吴趼人先生，总译述上海周桂笙先生，皆现今小说界、翻译界中上上人物，文名藉甚，卓然巨子。曩者日本横滨《新小说》报中所刊名著，大半皆出二君之手，阅者莫不欢迎。兹横滨《新小说》业已停刊……《月月小说》社总理庆祺谨告。”

在九月十五日（11月1日）发行的《月月小说》第1号上发表以下作品：

1. 《〈月月小说〉序》，强调无论写什么小说，“务使导之以入于道德范围之内”，“借小说之趣味之感情，为德育之一助”。

2. 《〈历史小说〉总序》，希望通过“编撰历史小说，使今日读小说者，明日读正史如见故人；昨日读正史而不得入者，今日读小说而如身亲其境”。

3. 《〈两晋演义〉序》，提出“撰历史小说者，当以发明正史事实为宗旨，以借古鉴今为诱导”，要“寓教育于闲谈”，对改良社会有裨益。

4. 《两晋演义》第1—2回，标“历史小说”，署“我佛山人”，有作者本人的眉批、夹注和回末总评。

5. 《庆祝立宪》，短篇小说，署名“趼”。

6. 《俏皮话》8则。

7. 评《新庵译萃》（上海知新室主人即周桂笙译述）3则，署名“检尘子”，后在《新庵笔记》中改为“趼人氏”。

在十月十五日（11月30日）发行的《月月小说》第2号上发表以下作品：

① 魏绍昌编《吴趼人研究资料》，上海古籍出版社，1980，第264页。

1. 《两晋演义》第3—5回。

2. 《预备立宪》，短篇小说，署名“偈”。

3. 评新作《讥弹·送往迎来之学生》，署名“偈”。

4. 《俏皮话》8则。

5. 评《新庵译萃》2则。

在十一月十五日（12月30日）发行的《月月小说》第3号上发表以下作品：

1. 《罗春驭〈月月小说·叙〉趼人氏附识》。

2. 《李伯元传》，署名“吴沃尧”。

3. 《两晋演义》第6—9回。

4. 《大改革》，短篇小说，署名“趼”。

5. 《义盗记》，短篇小说，署名“趼”。

6. 《俏皮话》8则。

7. 评《新庵译萃》1则。

在十二月十五日（1907年1月28日）发行的《月月小说》第4号上发表以下作品：

1. 《两晋演义》第10—12回。

2. 《黑籍冤魂》，短篇小说，署名“趼”。

3. 《俏皮话》10则。

4. 《趼廛诗删剩》8首，署“南海吴沃尧趼人著，仪陇蒋庚繇紫侪选”，自序云：“年少无知，有作辄存，一览便增汗颜矣。十年以来，删汰旧作，仅存二三……然而少年之状况，转藉此以得不忘焉，故录存之。”

5. 评《新庵译萃》3则。

是月，上海广智书局出版《二十年目睹之怪现状》第四册——丁卷（第46—55回）和第五册——戊卷（第56回至第65回）。

光绪三十三年（1907）　四十二岁

继续编辑《月月小说》，从事小说创作。自云：“盖余年来从事撰述小说，而苦所居近市。白日喧闹，不便构思，往往于夜间从事，通宵达旦。日间则蒙头大睡，所谓俾昼作夜也。……自是以后，吾盖无消遣行乐之时矣。”（吴趼人：评《新庵译萃》，《月月小说》第5号，1907年2月）

冬，办居沪粤人广志小学。

在正月十五日（2月27日）发行的《月月小说》第5号上发表以下作品：

1. 《两晋演义》第13—15回。
2. 《立宪万岁》，短篇小说，署名“趼”。
3. 《平步青云》，短篇小说，署名“趼”。
4. 《快升官》，短篇小说，署名“趼”。
5. 《俏皮话》7则
6. 《趼廛诗删剩》21首。
7. 评《新庵译萃》3则。

在二月十五日（3月28日）发行的《月月小说》第6号上发表以下作品：

1. 《两晋演义》第16—18回。
2. 《上海游骖录》第1—3回，标“社会小说”，署名“趼”。每回有作者眉批，篇终有《著者附识》。
3. 评《新庵译萃》2则。

在三月十五日（4月27日）发行的《月月小说》第7号上发表以下作品：

1. 《两晋演义》第19—20回。

2. 《上海游骖录》第4—7回。

3. 《〈贾凫西鼓词〉序》，署名“趼人氏”。

4. 《趼廛剩墨》6则，标“札记小说”，署名“南海吴沃尧趼人”。

5. 《俏皮话》7则

6. 《趼廛诗删剩》8首。

7. 评《新庵译萃》1则。

在四月十五日（5月28日）发行的《月月小说》第8号上发表以下作品：

1. 《两晋演义》第21回。

2. 《上海游骖录》第8—10回。连载完毕。

3. 《曾芳四传奇》第1—2出，署“我佛山人填词，仪陇山农评点”。

4. 《黄勋伯传》，刊“特载”栏，署名“趼”。

5. 《查功课》，短篇小说，署名“趼”。

6. 《说小说·杂说》，署名“趼”。

7. 《讥弹》2则。

8. 《主笔房之字纸篓》7则。

9. 《四海神交集·识》，署名“趼人氏”。

10. 评《新庵译萃》1则。

在七月十五日（8月23日）发行的《政艺通报》第6年第13号“附录”栏发表《秋望有感》4首、《李晓暾罢归与余唱酬感均崇替听赠三绝》3首、《宜章白沙院斋闻笛》、《沪上颐园看月》，署名“茧史”。

在九月一日（10月7日）发行的《月月小说》第9号上发表以下作品：

1. 《两晋演义》第22回。

2. 《曾芳四传奇》第3出。

3. 《趼廛剩墨》4则。

在十月十五日（11月2日）发行的《月月小说》第10号上发表以下作品：

1. 《两晋演义》第23回。该小说未完，至此而辍，后未续。

2. 《劫余灰》第1—3回，标“苦情小说”，署名“我佛山人”，有眉批。

3. 《人镜学社鬼哭传》，短篇小说，署“南海吴趼人挥涕撰”。

4. 评《新庵译萃》1则。

在十月二十四日（11月29日）发行的《竞立社小说月报》第2期上发表《剖心记》凡例和第1—2回，标“法律小说”，署“我佛山人著，亚东破佛评”。该小说未写完，因该报停刊而辍笔。后撮其崖略，写成《山阳巨案》，载《我佛山人札记小说》中。

在十一月十五日（12月19日）发行的《月月小说》第11号上发表以下作品：

1. 《云南野乘》第1回，标“历史小说”，署名“趼”。有眉批。

2. 《发财秘诀》（一名《黄奴外史》）第1—4回，标“社会小说”，署名“趼人”。每回有眉批和总评。

3. 《劫余灰》第4回。

4. 《邬烈士殉路》第1折，标“时事新剧”，署名“佛”。

5. 《趼廛剩墨》4则。

在十二月十五日（1908年1月18日）发行的《月月小说》第12号上发表以下作品：

1. 《云南野乘》第2回。

2. 《发财秘诀》第5—6回。

3. 《无理取闹之西游记》，标“滑稽小说”，署名“我佛山人”。

4. 《邬烈士殉路》第2折。此剧原拟写10折但至此而辍，后未再续。

5. 《趼廛剩墨》3则。至此载完，共17则。

6. 《俏皮话》22则。

光绪三十四年（1908）　四十三岁

元月，广志小学开学。日从事于学务，并继续创作小说。

在元月七日（2月8日）发行的《月月小说》第13号上发表以下作品：

1. 《发财秘诀》第7—8回。

2. 《劫余灰》第5—6回。

3. 《光绪万年》，标“理想、科学、寓言、讥讽、诙谐小说”，短篇小说，署名“我佛山人”。

4. 《俏皮话》8则。

在二月（3月）发行的《月月小说》第14号上发表以下作品：

1. 《云南野乘》第3回。后未再续。

2. 评知新室主（周桂笙）译《自由结婚》，署名“趼人氏”。

3. 《发财秘诀》第9—10回。至此载完。

4. 《俏皮话》12则。

在三月（4月）发行的《月月小说》第15号上发表以下作品：

1. 《劫余灰》第7—8回。

2. 《俏皮话》10则。

在四月（5月）发行的《月月小说》第16号上发表以下作品：

1. 《劫余灰》第9回。

2. 《俏皮话》7则。

在五月（6月）发行的《月月小说》第17号上发表《劫余灰》第10回。

在六月（7月）发行的《月月小说》第18号上发表以下作品：

1. 《劫余灰》第11回。

2. 《俏皮话》6则。

在七月（8月）发行的《月月小说》第19号上发表以下作品：

1. 《劫余灰》第12回。

2. 《俏皮话》7则。

在八月（9月）发行的《月月小说》第20号上发表以下作品：

1. 《劫余灰》第13回。

2. 《俏皮话》7则。《俏皮话》至此载完，共127则。

八月，为周桂笙编《新庵译屑》并作序。

在九月（10月）发行的《月月小说》第21号上发表《劫余灰》第14回。

在十一月（12月）发行的《月月小说》第23号上发表《劫余灰》第15回。

在十二月（1909年1月）发行的《月月小说》第24号上发表《劫余灰》第16回。该小说至此载完。

宣统元年（1909）　四十四岁

春，作《近十年之怪现状》20回，有序，未完篇。先发表于当年的《中外日报》，次年时务书馆出版单行本，书名改为《绘图最近社会龌龊史》，标“社会小说”，署名“我佛山人”。该小说为《二十年目睹之怪现状》的续篇。

闰二月二十日（4月10日），撰《〈绮清馆法帖〉序》。是月，作《冬木老人画册·题跋》。

三月十五日（5月4日），上海广智书局出版《二十年目睹之怪现状》第六册——己卷（第66—80回）。

是年，禁其女缠足，使入天足会，谓“宁终生不嫁，亦不缠足！”

九月二日（10月15日），在上海《民吁日报》发表短篇小说《中霤奇鬼记》。

宣统二年（1910） 四十五岁

在二月十五日（3月25日）至五月十四日（6月20日）出版的《舆论时事报》上连载《我佛山人札记小说》56则。

在四月初十日（5月18日）发行的《广益丛报》第232号（第8年第8期）上发表《东鲁灵光跋》，载“短品”栏，署名“南海吴沃尧趼人”。

六月（7月），为上海中法大药房作广告文章《还我魂灵记》，刊于沪、汉等地报纸上。

八月十五日（9月18日），上海广智书局出版《二十年目睹之怪现状》第七册——庚卷（第81—94回）。

自春至秋，作《我佛山人滑稽谈》127则。

自夏至秋末去世，作《情变》，标“奇情小说”，原拟写“楔子”1回，正文10回。自当年五月十六日（6月22日）起，在《舆论时事报》上连载，刊至7回余（8回未完），因病故而辍。

九月十九日（10月21日），从乍浦路多寿里迁至涨宁路鸿安里新居。亲友相集庆贺，宴饮谈笑甚欢。当夜，喘疾发作去世。死时检其衣袋，仅余小洋四角。

延伸阅读推荐书目

1. 《我佛山人短篇小说集》，卢叔度辑校，花城出版社，1984年版。

2. 《吴趼人小说选》，钟贤培选注，中州古籍出版社，1986年版。

3. 《新石头记》，王立言校注，中州古籍出版社，1986年版。

4. 《糊涂世界》，卢叔度、吴承学校点，花城出版社，1986年版。

5. 《瞎骗奇闻》，吴承学校点，花城出版社，1986年版。

6. 《九命奇冤》，王俊年校点，花城出版社，1986年版。

7. 《痛史·两晋演义·云南野乘》，王俊年、张正吾校点，花城出版社，1988年版。

8. 《恨海》，王俊年校点，花城出版社，1988年版。

9. 《劫余灰·情变》，卢叔度校点，花城出版社，1988年版。

10. 《二十年目睹之怪现状》，张友鹤校注，人民文学出版社，2006年版。

11. 《吴趼人全集》，北方文艺出版社，1998年版、2019年再版。

12. 《吴趼人研究资料》，魏绍昌编，上海古籍出版社，1980年版。

13. 《中国近代文学作家论》，任访秋著，河南人民出版社，1984年版。

14. 《中国历代著名文学家评传》第六卷，山东教育出版社，1985年版。

15. 《传统与现代之间的探询：吴趼人小说研究》，胡全章著，河南大学出版社，2006年版。

16. 《吴趼人小说研究》，王国伟著，齐鲁书社，2007年版。

17. 《晚清小说大家：吴趼人》，左鹏军著，广东人民出版社，2009年版。

18. 《想象中国的方法：历史·小说·叙事》，［美］王德威著，生活·读书·新知三联书店，1998年版。

19. 《晚清小说史》，阿英著，东方出版社，1996年版。

20. 《中国小说叙事模式的转变》，陈平原著，上海人民出版社，1988年版。

21. 《二十世纪中国小说史》第一卷，陈平原著，北京大学出版社，1989年版。

22. 《二十世纪中国小说理论资料》第一卷，陈平原、夏晓虹编，北京大学出版社，1997年版。

23. 《中国小说的近代变革》，袁进著，中国社会科学出版社，1992年版。

24. 《中国近代文学发展史》，郭延礼著，高等教育出版社，2000年版。